핫
플레이스

Hot Place

핫 플레이스

초판 1쇄 찍은 날 | 2016년 4월 25일
초판 1쇄 펴낸 날 | 2016년 4월 29일

지은이 | 수현
펴낸이 | 예경원

편집 | 유경화 · 안유진

펴낸곳 | 예원북스
등록번호 | 제396-2012-000132호
등록일자 | 2012. 7. 25
YRN | 제1-0139호

주소 | 경기도 고양시 일산동구 호수로 646-24 위너스21-Ⅱ 206A호 (우) 10401
전화 | 031-819-9431 팩스 | 031-817-9432
http://cafe.naver.com/yewonromance
E-mail | yewonbooks@naver.com

ISBN 979-11-5845-091-5 03810

핫
플레이스

수현 장편 소설

YEWONBOOKS
ROMANCE
STORY

Hot Place

C · O · N · T · E · N · T · S

'햇살 한번 죽여주게 좋다!'

통유리를 투과해 들어온 따스한 햇살이 서경의 몸을 물들였다. 유난스러운 뜨거움도 서늘한 냉기도 겸하지 않은 이즈음의 순수하고 은은한 온기가 그녀는 참 좋았다.

5월은 1년 중 햇살이 가장 찬란하게 빛나는 달이었다. 그래서 봄의 상징과도 같은 5월은 계절의 여왕이라고도 불린다. 5월의 햇살은 싱그러운 나뭇잎을 보석처럼 아름답게 빛내주고 삼천리 방방곡곡 향긋한 꽃들도 마구 피어나게 만든다. 꽃향기를 담은 봄바람까지 겸비하면 그야말로 금상첨화. 너도 나도 이때다 하며 도시락 싸들고 꽃구경 가기에 딱 좋은 시기였다.

남들은 저마다 룰루랄라 꽃놀이를 가는 이 화창한 날, 왜 자신은 이 우중충하다 못해 살벌함이 감도는 곳에 앉아 있어야 하는지 서경은 이해를 할 수가 없었다. 서경이 햇살을 음미하며 기분 좋게 짓던 미소를 지우며 옆에 앉은 은결을 돌아봤다. 이 모든 사태의 원흉이 바로 이놈이었다.

　'망할 자식. 분위기 쌈박한 곳에서 맛난 거 사준다고 꼬셔대더니. 분위기는 개뿔. 커피 마시다 체하겠다.'

　속이 탔던지 서경이 얼음이 가득 들어 있는 커피를 들어 벌컥벌컥 들이켰다. 서경의 따가운 시선에 은결이 그녀를 돌아보곤 싱긋이 입가를 끌어 올렸다. 그 싱그러운 입가를 그대로 쭉 잡아 찢고 싶어 서경의 손이 근질거렸다. 대체 이게 몇 번째냐, 이 망할 자식아!

　부글거리는 그녀의 심정을 아는지 모르는지, 은결이 능글맞게 한쪽 눈을 찡긋거렸다. 그에 반사적으로 서경이 몸을 흠칫거렸다. 그녀의 미간이 심각하게 일그러지며 꿈틀거렸다. 덩달아 움찔거리는 그녀의 손에 은결이 얼른 고개를 돌렸다. '저걸 그냥 죽여 버려?' 하는 그녀의 눈빛을 읽은 탓이었다. 거기서 더 했다간 그녀의 주먹이 자신의 얼굴을 강타할 것 같았다.

　셔츠의 단추를 하나 풀어내며 제 몫의 커피를 머금는 은결을 서경이 못마땅하게 쏘아보았다. 그러다 이내 한숨을 푹 내쉬며 고개를 저었다.

'하아. 저 능글맞은 인간 말을 믿은 내가 잘못이지. 누굴 탓해.'

어쩐 일로 은결이 직접 픽업까지 하기에 오늘은 해가 서쪽에서 떴나 했었다. 혹시나가 역시나가 되는 건 한순간이었다. 아무런 목적도 없이 은결이 자신에게 분위기 운운할 리가 없다는 걸 서경은 잠시 잊고 있었다.

그래도 그렇지. 그 어마무시한 코끼리 아저씨도 나뭇잎 하나 덜렁 타고 태평양을 건너 고래 아가씨를 만나는 기적 같은 일이 벌어진다는 이 미치게 화창한 봄날에 남의 연애 뒤치다꺼리나 해야 한다니. 녀석의 목을 쥐고 흔들어도 속이 풀리지 않을 일이었다.

부르르. 무음으로 해놓은 서경의 핸드폰이 몸을 떨어댔다. 서경이 주머니에서 핸드폰을 꺼냈다. 톡이 와 있었다. 그것도 바로 옆에 앉은 은결에게서. 서경이 슬쩍 테이블 아래 은결의 손을 쳐다봤다. 핸드폰을 쥔 그의 손이 현란하게 움직이고 있었다. 보지도 않고 자판을 참 잘도 누른다.

「한 번만. 딱 한 번만 내 애인 행세 해주라. 이 은혜는 죽어도 안 잊을게.」

「사람 하나 살리는 셈치고. 응?」

톡에 대한 답변으로 서경은 간단하게 모음 하나를 날렸다.

「ㅗ」

톡을 확인한 은결의 미간이 꿈틀거렸다. 서경은 핸드폰을 다시 주머니에 찔러 넣고 커피에 들어 있는 얼음 하나를 입에 넣어 깨먹었다. 그러면서 무심한 눈길로 은결을 바라보았다.

'너도 이것처럼 씹어 삼켜주랴?'

그녀를 빤히 쳐다보고 있던 은결이 꿀꺽 마른침을 삼켰다. 뜻이 제대로 전달된 모양이다.

「클럽 엔카 금요일 자유이용권 쏜다.」

다급해진 은결의 손가락이 빠르게 움직였다. 톡 알림이 울리는데도 서경이 확인을 하지 않자 은결이 그녀의 어깨에 팔을 올려 감싸 안았다. 그리곤 그녀를 바짝 당겨 셀카를 찍는 것처럼 포즈를 잡고 자신의 핸드폰을 그녀가 볼 수 있게 들어 올렸다.

톡을 확인한 서경이 다소곳이 그에게 기대며 낮게 속삭였다.

"그거 받고. 병원 식구들 회식 우리 가게에서 3번."

"2번."

"2번에 엔카 최고급 양주 한 병."

"이런 날강도 같은 놈."

"왜. 싫어?"

그녀가 고개를 45도 각도로 들고 빤히 그를 쳐다봤다. 그녀를 마주 내려다보며 은결이 고개를 저었다. 그의 입가에 억지미소가 떠올랐다.

"아니. 좋아. 아주 좋아."

"이 각도가 좋다. 스마일."

서경이 그의 가슴을 팡팡 두드리며 포즈를 잡는 척했다. 애교로 두드린다고 보기엔 파워가 너무 셌다.

"콜록콜록. 역시 우리 애기가 각도 하나는 죽여주게 잘 잡는다 니까."

은결이 휴대폰을 내리자 둘이 동시에 음료를 들이켰다. 은결은 타 는 속을 달래기 위해서였고, 서경은 그의 멘트가 오글거려서였다.

탕!

클러치 백으로 테이블을 내려치는 소리에 화들짝 놀란 둘의 시 선이 동시에 맞은편으로 향했다. 처음 봤을 때부터 범상치 않은 아우라를 보여주던 징이 많이 박혀 있는 백이었다. 내려친 게 테 이블이길 천만다행이었다. 저걸로 한 대 맞기라도 한다면 곧바로 응급실행이었다.

섬뜩한 상상에 오싹해진 등골을 채 추스르기도 전에 음산한 여 자의 목소리가 더해졌다.

"웃겨 정말. 보자 보자 하니까 아주 하는 짓들이 가관이야. 쇼도 좀 적당히 해야지 보는 맛이라도 있지."

생긴 것만큼이나 여자의 말발도 상당했다.

"그러니까 지금 이 말도 안 되는 그림을 날더러 믿으라는 거야?"

여자가 은결과 서경을 검지로 번갈아가며 가리켰다. 그리곤 가

소롭다는 듯 코웃음을 쳤다. 서경이 자신과 은결을 보곤 고개를 끄덕였다. 말도 안 되는 그림이란 여자의 말이 단번에 이해가 가서였다. 확실히 연인이라고 우기기엔 둘의 모습이 뭔가 억지스러운 면이 있긴 했다. 언밸런스도 이런 언밸런스가 없지.

"야, 여기서 네가 고개를 끄덕이면 안 되지."

은결이 입술은 움직이지 않은 채 서경 가까이 상체를 기울여 신속하고 은밀하게 속삭였다. 번쩍 정신을 차린 서경이 여자를 응시하며 싱긋이 웃었다. 그랬다. 수긍이 가도 지금은 절대 그런 내색을 하면 안 되는 거였다. 죽이 되든 밥이 되든 일단 거래가 성립되었으니 연극은 끝까지 진행되어야 했다.

여자에게서 센 언니의 강렬한 포스가 느껴졌다. 바디 라인을 완벽하게 드러낸 섹시한 호피무늬 원피스. 하나로 올려 묶은 긴 머리와 버스 손잡이에 버금가는 커다랗고 블링블링한 링 귀걸이. 한 번은 돌아볼 만한 미인형의 얼굴. 쭉쭉 뻗은 팔과 다리. 도도하게 치켜든 턱과 높디높은 콧대. 절대 쉽게 속아 넘길 수 있는 스타일은 아니었다.

"김은결. 네가 이런 보이시한 스타일을 좋아한다고? 어림 반 푼어치도 없는 소리지. 외모 짱! 가슴 짱! 힙 짱! 쓰리 콤보 짱을 외치는 네가 이런 밋밋한 유형이랑 사귄다고? 믿을 소릴 해야지. 거짓말도 정도껏 해."

여자의 직설적인 말이 비수처럼 쿡쿡 서경의 가슴을 찔러댔다. 아무리 그래도 그렇지 초면에 같은 여자한테 밋밋하다는 표현은 좀 그렇지 않나? 있는 것들이 더 한다고 가슴 좀 있고 엉덩이에 탄력 좀 있다고 말이 거침이 없다. 없는 놈 섭섭하게.

"빈약해도 있을 건 다 있습니다만."

서경이 자신의 가슴을 툭툭 치며 말했다. 여자가 서경을 위아래로 꼬아보며 코웃음을 쳤다.

"대체 저 생기다 만 얼굴 어디에 반했다는 거야? 매력 포인트가 하나도 없잖아."

서경의 반론을 깔끔히 무시한 여자의 디스가 이어졌다. 있을 건 다 있다고 말했건만, 생기다 만 얼굴이라니. 대체 어디가, 어떻게? 여자를 빤히 쳐다보던 서경이 무신경하게 볼을 긁적였다. 자신의 기준이 뭐 그렇다면 어쩔 수 없는 거다. 그런데 여기서 가장 핵심적으로 짚고 넘어갈 문제가 있었다. 그 생기다 말고 밋밋한 루저급에게 지금 자신이 밀리고 있다는 사실이었다. 갖고 싶어 안달난 남자가 그 밋밋한 애가 좋다는데 이걸 어쩌나? 그래서 더 약이 올라 저런다는 걸 알기에 서경은 속으로 웃어넘길 수 있었다.

얼마나 열불이 났으면 저럴까.

"에이, 뭘 잘 모르시는구나. 내가 숨겨진 매력이 또 무궁무진하거든요. 완전 블랙홀이라니까요. 한번 빠져들면 헤어 나오질 못해 막 허우적거려요. 우리 오빠처럼."

서경이 호들갑스럽게 말하며 은결의 얼굴을 양손으로 덥석 붙잡았다. 이대로 그냥 당하고만 있기에는 좀 억울한 감이 있었다. 그래서 서경은 이 모든 사태의 원흉인 은결을 응징하기로 했다.

"그렇지, 오빠?"

은결의 입술이 서경의 손에 눌린 볼로 인해 삐죽하게 튀어나왔다. 그녀의 손길에는 가능한 빨리 일을 마무리 지었으면 좋겠다는 은근한 압박이 실려 있었다.

"그럼, 그럼. 아주 환장하게 좋지."

은결이 그녀의 손을 잡아 떼어내려 했다. 하지만 쉽사리 물러날 서경이 아니었다. 웃는 낯을 하고 있긴 했지만 둘 사이에는 살벌한 신경전이 벌어지고 있었다. 조금이라도 더 응징을 가하려는 자와 그걸 말리려는 자의.

하지만 지켜보는 사람의 입장에선 그저 이런 실랑이가 알콩달콩한 염장질로밖에 보이지 않았다.

"이것들이 진짜."

여자가 제 앞에 놓인 잔을 들어 물을 뿌렸다. 그와 동시에 찰떡같이 붙어 떨어지지 않을 것 같던 둘이 양쪽으로 잽싸게 몸을 피했다. 물은 허공을 날아 반대편 바닥으로 떨어졌다.

"오우. 여태 뿌려댄 물벼락 중에 최곤데?"

서경의 혼잣말에 은결이 미간을 찌푸렸다. 수없이 맞아온 물벼락 덕분에 피하는 스킬은 늘었지만 그렇다고 딱히 좋은 건 아니었다. 왜 다들 물 잔을 들어 뿌려대는 건지. 드라마가 사람 여럿 버려놨다.

그리고 사겼다가 헤어지잔 것도 아니고 몇 번 만난 게 고작인 사이에 이런 쇼까지 해야 하다니. 이 모두가 자신의 감당 못할 무한 매력 때문이라고 은결은 자책했다.

'어쩌냐. 내가 너무 잘난 걸.'

매번 그럴 때마다 서경이 뒤통수를 시원하게 후려쳤다. 나간 정신 돌아오는 데는 매가 약이라면서. 여태 고쳐지지 않는 걸로 봐선 그 처방이 그다지 효과적인 것 같지는 않다.

"그래 봤자 너희 둘 짜고 치는 고스톱인 거 다 알아."

타이밍도 절묘하게 너무 잘 피해 버린 둘 때문에 여자의 화가 더 끓어올랐다. 씩씩거리며 둘을 노려보는 여자의 눈빛에서 시린 한기가 느껴졌다.

"믿고 사는 신용사회 좀 만들어봅시다. 우리 진짜 사귀는 사이라니까요? 왜 못 믿지?"

서경이 이해를 할 수 없다는 듯 어깨를 들썩였다.

"하아. 웃겨 정말. 애인 있는 놈이 그렇게 신나게 클럽에서 놀고 부킹까지 해? 그걸 알고도 애인이란 여자는 가만있고?"

"그럴 수 있지. 우리 애긴 누구랑 달리 아주 너그러운 마음을 지 녔거든. 내가 이 프리덤한 사상을 얼마나 좋아하는데."

"세상 어느 여자가 제 남자가 그러는 걸 이해해? 그건 사랑이 식어서 그런 거지. 그렇지 않으면 이런 자리에 나와서 저렇게 태연하게 앉아 있는 게 말이 안 되잖아."

"그러니까. 우리 애기가 니들이랑 다르게 마음이 태평양 같다는 거지. 니들은 이해 못하는 우리 둘만의 그런 게 있어."

"그런 거 뭐!"

그럴 줄 알았다. 또 불타는 금요일 밤을 클럽에서 새하얗게 지새우다 엮인 사이인가 보다. 둘의 설전을 느긋하게 지켜보며 서경이 얼음 하나를 입에 넣었다. 은결은 그 하룻밤만 신나게 놀고 즐기는 것으로 끝나기를 바랐겠지만, 여자들은 대개 그렇지 못했다.

처음엔 그의 외모와 능글맞은 멘트에 넘어갔을 테고 다음은 그의 직업에 혹했을 것이다. 좀 놀 줄 아는 있는 집 자식인 줄 알았는데 동인병원 소아청소년과 의사라니 놓치기 싫었을 것이다. 그러니 이렇게 끈질기게 들러붙으려는 거겠지. 이런 일 한두 번 본게 아니라서 서경은 이젠 봐도 그러려니 할 뿐이었다.

"오해하지 말라고 했잖아. 난 오늘만 열심히 즐기는 놈이라고."

"그 말이 이런 뜻은 아니었잖아. 그리고 오늘은 만날 오거든?"

이쯤 서경이 한 번 등장해 줄 때가 되었다. 서경은 얼음을 마저

씹어 삼키고 여유롭게 손을 척 들어 올렸다.

"그래서 늘 새롭게 리셋이 되는."

퍽! 예고도 없이 날아온 손이 은결의 뒤통수를 강타했다. 은결이 놀라 제 머리를 때린 서경을 돌아봤다. 서경이 울컥한 얼굴로 아랫입술을 잘근 깨물고 있었다. 맞아 억울한 건 은결인데 외려 서경이 그런 표정을 짓고 있었다.

"오빠, 개망나니같이 놀면 안 된다고 내가 몇 번을 말했어."

"개, 개망나니?"

"죄송해요. 제가 너무 바빠 자주 놀아주지 못해서 좀 풀어줬더니 우리 오빠가 고삐 풀린 망아지처럼 막 놀았나 보네요."

상심한 듯한 서경의 말에 은결이 허 하고 입을 벌렸다. 기가 막힌 건 여자도 마찬가지였다. 남자 머리를 사정없이 후려치는 저런 무식한 여자가 대체 뭐가 좋다는 건지. 게다가 언뜻 봐서는 미소년이라고 생각하기 쉬운 외모를 가지고 있었다. 곱상하게 생기긴 했는데 짧은 커트 머리하며 입고 있는 옷차림이 여자라고 보기 어려웠다.

자신과는 완벽하게 대조되는 서경의 스타일에 살짝 자존심이 상한 것도 사실이었다. 누가 봐도 자신이 월등히 나았다. 가만히 있어도 섹시미가 철철 넘치는 자신을 두고 은결이 다소 과격하고 털털하기까지 한 서경을 택했다는 게 도저히 믿어지지가 않았다.

그래서 이건 다 은결이 자신을 떼어내기 위해 마련한 연극이라고 생각했다. 그걸 알고 있는 이상 이대로 물러설 수는 없었다.

"말투하며 폭력성까지. 절대 은결 씨 스타일 아니야. 난 안 믿어."

여자의 고집스러운 단호함에 서경이 검지를 척 들어 좌우로 흔들었다.

"노노. 당신이 아직 우리 오빠에 대해서 잘 모르시는 모양인데, 울 오빠가 내게서 벗어나지 못하는 이유가 바로 여기에 있죠. 울 오빠가 맞는 거에 또 묘한 희열을 느끼거든요. 울 오빠가 원래 좀 가학적인 걸 좋아해요. 그치, 오빠?"

말끝마다 울 오빠를 강조하며 서경이 능청스레 물었다. 얼른 답하라는 무언의 압력을 담아 그녀가 씨익 웃어 보였다. 눈썹을 들썩이며 재촉하는 서경을 멀뚱히 쳐다보다 은결도 마주 억지로 입가를 끌어 올렸다.

"그랬지. 하하. 내가 좀 와일드하고 하드한 걸 좋아하지."

그제야 서경이 고개를 끄덕이며 여자를 돌아봤다. 이놈 변태니까 알아서 떨어지는 게 좋을 거라는 친절한 설명까지 해줬으니 내할 도리는 다 했다는 듯 그녀의 표정은 여유로웠다. 여전히 믿음이 가지 않는 눈빛으로 둘을 가늘게 노려보며 여자가 조건을 내걸었다.

"좋아. 그럼 어디 내가 보는 앞에서 증명해 봐."

"뭘?"

은결이 피곤한 기색으로 되물었다. 이만하면 그냥 물러날 만도 한데 여자는 다른 여자들과 달리 꽤 끈질겼다. 증명이라니 대체 뭘? 여기서 수갑 차고 채찍질까지 해보란 거야?

"애정도 10%도 안 느껴지는 씨알도 안 먹힐 행동 말고, 누가 봐도 연인이라고 느낄 만한 걸로 증명해 보라고."

연인증명서가 따로 있는 것도 아니고. 대체 뭘 증명하란 건지. 서경이 한숨을 푹 내쉬며 시간을 확인했다. 가게 문 열 시간도 다 되어가고 이쯤에서 일어나야 할 것 같았다.

"참 곤란하게 하네. 애인 데려와 보라고 해서 데려왔고, 서로 애인이라고 말했으면 됐지, 왜 내가 구차하게 일일이 연인인 걸 증명해야 하는데?"

딱딱해진 은결의 말에 서경이 그를 돌아봤다. 평소에는 보기 힘든 서늘하게 굳은 표정으로 그가 여자를 응시하고 있었다. 좋은 게 좋다고 깔끔하게 끝을 보자고 여자가 원하는 대로 서경을 애인 대행으로 데려온 참이었다. 그런데 또 증명까지 해보라고 하니 그도 약간 화가 나는 모양이었다.

여자와 정식으로 사귄 것도 아니고 달리 무엇을 했던 것도 아니었다. 단지 클럽에서 여자가 먼저 그에게 대시를 했고, 함께 춤을 추며 술을 마시고 즐긴 것뿐이었다. 그 뒤로 몇 번인가 여자가 전화를 했고, 기어이 그가 일하는 병원에 찾아왔다. 여자는 마치 은결을 자신의 남자인 것처럼 행동했다. 남의 호의를 이런 식으로 오해하면 상당히 곤란했다.

"병원 직원들은 은결 씨가 달리 사귀는 사람 없다고 했어. 거짓말로 날 떼어낼 속셈인가 본데 어림도 없어. 난 이대로 못 물러나."

그사이 병원 사람들에게 은결의 뒷조사도 했나 보다. 참 알수록 무서운 여자였다.

"이봐요. 뭔가 상당히 큰 오해를 하고 있나 본데, 댁이랑 나는 아무 사이도 아닙니다. 그냥 클럽에서 만나 같이 논 것밖에 없다고요. 내가 굳이 우리 서경이까지 데려와서 보여줄 필요도 없었고. 그래도 좋게 마무리 짓고 싶어서 이런 자리까지 마련했으면 이쯤에서 깔끔하게 포기해야 하는 거 아닙니까?"

은결이 거리를 두려 일부러 말을 높였다.

"우리 둘 사이가 어떻게 발전할지는 두고 봐야 아는 거죠. 미리 속단할 필욘 없잖아요."

여자도 지지 않고 맞받아쳤다.

"절대 이 이상 엮일 일은 없을 거라고 했을 텐데요. 남의 애인 옆에 두고 그런 말 하는 거 상당히 예의에 어긋난다는 생각 안 합니까?"

"정말 애인이라는 생각이 안 드니까요."

"뭐라고요?"

"어떻게 자기 남자가 이런 자리에 데리고 나왔는데, 저렇게 태연할 수가 있냐고요. 나라면 절대 안 저래요."

여자가 느긋하게 얼음을 깨 먹고 있는 서경을 턱으로 가리켰다. 둘이 저를 돌아보자 서경이 순진한 얼굴로 눈을 말갛게 떴다.

뭐? 뭔데?

빨리 끝내기를 기다리며 남은 얼음을 먹어 치우던 참이었다. 심상찮은 분위기에 의아해하며 서경이 은결에게 눈짓으로 물었다. 그런 서경을 보며 은결이 피식 싱거운 웃음을 흘렸다. 하긴 진짜 애인이라면 당장에 죽네 사네 난리가 났을 터였다. 하지만 서경은 천하태평, 좋아하는 얼음을 먹으며 시간을 때우고 있었다. 이러니 애인이란 말을 믿을 턱이 있나.

그럼 더 확실하게 믿게 만들어줘야지.

그가 손을 뻗어 서경의 입가를 쓸었다. 얼음으로 차가워진 입술의 물기를 닦아낸 그가 손을 그녀의 뒷목으로 미끄러트렸다.

"내가 이래서 이 여잘 좋아해. 이 무신경함과 자유분방함. 아주 매력적이야."

"……응? 무슨 말이야?"

알 수 없는 은결의 말에 서경이 고개를 갸웃했다.

"잘 봐. 내 여자 내가 어떻게 사랑하나."

은결이 손에 힘을 줘 서경을 제게로 끌어당겼다. 그리곤 눈을 말똥거리며 의아해하는 그녀의 얼굴 위로 제 얼굴을 기울였다. 순식간에 그가 그녀의 입술을 머금었다. 서경이 움찔하는 게 느껴졌다. 겹쳐진 입술 사이로 그가 속삭였다.

"설마 이런 걸로 오해하고 그럴 건 아니지?"

"야, 그래도 이건."

"우정의 키스. 딱 그거야."

"우정 같은 소리하고 있네. 우정에 키스가 가당키나 해? 너 나가면 내 손에 죽을 줄 알아."

입술을 겹친 채 말을 주고받느라 입술이 수없이 움직였다. 그것이 또 엄청 리얼한 딥 키스처럼 보였다. 끝없이 서로의 입술을 취하고 있는 둘의 모습에 여자가 기가 막힌 듯 헛웃음을 터트렸다. 여자가 보기에 둘은 키스에 너무 열중한 나머지 주변은 신경도 쓰지 않는 것 같았다.

"뭐 이런 것들이 다 있어! 재수 없어 정말."

여자가 멀어지는 발소리를 들으며 은결이 서경의 입술을 놓고 물러났다. 그가 신경질적으로 출입문을 열고 나서는 여자의 뒷모습을 확인했다.

"나이스!"

그가 홀가분한 듯 기분 좋게 박수를 쳤다. 그를 흘겨보던 서경이 한심하다는 듯 절레절레 고개를 저었다. 서경은 텅 빈 제 잔 대신 은결의 잔을 들어 차디찬 아이스커피를 들이켰다. 은결과는 그

동안 수없이 많은 스킨십을 했었다. 하지만 그것들은 죄다 친구로서 아무 감정도 없이 주고받은 것들이었다.

그런데 지금 그와 키스 아닌 키스를 했다. 별스러울 것이 없었다. 그저 연극을 위해 입술을 겹친 것뿐이었다. 그런데 이상하게 입술이 불에 덴 듯 화끈거리고 얼굴이 붉게 달아올랐다.

'그냥 당황해서 그런 거야. 너무 갑자기 입술을 들이대니까 놀라서.'

다 마신 커피 잔에서 서경이 얼음을 꺼내 입안에 우겨넣었다. 시리게 차가운 얼음을 씹으며 서경은 낯선 뜨거움을 식히려 애썼다.

기분이 묘하기는 은결도 마찬가지였다. 여전히 출입문을 바라보고 있는 은결의 입에서 짙은 한숨이 소리 없이 흘러나왔다. 그가 조심스럽게 손을 들어 왼쪽 가슴을 지그시 눌렀다. 아무래도 심전도 검사를 해봐야 할 것 같았다. 심장이 페이스를 잃고 저 혼자 날뛰고 있었다.

'이놈이 고장이 났나. 왜 이래?'

따스한 5월의 봄 햇살이 서로 다른 곳을 바라보고 있는 둘의 몸 위로 사르르 스며들고 있었다.

소리도 없이 예고도 없이 조용하게.

1. 여 자 사 람 친 구

철근을 올려놓은 듯 떠지지 않는 눈을 포기하고 서경은 손으로 침대 위를 더듬었다. 침대 어딘가에 있을 휴대폰을 찾느라 그런 것이다. 휴대폰의 알람이 지칠 줄 모르고 울려대고 있었다. 12시 30분에 맞춰두었던 것이다. 그러니 지금은 해가 중천에 뜨고도 한참을 내리쬐고 있을 시간이었다.

"알았어. 알았다고. 그만 좀 보채라. 하음."

길게 하품을 하며 베개 밑으로 넣은 서경의 손에 딱딱한 물체가 닿았다. 그녀가 히죽 웃으며 그것을 꺼냈다. 밖으로 나오자 휴대폰은 더 강렬하게 자신을 어필하기 시작했다.

"고놈 참."

서경이 실눈을 뜨고 성화를 부려대는 휴대폰의 액정에 검지를 내렸다. 그것을 그대로 옆으로 긋자 울림이 뚝 그쳤다. 그리곤 다시 베개에 얼굴을 파묻었다. 죽은 듯 누워 있던 서경이 잠시 뒤 애벌레마냥 꿈틀거리며 몸을 뒤챘다.

"오늘따라 침대 밖 세상이 그리 달갑지가 않네."

이불 밖을 나가기가 싫었다. 그래도 서경은 꾸역꾸역 일어나 침대에 걸터앉았다. 기지개를 켜며 하품을 입이 찢어져라 하곤 창밖으로 시선을 던졌다.

"어쩐지 일어나기 싫더라니."

창밖으로 우중충한 잿빛 하늘이 펼쳐졌다. 곧 비라도 쏟아질 듯 검은 하늘 아래 나무들이 바람에 흔들렸다. 비에 바람까지. 이런 날은 술이 고파지고, 따뜻한 국물이 생각난다. 따라서 오늘 그녀의 가게엔 손님이 넘쳐 날 것이다.

하루를 늦게 시작하는 사람은 저녁이 무척 바쁘다. 그때가 그 사람에겐 하루 중 가장 피크인 시간대이기 때문이다. 열정을 담아 일을 하거나, 공부를 하고 집으로 돌아가는 길에 노곤한 하루의 피로를 풀기 위해 들르는 곳. 힘들고 지친 이들의 힐링처. 서경의 일터가 바로 그런 곳이었다.

이런 날은 평소보다 더 많은 재료를 준비해야 하기에 서경은 꾸역꾸역 무거운 엉덩이를 뗐다. 주 메뉴인 어묵들은 전부 수작업에 의해 만들어졌다. 재료는 본가인 인천에서 부모님이 보내주신 생선을 쓴다. 나머지 채소류는 시장에서 직접 사와야 했다. 그 채소를 공수하는 게 서경의 주된 임무였다.

연신 하품을 하며 주방으로 걸어간 서경이 냉장고를 열어 냉수를 꺼내 입으로 가져갔다. 입을 대고 마시려는 찰나 그녀의 머릿속에 은결의 목소리가 울려댔다.

'또, 또. 물은 컵에 따라서 마시라니까. 너 그거 병째로 입 대고 마시고 그대로 놔두면 그 속에 세균이 얼마나 많이 증식하는지 아냐? 바글바글.'

마지막 말에 리얼한 손놀림도 함께 떠올랐다. 누가 의사 아니랄까 봐 위생관념 하나는 아주 철저했다. 저나 잘하지 왜 남까지 간섭을 하는지. 그녀의 생활 습관을 안 뒤로는 만날 때마다 사사건건 잔소리를 늘어놓고 있었다.

"훠이. 훠이. 어디 남의 머릿속에 함부로 똬리를 틀고 난리야."

서경이 머릿속에서 제멋대로 윙윙거리는 은결을 쫓아내듯 손을 휘저었다. 그리곤 컵을 꺼내 물을 따랐다. 귀찮긴 했지만 세균이 득시글거리는 생수를 마시고 싶지는 않았다. 물이 들어가자 메말랐던 입안에 조금 생기가 돌았다.

"으라차차. 이제 좀 씻어볼까나?"

이연이 결혼을 한 지 반년이 지났음에도 서경은 혼자 있는 게 익숙해지지 않았다. 얼마나 함께 있었다고. 든 자리는 몰라도 난 자리는 안다더니. 예전에 몰랐던 외로움이 가끔씩 서경을 찾아왔다. 그래서 생긴 버릇이 이렇게 혼잣소리를 하는 것이다. 들을 사람도 없는데 꼭 누군가 함께 있는 것처럼.

이연은 서경의 오랜 친구였다. 중, 고등학교를 같이 다닌. 인천 병원에 근무하다 서울로 돌아온 이연에게 방을 구할 동안 함께 있자고 한 건 서경이었다. 그렇게 둘의 동거가 시작됐었다. 방을 구하기도 전에 이연이 시집을 가게 될 줄은 그땐 아무도 몰랐다.

덕분에 원수 같은 은결도 만났다. 은결은 이연의 병원 동료 의사였다. 게다가, 이연의 남편인 소아청소년과 장현준 과장의 대학 후배였다. 현준이 직접 동인병원으로 불러들일 만큼 각별히 아끼는 후배였다.

어쩌다 보니, 이연과 현준의 결혼 작전에 은결과 서경도 함께 투입이 되었고, 그때 맺은 질긴 인연이 지금까지 이어졌다. 은결은 서경보다 한 살이 많았다. 그래 봐야 몇 달 먼저 난 거 아니냐며 그런 걸로 생색내지 말자고 말을 깐 건 서경이었다.

처음부터 티격태격 안 맞을 것 같던 둘이었는데 아이러니하게도 금방 친해졌다. 성격답게 쿨하게 친구를 먹기로 한 것이다. 가끔 후회가 되기도 했다. 그때 그냥 거리를 둘 걸 그랬다고.

은결은 친구라기보단 철이 덜든 남동생 같았다. 그의 뒤치다꺼리를 하느라 서경이 나날이 늙어가고 있었다. 친구가 아니라 원수를 얻었다.

"전생에 내가 나라를 팔아먹은 게지."

말끔히 세수를 하고 나온 서경이 옷을 갈아입다 말고 침대 위로 시선을 던졌다. 알람을 끄고 던져 놓았던 휴대폰이 저 혼자 춤을 추고 있었다. 누군가 전화를 건 모양이다. 대충 옷을 껴입고 휴대폰을 집어든 서경이 발신자를 확인하곤 가볍게 콧방귀를 꼈다. 내내 머릿속에서 사람을 괴롭혀 대더니, 이젠 현실에서도 그럴 모양이었다.

"양반은 못 될 인간일세."

서경이 통화버튼을 눌러 휴대폰을 어깨와 귀 사이에 끼우고 바지를 집어 들었다.

"왜."

[에이, 우리 아무리 그래도 인사는 좀 하고 살자. 왜가 뭐냐, 왜가.]

"너랑은 제발 무소식이 희소식이다 하고 살고 싶단 말이지. 그런데 전화가 오면 무슨 일이 있는가 보다 하게 되지 않겠어? 그러니 이유부터 묻는 건 당연한 일이야. 그래서 용건이 뭔데?"

[여전히 입에 단 모터는 잘 돌아가는구나. 나불나불 숨 쉴 틈이 없어요.]

"용건 없는 모양인데. 끊자."

[에헤이, 성질 급하기는. 지금 말하려고 하잖아.]

바지의 버클을 채우고 휴대전화를 손으로 옮겨 잡은 서경이 피식 웃었다. 말은 투박하게 했지만 그래도 혼자 떠드는 것보단 은결과 통화를 하는 게 나았다.

[커피 한 잔만 사주라.]

"끊어."

취소. 놈과의 통화는 늘 그렇듯이 별 영양가가 없다.

[소개팅 해줄 건데.]

귀에서 멀어지던 휴대폰이 다시 제자리를 찾았다.

"어떤 놈으로?"

[울 병원 카페에서 가장 쌈박하게 잘나가는 놈으로.]

소개팅 남을 물었더니, 은결은 커피란 놈을 들먹인다.

"나 오늘 장사 준비 때문에 바빠. 20분밖에 시간 없어."

[야박한 놈. 좋다. 20분. 이 오빠가 엄청 바쁘지만 20분만 네게 할애해 주지. 얼른 와.]

뚝. 앞뒤가 맞지 않는 말을 하곤 은결이 전화를 끊었다. 소개팅을 빌미로 커피를 얻어먹으려는 은결의 얄팍한 속셈이 뻔히 보였다. 요즘 부쩍 밤이 외롭다는 서경의 말에 섹시한 놈으로다가 소개팅 한 번 해주겠다고 은결이 약속을 했었다. 그게 한 달 전이었는데 이제야 남자를 구한 모양이다. 하긴 은결의 주변엔 남자 비율보단 여자가 월등히 많았다.

"잊은 줄 알았는데 용케 기억하고 있었네."

바쁜 와중에 자신을 신경 쓰고 있었다는 게 기특해 커피를 사줄 마음이 생겼다. 딱히 소개팅에 흑심이 있어 그런 건 절대 아니었다. 겸사겸사해서 그녀도 밥 대용으로 커피를 마실 요량이었다.

대충 자주 입는 점퍼를 걸치고 집을 나섰다. 장을 보러 가는데 굳이 차려입고 갈 이유는 없었다. 더군다나, 은결에게 사비를 들여 커피를 하사하러 가는 길이었다. 잘 보일 일도 없으니 평소대로 걸치면 그만이었다.

버스에서 내린 서경이 터벅터벅 병원으로 올라가는 길을 걸었다. 병원이 시장과 멀지 않은 곳에 있긴 했지만 일부러 도중에 하차해야 했다. 병원에서 시장을 가려면 도보로 20분가량을 걸어가거나, 다시 버스를 타고 5분에서 10분 정도 가야 했다. 그런 의미에서 서경이 지금 은결에게 가는 건 상당히 번거로운 일이었다.

"그럼에도 내가 지금 이 길을 간다는 거 아니냐. 네 녀석 커피 한 잔 사주겠다고. 아우. 나는 어쩜 이리 심성도 고운지."

병원 정문을 통과하며 서경이 혼자 자화자찬을 했다. 그녀의 시선이 소아청소년과가 있는 본관의 3층으로 향했다. 그 어딘가에 은결이 있을 것이다. 커피를 공수할 서경을 기다리며.

"아메리카노 두 잔이요."

병원 1층에 있는 카페로 들어선 서경이 곧장 데스크로 걸어가 주문을 했다. 커피가 나올 즈음 어떻게 알고 은결이 서경의 뒤에 나타났다. 불쑥 서경의 등 뒤로 다가온 은결이 말도 없이 팔을 뻗었다. 자신 몫의 커피를 서경의 손에서 빼가며 은결이 상큼하게 말했다.

"땡큐."

그에게서 소독약과 옅은 스킨 향이 났다. 그 냄새로 서경은 그의 존재를 알아챘다. 서경이 그에게로 돌아섰다. 너무 바짝 다가선 탓에 그의 가슴에 서경의 얼굴이 닿았다. 서경이 고개를 뒤로 젖히자 은결이 커피를 머금으며 빤히 서경을 내려다보았다.

"지금 너 키 크다고 시위하냐?"

"아니. 나 잘 컸다고 자랑하는 중."

누구 하나 먼저 뒤로 물러날 생각을 하지 않았다. 그게 뭐라고 둘이 붙다시피 서서는 고집스럽게 눈썹만 들썩였다. 네가 빠져! 둘의 눈빛엔 똑같은 메시지가 담겨 있었다.

"아, 뒷목."

자신보다 머리 하나는 더 큰 은결을 보느라 서경의 머리가 너무 뒤로 젖혀졌다. 그로 인해 뒷목이 뻐근해진 서경이 할 수 없이 한 발 뒤로 물러섰다. 입을 삐죽이는 서경을 은결이 기분 좋게 내려다봤다.

"커피 말고 우유 마시라니까. 그래야 쑥쑥 크지."

"다 큰 거거든."

"그래. 그 작은 몸에서 이만큼 큰 것도 대견하지. 옜다. 칭찬. 크느라 고생했다."

은결이 서경의 머리 위로 손을 내려 부스스 헝클어트렸다. 그를 가늘게 흘긴 서경이 머리에서 은결의 손을 거둬내 제 입으로 가져갔다. 찰나의 순간 은결이 물릴 위기에 처한 제 손을 구해냈다.

"에비, 이건 먹는 거 아니라고 몇 번을 말해. 너 아무거나 먹고 그러면 탈난다."

"먹긴 누가 먹어. 버릇없는 손에 알맞은 응징을 해주려는 거지."

서경이 커피를 입으로 가져가며 투덜거렸다. 커피를 한 모금 머금은 서경의 얼굴이 와락 구겨졌다. 그녀가 혀를 날름 내밀고는 손부채로 입안을 식혔다.

"데었어?"

놀린 것도 잠시 은결이 그녀의 입술 가까이 얼굴을 내리고 걱정스럽게 물었다. 서경이 고개를 끄덕이며 입구 쪽으로 걸음을 옮겼다. 그에 앞서 은결이 먼저 출입문 옆에 마련된 테이블에 커피를 내려놓고 얼음물이 담긴 주전자를 집어 들었다. 곧 다가온 서경에게 얼음물을 따른 컵을 내밀자 냉큼 받아 들이켰다.

"하여튼 조심성이 없어요."

곁들인 은결의 잔소리에 서경이 살짝 눈을 흘겼다. 이왕 챙겨줄 거면 살뜰하게 해주지 토는 왜 달아서 점수를 깎아먹는지. 저러니 오래 붙어 있는 여자가 없는 거다.

"너 마시는 거 보고 안 뜨거운가 보다 했지."

은결이 아무렇지 않게 마시기에 그리 뜨겁지 않은가 보다 했었다. 그런데 뜨거웠다. 그것도 엄청. 하마터면 입천장의 껍질이 다 벗겨질 뻔했다.

"마시기 전에 후후, 입으로 바람 부는 건 못 봤어?"

"내 눈이 네 입술을 별로 담고 싶지 않아 해서 미처 그건 못 봤네."

서경이 커피의 뚜껑을 열어 얼음물을 섞었다. 잡담을 나누며 오래 마실 커피가 아니었다. 미지근한 상태로 만들어 얼른 마시고 시장으로 가야 했다.

"이 매력 터지는 입술을 왜? 한번 보면 시선을 뗄 수 없는 마성의 입술이구만."

은결이 옆으로 상체를 기울여 서경의 눈앞으로 제 입술을 디밀었다. 서경이 쭉 내밀어진 은결의 입술을 보곤 미간을 찌푸렸다.

"어디다가 주둥이를 내밀어. 확 잡아당겨 버릴라."

"이러니 남자가 붙을 리가 있나. 남자가 대놓고 입술 내밀면 좀 설레거나 부끄러워하는 시늉이라도 해야지. 당겨 버린다니. 뭐 입술로 당기는 건 괜찮긴 하지만 손은 사양이야."

상체를 세운 은결이 능청스럽게 말하며 커피를 입으로 가져갔다. 후후. 정확히 두 번 입 바람을 불곤 커피를 한 모금 머금었다. 아무렇지 않게 커피를 삼키는 은결을 서경이 빤히 쳐다봤다. 뜨겁지 않나? 그녀의 얼굴에 드러난 의문을 읽은 은결이 피식 웃으며 천연덕스럽게 말했다.

"뭐든 내 입술 앞에선 무장해제. 사르르 녹아내리거든."

"넌 아마 엄청 오래 살 거야."

"응?"

"신이 널 세상에 버린 건 다시 거두고 싶지 않아서일 테니까."

시니컬하게 말하며 카페를 나서는 서경을 은결이 눈으로 쫓았다. 그의 입매가 부드러운 곡선을 그려냈다.

"아우. 자식이 농담도 참 맛깔나게 한단 말이야."

그가 싱글거리며 서경을 따라 병원 로비로 걸어나갔다. 서경의 곁에 나란히 서서 보조를 맞추며 은결이 물었다.

"장 볼 거 많아?"

"좀 되지."

"혼자 다 할 수."

은결의 말이 끝나기 전에 서경이 그를 돌아봤다. 그가 빙그레 웃으며 마저 말을 끝냈다.

"있지?"

"물론."

"고럼, 고럼. 우리 천하장사 이서경한테 그 정돈 껌이지. 자, 이 커피 다 마시고 에너자이저로 변신하는 거야. 파이팅!"

은결이 파이팅 넘치게 서경의 등짝을 후려쳤다. 그 결에 서경이 마시려고 입에 대고 있던 커피가 울컥 쏟아졌다. 서경이 턱을 타고 흐르는 커피를 손등으로 닦아내며 은결을 한껏 째려봤다.

"오, 이런."

은결이 서둘러 주머니를 뒤졌다. 뒷주머니에서 꺼낸 손수건으로 그가 직접 서경의 입술과 턱을 닦아주었다. 그럼에도 서경의 표정은 풀리지 않았다.

"애정의 표현이었어. 절대 고의 아니었다."

"이런 과한 애정 그다지 받고 싶지 않다."

서경이 손수건을 든 은결의 손을 붙잡아 저지시켰다. 손수건이 그의 왼쪽 힙 주머니에서 나왔다는 게 영 꺼림칙했다. 그리고 그 것으로 제 입을 닦았다는 사실을 서경은 인정하고 싶지 않았다. 그녀가 은결의 손을 토닥토닥 두드렸다. 됐으니까 이런 애정 따위 그만 집어넣어 둬.

"날이면 날마다 오는 것도 아닌데 해줄 때 받아. 남자의 손길이 많이 그리울 텐데."

"날마다 와도 받고 싶지 않다. 넌 내게 이성이 아니니까."

"그래도 외형과 마음은 남자니까 남이다 생각하고 눈 감고 즐겨."

굳이 입 주변을 닦아주려는 은결과 그걸 극구 거부하는 서경의 실랑이가 벌어졌다. 자신들이 지금 로비 중앙에 서 있다는 건 둘 다 안중에도 없는 듯했다. 그래서 사람들의 시선이 자신들에게 쏟아지는 것도, 곁으로 누군가 다가오는 것도 몰랐다.

"두 분은 여전히 알콩달콩하시네요."

알콩달콩이란 전혀 어울리지 않는 단어에 둘의 시선이 동시에 돌아갔다. 산부인과 정수민 선생이 빙긋이 웃으며 서 있었다. 은결은 같은 병원 의사라 잘 알고 있었고, 서경은 친구인 이연의 출산 때 자주 봐서 안면을 익힌 터였다.

"잘못 보신 겁니다."

"정 선생, 절대 그런 거 아니에요."

정색하며 반론을 제기하는 둘을 수민이 번갈아 바라보다 낮은 웃음을 터트렸다. 심각한 표정이 어쩐지 꽤 닮아 있었다.

"왜요. 아주 정다워 보이고 좋은데요."

"그건 오빠인 제가 너그럽게 동생의 버릇없는 투정을 잘 받아

줘서 그렇게 보이는 거죠."

은결이 자신의 인성이 남다름을 어필했다. 자만심 가득한 미소를 띠우며 수민을 바라보는 은결을 서경이 어이없는 표정으로 쳐다봤다. 고작 7개월 먼저 태어난 걸로 늘 오빠임을 강조하지만 단언컨대, 정신연령은 서경이 위였다. 그러니 오빠 대접을 받긴 글렀다. 은결도 서경이 오빠라고 부르면 닭살이 돋는다며 차라리 이름을 부르라고 했었다. 제 입으로 그래 놓고 간사하게 오빠 타령에 남의 버릇없음을 논하다니.

"왜요. 서경 씨 성격도 좋고 예의도 참 바른 분인데요."

수민이 서경을 향해 눈을 찡긋거렸다. 친구처럼 격이 없이 지내는 서경과 은결의 사이를 잘 알고 있는 수민이었다. 그래서 지금 은결의 말이 농담이란 것도 단박에 알아차릴 수 있었다. 서경이 손가락을 부딪쳐 딱 소리를 냈다.

"역시. 정 선생님은 사람 보는 안목이 뛰어나시네요. 누구랑 다르게."

"아니에요. 전 그저 본 대로 얘기한 건데요."

"캬아. 이 겸손함을 누가 배워야 하는데 말이죠."

수민과 대화를 하면서 서경은 은결을 향해 은근한 눈빛을 쏘아 보냈다. 누구 얘기하는 줄 알지? 그런 그녀를 외면하며 은결은 괜스레 귀를 휘적거렸다. 어디서 개가 짖나 하는 표정으로.

"그래도 두 분 보면 정말 좋아 보여요. 친구 같은 연인. 전 딱 이런 사이가 좋은 거 같아요."

"이런. 정 선생, 그런 끔찍한 생각은 얼른 말끔히 지워 버려요."

서경이 나서기도 전에 은결이 수민의 얼굴 앞에 검지를 세워 흔들며 단호하게 말했다. 그 말에는 서경도 찬성이었다. 그녀도 옆에서 고개를 격하게 끄덕였다.

"잘 들어요."

수민의 앞에 바짝 다가서며 은결이 그녀의 시선을 집중시켰다.

"정 선생이랑 내가 하면 로맨스. 일단 여자 남자 관계가 성립되니까."

말이 끝나기 무섭게 은결이 서경의 목에 팔을 휘감아 당겼다. 서경이 휘청거리며 그의 품에 얼굴을 묻었다. 그가 서경의 뒷머리를 잡고 자신의 가슴에 마구 비벼댔다. 반항하며 벗어나려는 서경을 돌려세우며 그가 다시 입을 열었다.

"얘랑 내가 이렇게 부비부비를 해도 둘이 하면 브로맨스. 왜냐, 얘랑은 전혀 심쿵이 안 되는 형제 같은 사이니까. 이해했어요?"

"브로맨스요?"

남자 사이에 케미가 남다른 이들을 일컬어 브로맨스라는 말을 한다는 건 수민도 알고 있었다. 하지만 은결이 말한 상대는 분명히 여자인 서경이었다. 그런 의미에서 은결의 말은 충분히 고개를 갸웃하게 할 만했다.

"얘랑은 절대 우정 이상 그 이하도 아니라는 말이죠. 그치?"

그가 서경을 머리 위에서 내려다보며 물었다. 그에 서경이 강제 부비부비로 붉어진 얼굴을 힘차게 끄덕였다. 은근히 기분이 나쁘긴 했지만 은결의 말은 부인할 수 없는 사실이었다. 그와는 아무리 함께 있어도 남자로서의 매력을 전혀 느낄 수가 없었다. 그냥 철부지 남동생 정도로밖에 생각되지 않았다. 하지만 그렇게 말하면 발끈해 또 난리를 칠 게 분명했기에 친구 정도로 간단하게 관계를 정리했다.

"절대적인 수치죠."

"그래요? 뭐 두 분이 그렇다면 그런 거겠죠."

수민이 수긍의 의미로 고개를 끄덕였다. 단순히 둘이 좋아 보여 사귀도 좋겠다는 의미에서 한 말인데 이렇게 강하게 부정할 줄은 몰랐다. '강한 부정은 긍정이라던데' 라는 말이 입속에서 맴돌았지만 수민은 말하지 않았다. 그러면 둘이 눈에 불을 켜고 달려들 것 같아서였다. 자신들이 얼마나 단순한 사이인지 그녀를 설득시키기 위해서.

"그런데 어디 가시는 길 아니었어요?"

대화의 방향을 틀기 위해 수민이 출입문을 턱으로 가리키며 물었다. 둘의 시선이 사람들의 출입이 빈번한 건물의 출입문으로 향했다. 서경이 눈을 동그랗게 뜨고 시간을 확인했다. 20분 할애하기로 한 시간에서 15분이 더 소비되었다. 그녀가 은결의 품에서 빠져나오며 그의 손에 커피를 쥐어주었다.

"분리수거는 네게 일임하마. 그럼 난 이만."

"그래. 오늘도 철저한 준비로 생업에 충실히 임하도록."

은결이 장난스럽게 서경의 말을 받아쳤다. 서경이 피식 싱겁게 웃으며 수민을 향해 손 인사를 건넸다.

"전 이만 가볼게요. 장사 준비를 해야 돼서요."

"아, 맞다. 어묵 카페 하신댔죠. 저도 다음에 한번 들를게요."

"네. 언제나 환영입니다. 서비스는 제가 책임지고 팍팍 넣어드릴게요. 그럼."

인사를 마친 서경이 발걸음을 서둘러 병원 입구로 걸어갔다. 그런 서경을 물끄러미 바라보다 수민과 은결도 자리를 벗어났다.

"전 이것 좀 버리고 갈게요. 먼저 가세요."

"네. 수고하세요."

"옙."

은결이 에스컬레이터 옆 휴지통으로 걸어가 서경의 컵을 버리려고 했다. 그러다 컵을 흔들어 남은 커피의 양을 가늠했다.

"많이 마시지도 못했네."

그가 자신의 컵을 옆 난간에 올려두고 서경의 컵 뚜껑을 열었다. 그리곤 그것을 벌컥벌컥 들이켰다. 서경이 고생해 번 돈으로 산 건데 그냥 버리기엔 아까웠다. 쓸데없는 실랑이를 벌이느라 커피도 채 다 마시지 못하고 서둘러 가야 했던 서경이 살짝 마음에 걸리기도 했다.

"편히 마실 수 있게 빨리 보내줄걸."

한숨 같은 웃음을 흘리고 은결이 엘리베이터에 발을 올렸다. 소아청소년과가 있는 3층에 도착해 자신의 진료실로 들어서던 은결의 눈에 비에 젖은 우산 하나가 들어왔다. 방금 전 외부에 나갔다 돌아온 최 간호사가 세워둔 우산인 것 같았다.

"비가 왔어요?"

은결의 물음에 최 간호사가 고개를 끄덕였다.

"좀 전부터 내리기 시작했어요. 그래서 급하게 편의점에서 하나 샀어요."

그의 시선이 복도 유리창으로 향했다. 빗방울이 제법 맺혀 있었다. 드센 비는 아니었지만 옷이 젖기엔 충분했다. 그가 우산을 덥석 집어 들었다.

"최 간호사님, 이거 저한테 넘기세요. 제가 이것보다 훨씬 좋은 걸로 사드릴게요."

"네, 그러세요."

최 간호사의 말이 떨어지기 무섭게 은결이 왔던 길을 되돌아갔다. 에스컬레이터를 뛰다시피 내려가 로비를 내달렸다. 헤어진 지 얼마 되지 않았으니 아직 버스 정류장까지는 가지 못했을 것이다. 빨리 뛰어가면 버스를 타기 전에 잡을 수도 있었다.

정문을 통과해 미친 듯이 뛰며 거리를 살폈다. 빗방울이 뚝뚝 그의 몸과 옷깃을 적셨다. 그에 아랑곳없이 은결은 저만치 버스 정류장에 가까워지고 있는 서경을 향해 달려갔다.

"헉헉. 어이. 친구."

때마침 버스가 도착해 탈 준비를 하며 앞으로 발을 내딛던 서경은 자신의 어깨를 덥석 붙잡는 손길에 놀라 주춤했다. 뒤를 돌아보자 은결이 거친 숨을 삼키고 있었다. 병원에서부터 뛰어온 모양이었다. 그의 손엔 접힌 우산이 들려 있었다. 그를 본 서경의 입가에 엷은 미소가 번졌다. 그녀가 그의 손에서 우산을 빼 들었다.

"땡큐. 잘 쓸게."

그녀가 팔을 뻗어 은결의 촉촉이 젖은 머리를 부스스 헝클었다. 물방울이 톡톡 튀었다. 얼굴에 튄 물방울을 닦지도 않고 손을 거둔 서경이 멈춰 선 버스에 서둘러 올라탔다. 서경이 버스 안쪽으로 걸어 들어가는 것을 보며 은결이 허리를 펴 호흡을 가다듬었다. 서경이 창가 쪽 자리에 앉아 그를 향해 손을 흔들었다. 은결이 피식 웃으며 고개를 끄덕였다.

"이 오빠가 우사인 볼트 급으로 겁나 뛰었다는 거 명심해."

서경이 탄 버스가 출발했다. 그녀가 자신의 말을 듣지 못하리란 건 알고 있었다. 하지만 분명 이에 상응하는 대가는 치를 것이다. 안주든 술이든 그가 원하는 것으로.

　단골 가게에 도착한 서경은 우산을 접어 들고 고개를 절레절레 흔들었다. 생각해 챙겨준 것까진 엄청 고마운데 짐을 들고 과연 이걸 쓸 수 있을지가 의문이었다. 장을 봐야 하는 서경에게는 우산이 또 다른 짐이 될 수도 있음을 은결이 미처 생각하지 못했다.

　"그래도 기특하긴 해."

　우산이 마치 은결이라도 되는 양 서경이 그것을 토닥거렸다.

　"아저씨."

　서경이 가게 안쪽으로 들어서며 주인을 찾았다. 아저씨라고 부르기엔 한참 젊어 보이는 남자가 물건을 정리하다 그녀를 발견하곤 반갑게 맞았다.

　"아저씨 아니라니까."

　"그럼 삼촌이라고 불러줘요?"

　"오빠라고 불러주면 더 좋겠는데요."

　"아우. 제가 그 단어에 알레르기 반응이 있어서요. 울 친오빠도 겨우 불러준답니다."

　"홋. 그래도 아저씨는 너무한 거 알죠? 나 이래 봬도 아직 젊은 총각인데."

"그거 좋다. 총각. 그걸로 콜?"

손바닥을 마주치며 서경이 주인에 대한 새 호칭을 낙찰시켰다. 왠지 어감이 어르신에게 더 어울리는 것 같았지만 서경의 반짝이는 눈빛에 지고 말았다. 부르는 사람이 좋다는데 어쩔 수 있나.

"콜."

서경과 오빠 한경이 함께 운영 중인 어묵 카페의 이름은 '오! 땡! 달구지'였다. 한경은 주로 주방을 맡았다. 주재료인 어묵도 그가 직접 만들었다. 요리에 소질이 없는 서경은 홀과 기타 잡다한 것들을 담당했다. 그 잡다한 것 중 하나가 바로 장보기였다.

서경이 장보기를 맡기 전엔 한경이 시장에 왔었다. 그래서 젊은 주인은 그녀보다 먼저 그녀의 오빠와 친분을 맺었다. 남매가 둘 다 성격이 시원시원하고 서글서글했다. 격 없이 지내기에 딱 좋은 부담 없는 사람들이었다. 그래서 야채가게 주인은 이들 남매를 좋아했다.

흔쾌히 서경의 의견을 수렴하며 주인이 그녀가 내민 손바닥에 제 손바닥을 부딪쳤다. 둘의 입가에 옅은 미소가 떠올랐다. 주인의 나이는 자신의 오빠인 한경과 비슷하다고 들었다. 그전에는 꼬박꼬박 사장님이라고 부르다가 한경이 장난스럽게 아저씨라고 부르는 것을 따라 했다. 한경과 야채가게 주인은 친구로 지내기로 한 모양이었다.

예전엔 한경이 장보기를 도맡아했었다. 그러다가 한경이 가게에 딸린 방에 기거하기 시작하면서 가게 뒷정리를 하게 되어 그가 혼자서 해야 하는 일이 너무 많이 늘어났다. 그래서 가게 문을 열기 전 조금이라도 더 쉽게 하기 위해 서경이 나서 자신이 장을 보겠다고 했다. 한경도 그녀의 마음을 아는지라 흔쾌히 그러라고 했다. 그때부터 장보기는 그녀의 몫이 되었다.

서경이 혼자 장을 보러 오기 시작하면서 주인의 일과가 조금 바뀌었다. 그는 서경이 올 시간에 맞춰 싱싱한 재료들을 미리 준비해 두었다. 그녀가 들고 가기 쉽도록 박스에 담아놓기까지 했다.

"주문해 놓은 상품은 따로 챙겨뒀어요."

"오우. 베리 땡큐요. 확인 좀 할게요."

"물론이죠."

싱싱하고 좋은 것들로 선별해 챙겨놓긴 했지만 서경은 꼭 다시 한 번 주인이 보는 곳에서 확인했다. 가게로 가져갔는데 물건에 하자가 있거나 착오가 생기면 서로가 껄끄러워지기 때문이었다. 그런 것을 미연에 방지하기 위해 제품을 값을 치르기 전 검수를 했다. 그게 주인도 편하고 좋았다. 늘 보는 자리에서 엄지를 척 올려주는 남매가 고맙기도 했다.

"욘석들 상태가 아주 굿인데요."

"이번에 새로 뚫은 거래천데 상품들이 죄다 상등품이더라고요."

"어쩐지 저번 애들보다 때깔이 더 좋다 했어요."

"맘에 든다니 다행이네요."

"이걸로 가져갈게요."

서경이 명세서를 확인하고 사인을 마쳤다. 값을 지불하고 물건을 들어 올리려는 서경을 주인이 만류했다.

"뒤요. 비도 오고 들고 가기 힘들 텐데 제가 배달해 드릴게요."

"에이, 바쁘신데 뭐 하려요. 제가 들고 가면 돼요."

"비 안 오면 그러라고 했죠. 조금 있으면 거세질 텐데 그냥 둘 순 없죠. 우수고객이신데."

주인이 서경을 뒤로 물리고 박스를 들었다. 앞서 가게 문으로 걸어가며 그가 말했다.

"잠깐 바람 쐰다고 생각하면 되니까 부담 갖지 말아요. 우수고객 특별 서비습니다."

"그럼 저야 엄청 고맙죠."

더 이상 거절하지 않고 서경이 넙죽 그의 친절을 받아들였다. 뒤따라 나서는 서경을 돌아보며 그가 부탁했다.

"가게 문 좀 닫아줄래요?"

"지금 바로 가시게요?"

"지금 배달해야 시간이 맞잖아요. 내 차로 같이 가요."

"이거 두 배로 감사한데요."

서경이 가게 문을 닫고 나서자 주인이 차가 주차된 곳으로 그녀를 인도했다. 트럭 짐칸에 박스를 내려두고 비닐로 꼼꼼히 싼 후 그가 먼저 운전석에 올랐다. 서경도 이어 조수석 문을 열고 탔다. 차를 출발시키자 룸미러에 달려 있던 펜던트가 흔들렸다. 펜던트에 절로 시선이 머문 서경이 작게 휘파람을 불었다.

"애인인가 봐요? 엄청 미인이신데요?"

"여동생이에요."

그가 옅게 웃으며 말했다.

"사이가 엄청 좋으신가 봐요. 여동생 사진을 이렇게 걸어두시고."

"좋았죠. 엄청."

"우리 오빠 저더러 전생의 원수가 현세의 업보로 태어났다고 하던데. 같은 오빠라도 참 다르네요. 부럽다, 부러워."

"그러게요. 참 다르네. 한경이 만나면 혼 좀 내야겠어요. 금쪽같은 동생한테 그러면 안 된다고."

"씨알도 안 먹힐걸요."

절대 말을 들을 인간이 아니라며 서경이 단정 지어 말했다. 그런 서경을 부드럽게 바라보다 펜던트로 시선을 옮긴 그가 애잔한 눈빛으로 말했다.

"제 동생은 저한테 천사예요."

"천사?"

보통은 동생을 그렇게 말하는 오빠가 드물었다. 그래서 서경은 그를 좀 다른 시선으로 돌아봤다. 입가에 머문 미소와 눈빛, 뭔가 사연이 있는 듯한 표정. 그로 유추해 볼 때 그가 동생을 천사라고 말한 데에는 남다른 이유가 있을 것 같았다. 하지만 서경은 묻지 않았다. 그게 뭐가 됐든 다른 사람의 숨겨진 감정을 자신이 들출 자격은 없었으니까. 상대가 말을 하면 들어줄 준비만 하면 되는 것이다. 그전엔 알려고도 의문을 가질 이유도 없었다.

서경의 가게인 오! 땡! 달구지에 가까워졌을 때 문득 생각났다는 듯 서경이 물었다.

"참! 총각은 이름이 뭐예요?"

차를 가게 앞에 세우며 그가 서경을 돌아봤다. 참 빨리도 묻는다 싶었다. 매일 확인하는 거래명세서에 정확히 그의 이름이 명시되어 있었지만 서경은 그에 전혀 신경을 쓰지 않았다. 그녀에게 중요한 건 물건들의 상태였지 가게 주인의 이름이 아니었다.

"정우. 하정우예요. 제 이름."

그가 엷은 미소를 지어 보이며 부드럽게 말했다. 서경이 추적추적 내리는 빗소리와 함께 들려온 그의 목소리에 가만히 고개를 끄덕였다. 어쩐지 너무 늦게 그의 이름을 물은 것 같아 조금 미안했다.

"제 이름은."

"알아요. 이서경. 이한경의 하나밖에 없는 여동생."

"아. 네."

정우가 차에서 내려 물건을 꺼냈다. 그것을 건네받으려고 서 있는 서경을 지나쳐 그가 곧장 가게 앞으로 다가갔다.

"문 안 열어줄 거예요?"

"서비스가 퍼펙트하시네요."

서경이 환하게 웃으며 가게 문을 열었다. 아직 한경은 잠에 취해 있는지 가게 안은 적막에 휩싸여 있었다.

"여기 내려놓으시면 돼요."

입구 가까이 있는 테이블을 서경이 가리켰다. 하지만 정우는 박스를 주방 안으로 들고 들어가 꺼내기 쉬운 위치에 내려놓았다.

"여기가 더 안성맞춤인 것 같아서요."

"친절함에 대한 보답을 어떻게 해야 할까요."

"다음에 오실 때 커피 한 잔만 사 오시면 돼요."

"커피 맛 죽이는 곳을 제가 또 잘 알죠. 꼭 보답하겠습니다."

"기대할게요."

서경의 배웅을 받으며 정우가 가게를 나섰다. 그의 차가 떠나는 것을 지켜보다 안으로 들어선 서경이 낮은 한숨을 내쉬었다. 정우는 여동생을 무척 아꼈을 것이다. 그 여동생에 대한 마음이 서경 자신에게도 적용되어 이렇게 친절을 베푼 게 틀림없다. 고마우면서도 마음이 무거웠다. 하지만 그에게 내색은 하지 않을 작정이다. 그러면 서로가 부담스러워질 수도 있으니까.

"이 인간은 사람이 들어오는 것도 모르고 잠을 자고 있어. 도둑 들어도 까맣게 모르고 잘 기셀세."

문을 닫고 돌아선 서경이 성큼성큼 가게 안쪽 한경의 거처로 걸어갔다. 한경의 방문 손잡이를 잡아 돌리려다 말고 서경이 가게 문을 돌아봤다.

"아참. 우산."

은결이 준 우산을 정우의 가게에 놓고 와버렸다. 차를 타고 오는 바람에 우산을 챙겨야 한다는 걸 잊어버렸다. 그녀가 머리를 긁으며 입맛을 다셨다. 아무래도 내일 커피랑 물물교환을 해야 할 것 같았다. 그전까지 부디 정우가 우산을 잘 보관해 주기를 바랄 뿐이다.

비는 그칠 기미를 보이지 않고 주룩주룩 내렸다. 일과를 마친 은결이 진료실을 나서다 말고 창밖을 응시했다. 그의 입술 끝이 살짝 말려 올라갔다.

"비 오는 날엔 따뜻한 국물에 소주 한 잔이 딱이지."

싱글거리며 문을 나선 은결이 너스 스테이션 앞으로 걸어가 팔을 올렸다. 톡톡 스테이션을 두드리는 소리에 최 간호사가 고개를 들었다.

"오늘 비도 오는데 우리 과 회식 어때요? 제가 쌈박하게 쏠게요."

"전 좋은데 다른 분들이."

최 간호사가 소아청소년과 과장인 현준의 진료실과 그 옆에 나란히 위치한 이연의 진료실을 눈짓으로 가리켰다. 두 사람 다 아직 퇴근 준비를 하지 않고 있는 모양이었다. 그러니 그 두 진료실을 담당하고 있는 간호사들의 퇴근도 덩달아 늦어지고 있었다.

"에헤이, 눈치 없는 사람들. 여태 뭘 한다고 진료실에서 꾸물거리고 그러시나."

은결이 간호사들을 향해 눈을 찡긋해 보이며 현준의 진료실로 향했다. 예의상 은결은 두 번 노크를 하곤 손잡이를 돌려 문을 열었다.

"못 가. 닫아."

책상에 앉아 모니터를 보고 있던 현준이 은결을 돌아보지도 않고 말했다. 은결이 문에 비스듬히 한쪽 어깨를 기대서서 팔짱을 꼈다. 그리곤 불퉁하게 입을 내밀고 눈을 가늘게 떴다.

"뭐지, 이 문전박대는?"

"논문 마감 때문에 이연이랑 며칠째 합방 못했다."

날 선 현준의 목소리에 은결이 얼른 몸을 바로 세우고 손잡이를 잡았다.

"어, 그럼 수고."

문을 닫다 말고 다시 고개를 내민 은결이 조심스럽게 물었다.

"간호사들은 내가 데려가도 돼?"

"닫아."

"어, 땡큐."

현준의 내치는 말속에서 수락의 의미를 캐치해 낸 은결이 얼른 문을 닫았다. 그가 이연의 진료실로 시선을 뒀다가 거뒀다. 그녀는 남겨두고 가는 게 현준의 심기를 덜 건드리는 일이었다. 남은 사람들 죄다 걷어가면 둘이서 알아서 퇴근을 하든 일을 하든 다른 걸 하든지 하겠지.

"두 분은 의료계의 무궁한 발전을 위해 남아 열공을 하시겠다고 하니 우린 이만 자리를 비워줍시다. 퇴근. 퇴근."

은결이 두 팔을 휘저으며 간호사들을 재촉했다. 마침 퇴근할 타이밍을 찾고 있던 간호사들이 서둘러 은결의 뒤를 따랐다. 회식을 빌미삼아 적당히 요기도 하고 술도 마시고 시간 때우다 집으로 돌아가면 될 터였다. 은결의 진두지휘 하에 간호사들이 일사불란하게 움직였다.

병원 로비로 향하며 은결이 소아청소년과 단체톡방에 메시지를 남겼다.

「오늘은 내가 쏜다! 시간 되고 술 고픈 인간들은 오! 땡! 달구지로 집합!」

그의 메시지 뒤로 환호를 외치는 글과 가지 못해 울먹이는 이모티콘이 줄을 이었다. 오랜만에 은결이 내는 한턱이었다. 주로 과장인 현준이 회식비를 지급하고 은결은 분위기를 돋우는 역할을 했다. 은결에게 얻어먹을 수 있는 절호의 기회를 놓친 이들은 그의 갑작스런 벙개 회식 소식에 한탄을 금치 못했다.

"내가 왔노라!"

가게 문을 활짝 열고 들어서며 은결이 개선장군처럼 외쳤다. 안 그래도 바쁜 와중에 우르르 손님들을 끌고 온 그를 한경도 서경도 그리 반갑게 맞이하지 않았다.

"왔냐?"

한경이 조리한 음식을 담아내며 간단하게 아는 체를 했다. 서경이 서빙을 하며 은결의 곁을 지날 때 빠르게 말했다.

"자리 마련해 줄 테니까 잠깐만 기다려."

양팔을 들어 환하게 웃던 은결이 머쓱한 손을 내리며 고개를 끄덕였다. 은결 일행은 그를 합쳐 딱 열 명이었다. 서경이 막 손님이 나간 테이블 두 개를 서둘러 치웠다. 지켜보고 있던 은결이 가방을 뒤에 선 레지던트에게 건넸다.

"들고 있어."

"네."

서경에게 다가간 은결이 팔을 걷어붙이고 테이블 치우는 것을 도왔다. 서경이 피식 웃으며 그의 손에 쟁반을 올려주었다.

"주방으로 고고."

"오케이."

이럴 때는 죽이 잘 맞는 둘이었다. 깨끗이 치운 테이블을 붙여 자리를 마련하고 일행을 안내했다. 한두 번 오는 곳이 아니었기에 일행도 은결의 행동을 자연스럽게 받아들였다. 자리에 다 착석을 하자 은결이 주문을 했다. 소주와 음료수는 그가 알아서 챙겨 테이블로 가져갔다.

"비 오는데 웬 회식?"

어묵 전골을 내려놓으며 서경이 은결에게 물었다. 은결이 잔에 술을 따르며 간략하게 답했다.

"비 오니까."

"하긴 이런 날은 은근히 이런 게 당기지."

"두말하면 잔소리."

은결이 웃음을 머금은 채로 술을 기울였다. 서경도 마주 웃어 보이곤 자신을 부르는 다른 테이블로 향했다.

"두 분이 꽤 친하신가 봐요?"

소아청소년과로 배정받은 지 얼마 안 된 인턴 이지가 은결과 서경을 가리키며 옆에 앉은 레지턴트에게 물었다. 전골을 먹던 레지던트가 별스럽지 않게 고개를 끄덕였다.

"엄청 친하지. 죽고 못 살 정도로."

"그럼 애인?"

"애인보다 더한 사이."

"예? 그건 뭐예요?"

"그런 게 있어. 더 알려고 하지 마. 다쳐."

"다쳐요?"

알 수 없는 말을 하곤 레지던트가 다시 먹는 것에 열중했다. 서경에게로 고개를 돌린 이지가 고개를 갸웃했다. 겉모습은 미소년처럼 생겼지만 분명히 여자였다. 그것도 꽤 예쁜 축에 속하는. 그런 서경과 격 없이 말을 주고받는 사인데 애인은 아니고 그보다더 친한 사이라면 대체 뭘까? 사랑보다 위에 있는 그게 뭔지 이지는 도무지 알 수가 없었다.

은근히 은결에게 관심을 가지고 있던 차였다. 능력 있고 배경좋은 전문의가 아직 미혼이고 사귀는 사람도 없다니 이게 웬 떡인가 싶었다. 그런데 위트 넘치고 잘생긴 은결에게 여자가 없다는게 이상하긴 했다. 그는 여러 여자들에게 친절하면서도 곁을 쉽게내어주진 않았다. 뭔가 이유가 있는 건 아닐까 생각하던 차에 서경을 본 것이다. 그가 여자를 저렇게 편하게 친구처럼 대하는 걸본 적이 없었다.

그래서 혹시 애인인가 싶었는데 아니라니 다행이었다. 그런데 그보다 더한 관계라는 게 어쩐지 걸렸다. 그게 뭘까? 자꾸만 거기에만 온 신경이 쏠렸다. 게다가 둘 사이에 대해 깊게 알면 다친다니. 그러니까 더더욱 궁금해졌다. 둘의 관계에 대한 정의가.

의구심은 들지만 은결을 유혹하겠다는 이지의 계획에는 변함이 없었다. 둘도 없는 친구 사이라면 오히려 서경을 이용해 은결과 돈독해질 수도 있을 것 같았다. 그렇게 결론을 내린 이지는 기회가 될 때마다 그에게 말을 걸며 아양을 떨었다. 더불어 다른 여자들의 접근과 관심을 견제하느라 이지의 머릿속이 분주하게 움직였다.

늦은 시간이었고 비도 오는 날이라 그런지 모두 술을 많이 마시지는 않았다. 대신 배를 든든히 채우고 하나둘씩 자리를 떴다. 내일을 위해 일찍 들어가 봐야겠다며 떠나는 이들을 은결은 붙잡지 않았다. 모두가 떠나가도 그에겐 가게 문을 닫고 같이 술을 마셔 줄 한경이 형도 있었고, 잔소리가 좀 심하지만 친구 삼은 서경도 있었다.

"선생님, 저희 2차는 안 가요?"

"2차?"

어느새 은결의 곁에 바짝 다가와 앉은 이지가 약간의 콧소리를 가미해 물었다. 이지를 돌아보는 은결의 눈이 살짝 충혈되어 있었다. 피로가 겹친 데다가 술까지 들어가서 그런 것이다.

"저 처음 하는 회식이란 말이에요. 인턴이 얼마나 힘든지 잘 아시잖아요. 다음에 언제 또 이렇게 시간 날지도 모르는데. 오늘 화끈하게 쏘신다고 했잖아요. 네? 선생님, 우리 노래주점 가요. 제가 노래 불러 드릴게요."

"노래주점에 저도 한 표 던집니다."

묵묵히 나온 안주들을 먹던 레지던트가 끼어들었다. 남은 간호사 둘도 합세해 노래주점을 외쳐댔다.

"좋아. 하지만 딱 한 시간만이다. 내일 근무도 해야 되니까. 적당히. 알았지?"

"네!"

"예이."

모두의 동조하에 다음 행선지가 정해졌다. 은결이 손님이 거의 빠져나가 마무리를 하고 있는 서경을 돌아봤다. 그런 은결의 시야를 이지가 가로막았다. 이지가 야릇한 미소를 흘리며 은결의 팔짱을 꼈다. 은결의 시선이 팔로 내려갔다가 이지에게로 향했다. 시선이 마주치자 이지가 부끄러운 듯 볼을 붉혔다.

"나 내 몸에 막 손대는 거 싫어하는데."

여태와는 다른 다소 딱딱한 은결의 말투에 이지가 살짝 당황했다. 미소 띤 입술과 달리 은결의 눈빛이 차가웠다. 이지가 어색하게 웃으며 팔을 거뒀다.

"죄송해요. 전 그냥 부축해 드리려고."

"취할 정도로 마셨으면 2차 가자고도 안 하지."

"네."

"자, 지금부터 한 시간이다. 근처 노래주점 섭외해."

그의 말이 떨어지기 무섭게 모두들 자리를 박차고 일어났다. 가게를 빠져나가는 일행에게 서경과 한경이 잘 가라는 인사를 건넸다. 하나둘씩 고개를 내밀고 다음에 또 오겠다는 말을 남겼다. 이지만 가게를 나가지 않고 문 앞에 서서 은결을 기다렸다.

그런 이지는 안중에도 없는지 은결이 서경에게 다가가 지갑을 꺼냈다.

"나 약속 지켰다."

"아직 한 번 더 남은 거 알지?"

"안다, 알아. 이 냉혹한 놈아."

"그건 반납이구요. 음료 두 병은 제 권한으로 서비습니다."

"네. 네. 영광입니다."

우산 값으로 겨우 음료 두 병을 치르다니 인색하기가 자린고비 버금간다. 그럼에도 둘은 웃으며 가볍게 넘겼다. 지갑을 챙겨 넣은 은결을 걱정스레 바라보며 서경이 잔소리를 늘어놓았다.

"여기서 더 마시면 곤드레만드레 되는 거 알지? 스톱하고 노래나 진탕 부르셔. 목 쉬도록."

"나 주량 늘었어. 걱정 안 해도 돼. 그리고 목 쉬면 진료는 어떻게 보나?"

"자넨 허스키한 목소리가 더 매력적이야."

"오우. 그럼 또 노래방 떠나가라 질러줘야지."

"술은 스톱이다."

"내가 알아서 해."

길게 잡담을 늘어놓기에는 기다리는 사람들이 있어 곤란했다. 서경의 걱정을 뒤로하고 한경에게 인사를 한 은결이 서둘러 입구 쪽으로 걸어갔다. 그가 문을 나서자 이지가 바짝 붙어 따랐다. 그 모습을 서경이 무덤덤하게 지켜봤다.

"오늘은 여기서 접자."

한경이 기지개를 켜며 말했다. 그에 서경이 말없이 고개를 끄덕였다. 앞치마를 벗어 테이블 위에 올려놓는 서경의 시선이 여전히 문 쪽으로 쏠려 있었다.

"왜, 걱정돼?"

"어. 엄청 걱정돼."

"이거이거, 뭐 있는데? 너네 썸 타는 거 아냐?"

"썸은 개뿔. 집도 못 찾아가서 저번처럼 경찰서에서 연락 올까 봐 그게 걱정이지. 한참 자다가 누가 깨워서 나가봐. 그것도 경찰서에. 그거 얼마나 짜증나는지 알아?"

"흠. 그건 그러네."

"그런 의미에서 연락 오면 오빠가 한탕 뛰는 걸로?"

서경이 한경을 돌아보며 눈썹을 들썩였다. 한경이 서경을 빤히 쳐다보며 시니컬하게 말했다.

"네 친군 네가 거두는 걸로."

"오빠가 돼서 그런 말이 나오나? 아무리 그래도 여동생인데. 걱정 안 돼? 새벽에 그것도 취객이 득실거리는 경찰서에 간다는데?"

"어. 전혀 걱정 안 돼."

주방을 나와 화장실로 향하던 한경이 서경을 돌아보며 시큰둥하게 말했다. 서경이 콧방귀를 뀌는 것을 무심하게 쳐다보다 한경이 툭 던졌다.

"거기 네가 자주 애용하던 곳이잖아. 그리울 텐데 가끔 가보고 해. 추억이 새록새록 돋아나고 좋겠네."

한경의 말에 서경의 눈썹이 한쪽만 불쾌하게 치켜 올라갔다. 가게에 매달리기 전 서경의 취미생활은 클럽에서 신나게 놀며 스트레스를 해소하는 것이었다. 이른바 클럽 죽순이였다는 소리다. 술에 취해 곤드레만드레 상태로 경찰서를 내 집 삼아 그곳 의자에서 잠을 청한 적도 많았다. 보호자로 그녀를 찾으러 온 한경이 술 취한 그녀를 거두며 얼마나 쪽을 팔고 생고생을 했는지 모른다.

몸이 피곤해 지금은 예전처럼 클럽을 찾지 못했다. 요즘은 가끔

불타는 금요일을 외치며 침울해 있는 서경을 은결이 구원해 클럽을 구경시켜 주곤 했다.

은결이 혹여 술에 취해 경찰서를 찾진 않을까 걱정하는 그녀를 한경이 놀려댔다. 클럽 죽순이 시절의 흑역사를 들먹이면서 말이다. 너나 은결이나 똑같다는 뜻을 담아.

그 생활을 청산한 지가 언젠데 여태 들먹인단 말인가. 서경이 주먹을 꽉 움켜쥐곤 한경을 매섭게 노려봤다.

히죽 어색한 웃음을 흘린 한경이 화장실로 재빨리 들어가 굳게 문을 닫아걸었다. 절대 서경의 주먹다짐이 두려워서가 아니라고 한경은 문손잡이를 잡은 채로 한참을 중얼거렸다.

"망할 인간. 이놈이나 저놈이나 죄다 날 여자로 보질 않으니. 대체 뭐가 문젠 거야?"

서경이 냉장고 문에 비친 제 모습을 물끄러미 응시하다 결론을 내렸다.

"오라버니 눈들이 동태인 거지. 얼른 돈 벌어서 눈부터 고쳐 줘야겠네."

으슬으슬 한기가 느껴졌다.

난방 하나는 끝내주게 잘되는 집인데 왜 이럴까. 은결은 잠결에도 그게 무척 궁금했다. 그래서 따스한 것을 찾아 본능적으로 움직였다. 자신이 누운 곳보다 조금 위쪽에서 부드럽고 따뜻한 것이 만져졌다. 그래서 은결은 눈을 감은 채로 움직여 그것에게 다가가 꽉 끌어안았다.

약간의 반항을 하며 뒤채기는 했지만 은결은 그럴수록 더 힘껏 그것을 안았다. 그렇게 잠이 들었다. 다른 날보다 더 편하고 깊은 잠으로 은결은 순식간에 빠져들었다.

얼마나 시간이 흘렀을까. 뭔가가 은결의 몸을 꾹 눌러 흔들었다. 일어나기 싫은데 깨우려는 그것을 은결이 밀어내고 따뜻한 것을 찾아 더듬거렸다. 하지만 앞에 있어야 할 따뜻한 것은 없고 아까 그것이 다시 자신의 몸을 짓눌렀다.

"얼른 일어나라, 이 망할 인간아."

어디서 많이 듣던 목소리였다. 귀에 익은 저음의 화난 목소리. 이 음침한 기운. 그리고 자신을 짓밟고 선 것은 분명히 그가 익히 알고 있는 인물의 발이었다.

그가 붙어 떨어질 것 같지 않은 눈을 억지로 밀어 올려 제 옆구리를 밟은 발을 쳐다봤다. 음산한 목소리와 어울리지 않는 작은 발이 한눈에 들어왔다. 발을 따라 시선을 올리자 자신을 죽일 듯이 내려다보고 있는 서경의 무시무시한 얼굴이 나타났다.

'눈 감아버릴까?'

은결은 잠깐 갈등했다.

"안 일어나? 그럼 어쩔 수 없지. 자동으로 폴더처럼 접혀 일어나게 만들 수밖에."

서경이 시니컬하게 말하며 발을 들었다. 그리곤 다른 곳을 조준했다. 정확히 그의 중심에 위치한 그곳. 아주 중요한 그곳을 밟으려고 한껏 힘을 모으고 있었다. 놀란 은결이 눈을 부릅뜨고 벌떡 일어나 앉았다.

"야, 아무리 그래도 거긴 아니지!"

"효과만점이네."

아깝다는 듯한 말투로 툭 내뱉고는 서경이 발을 내렸다. 은결의 다리와 다리 사이로. 꿀꺽 마른침을 삼킨 은결이 그녀를 멀뚱히 올려다봤다. 서경이 가볍게 콧방귀를 뀌며 그를 매섭게 쏘아보았다.

"또 한 번 내 집에 무단침입하면 가만 안 둔다고 했지."

"어. 여기가 너네 집이야?"

"보시다시피."

그리고 보니 어딘가 좁고 아담한 것이 상당히 익숙한 장소였다. 은결이 주변을 두리번거렸다. 서경의 말대로 여긴 그녀의 집이었다. 간밤에 술에 취해 집으로 가겠다고 노래주점을 나선 건 기억이 나는데 왜 여기에 와 있는지는 알 수가 없었다.

"저기 혹시."

"네가 직접 열고 들어왔어."

"그렇지? 네가 열어줬을 리가 없지."

"그래서 할 말은 그것뿐이야?"

그럼 밤새 난로처럼 따뜻하게 안고 잤던 게……. 은결이 힐끔 서경의 눈을 쳐다봤다. 살벌함이 어제의 일을 모두 알고 있는 것 같았다. 하긴 은결보다 먼저 깨어났으니 자신을 안고 있는 걸 보고 기겁했을지도 모른다.

은결이 배시시 웃으며 손을 들어 부드럽게 흔들었다.

"하이. 나의 사랑하는 여사친."

그의 상큼한 아침인사에 서경이 시크하게 화답했다.

"어. 이제 곧 죽을 가엾은 내 남사친. 굿 바이."

말을 끝내기 무섭게 서경이 은결의 목을 제 팔과 허리 사이에 끼우고 헤드락을 걸었다. 그리곤 제 몸으로 은결을 깔아 눌러 버렸다. 은결이 파닥거리며 발버둥을 쳤다.

"아아. 아파. 잠깐만."

"아무리 내가 여자로 안 보인다고 해도 이건 너무하는 거지."

"미안. 미안해. 살려줘."

버둥거리던 은결이 서경의 허리를 와락 끌어안고 그녀를 바닥에 눕혔다. 순식간에 둘의 위치가 바뀌었다. 서경이 멍한 눈으로 저를 위에서 내려다보고 있는 은결을 쳐다봤다. 은결이 숨을 몰아쉬며 피식 웃었다.

"내가 요즘 운동을 좀 하거든."

그가 서경의 머리 양쪽으로 팔을 내려 그녀의 손을 잡아 위로 결박했다. 더 이상 자신을 공격하지 못하도록 그녀의 몸도 제 몸으로 지그시 눌렀다. 그러느라 둘의 얼굴이 가까워졌다. 갑작스런 그의 반격에 당황한 서경의 얼굴이 붉게 물들어 있었다. 후후 내뱉는 숨소리에 맞춰 그녀의 가슴이 위아래로 들썩거렸다. 그녀를 말없이 내려다보던 은결의 미간이 미세하게 꿈틀거렸다.

그녀를 응징하려 결박을 하긴 했는데 뭘 어떻게 해야 할지 난감했다. 자세가 묘하게 몸이 겹쳐진 것도 느낌이 야릇했다. 은결이 머뭇거리는 사이 바짝 약이 오른 서경이 이마로 그의 머리를 박았다.

"아!"

아픔을 호소하며 은결이 턱을 붙잡았다. 겨냥을 하긴 했는데 머리를 잘못 휘둘러 초점이 어긋나 버렸다. 얼얼한지 턱을 잡고 칭얼거리는 은결을 서경이 슬쩍 밀어냈다. 은결이 일어나 앉으며 서경을 흘겼다.

"그렇게 왜 갑자기 사람을 덮치고 그러냐?"

머쓱해진 서경이 볼을 긁적이며 말했다.

"먼저 덮친 건 너거든요?"

"아니거든요. 한밤중에 급습해 덮친 건 댁이거든요."

"아, 그러네."

인정도 참 솔직하게 한다. 서경의 말에 은결이 고개를 끄덕였다. 맞는 말이었다. 허락도 없이 집에 들어와 곰 인형 취급을 한 건 은결의 잘못이었다. 은결이 양손을 들어 벌을 서는 시늉을 했다.

"잘못했어. 미안."

"오케이. 고소는 안 할게."

서경이 은결의 턱을 곁눈질로 살피며 인심 쓰듯 말했다. 도도하게 치켜든 그녀의 턱을 보며 은결이 피식 웃었다. 그가 손을 내리며 장난스레 말했다.

"나도 이거 고소는 안 할게. 쌍방 합의 본 거다."

"뭐. 그런 걸로."

서경이 일어나 주방 쪽으로 걸어갔다. 그녀를 뒤따라 은결도 주방으로 향했다.

"아침 뭐 했어?"

"지금이 아침이냐?"

"아점인가?"

"라면 끓일 거야."

"계란은?"

냄비에 물을 받아 가스레인지 위에 올려놓는 서경의 뒤를 뭐 마려운 강아지마냥 은결이 졸졸 따라다녔다. 물이 끓기를 기다리며 라면을 꺼내 봉지를 뜯는 서경의 어깨에 은결이 턱을 올려놨다.

"뭐냐?"

"머리 무거워."

"난 안 무거울 것 같냐?"

서경의 투덜거림에 은결이 고개를 돌려 그녀의 얼굴을 빤히 쳐다봤다.

"하긴 내 머리보다 네 머리가 더 커 보이긴 해. 엄청 무겁겠다. 들고 다니기 힘들겠어."

뜯어야 할 라면봉지 하나가 그녀의 손에 찌그러졌다. 팡 소리와 함께 봉지가 터져 버렸다. 튀는 파편을 보며 은결이 슬그머니 머리를 치웠다.

"라면 대신 끓는 물에 들어가고 싶지 않으면 입 다물고 조용히 찌그러져 있어."

"어."

곧바로 수긍하며 은결이 잽싸게 식탁에 앉았다. 그가 수저를 양쪽에 가지런히 두고 다소곳하게 앉아 서경을 기다렸다. 라면을 끓는 물에 수장시키는 서경의 입가에 엷은 미소가 떠올랐다.

소원권을 쓰지 않고 운 좋게 커피를 얻어 마실 수 있어서 은결
은 기분이 좋았다. 소개팅 시켜준다는 말에 서경의 태도가 확 변
할 줄은 몰랐다. 관심 없는 척하더니 그래도 남자는 만나고 싶은
모양이다. 자기도 나름 여자라 이거지.

"내가 아주 쌈박한 놈으로다가 물색을 해놨지."

은결이 3층으로 올라가는 대신 2층 순환기 내과 병동으로 방향
을 틀었다. 이리저리 자신의 주변 남자라는 물건들을 물색해 본
결과 여기 기거하고 있는 인간 하나가 눈에 들어왔다. 예의도 바
르고 근면 성실은 기본으로 갖추고 있으며 아직 솔로인 귀하디귀
한 종자가 순환기 내과에 아직 존재하고 있었다.

"이 오라버니께서 레이더를 또 기가 막히게 돌려봤다는 거 아니냐. 이런 오라버니가 세상에 또 어딨냐? 세심하지 배려 돋지. 아, 감동의 물결이 막 넘실넘실."

자화자찬을 하며 소화기 내과 너스 스테이션으로 은결이 걸어 갔다. 그가 흰 가운을 간지 나게 입고 등을 지고 있는 인물에게 다 가가며 낮게 속삭였다.

"너를 위해 준비한 서프라이즈. 고대하시라."

은결이 남자 뒤로 불쑥 다가서며 검지로 콕콕 그를 가리켰다.

"206호 서순정 환자 심장초음파 검사 결과 나왔습니까?"

순환기 내과 전문의 조재영이 차트를 뒤적이며 물었다. 간호사 중 한 명이 서둘러 모니터를 확인했다.

"아직이요. 오후 2시까지는 보내겠다고 했는데."

간호사의 말에 재영이 손목시계를 확인했다.

"정확히 5분 46초가 지나고 있습니다만."

"아, 제가 전화 한번 넣어볼게요."

간호사가 다급하게 수화기를 들어 내선번호를 눌렀다. 재영의 차가운 안경 너머 눈이 예리하게 반짝거렸다.

"여어. 조재영 선생 방가 방가. 쌈박하게 좋은 날 뭐가 이렇게 심각해?"

은결이 재영의 어깨에 척하니 손을 올리며 스테이션 너머 간호사들에게 눈인사를 했다. 간호사들이 엷은 미소를 띠며 그에게 마주 인사를 건넸다.

"아, 김은결 선생님."

재영이 몸을 돌려 그를 마주했다. 자연스레 어깨에 올려져 있던 은결의 손이 내려졌다. 재영이 그를 향해 예의 바르게 상체를 숙여 인사했다.

"반갑습니다."

재영은 은결보다 2기수 아래의 후배였다. 그래서 그를 볼 때마다 깍듯이 인사를 했다. 평소에는 그게 참 좋아 보였는데 가까이서 직접 대면하고 보니 뭔가 어색했다.

은결이 스스럼없이 제법 친근하게 다가섰는데 이상하게 벽이 느껴졌다. 예의가 아주 지나치게 바른 게 문제였다. 이쪽에서 어떻게 나오든 늘 정색하며 진지하게 인사를 하니 그 벽이 쉽게 허물어질 수가 없는 것이다.

어깨동무 한 번에 은결은 단박에 재영의 성격을 파악했다. 철두철미하고 예의도 바르고 근면에 성실까지 하다고 해서 제2의 장현준쯤 되겠구나 생각했었다. 그 정도면 충분히 서경과 소개팅을 할 자격이 있다고 결론을 내렸는데. 아니었다.

"저기 선생님, 지금 바로 결과 보낸다고 하는데요."

간호사가 전화를 끊으며 재영에게 보고했다. 재영이 날카로운 눈빛으로 간호사를 돌아보며 쏘아붙였다.

"지금 바로 어떻게 말입니까?"

"네?"

"순간 이동 능력이 있는 것도 아니고 어떻게 지금 바로 보낸다는 거냐고 묻는 겁니다. 실행 불가능한 말은 하질 말아야지. 5분. 10분. 정확히 걸리는 시간을 말해야 상대방이 시간 낭비를 하지 않을 거 아닙니까."

"아, 그게. 다시 물어볼까요?"

"두 번 세 번 전화하는 것도 업무 효율을 저하시키는 겁니다. 뭐든 딱 한 번에 끝내는 습관을 들이도록 하십시오."

재영이 따박따박 따지고 들며 간호사들을 곤란하게 만들었다. 어쩔 줄 몰라 하며 서 있는 간호사를 한번 째려보곤 재영이 시계를 확인했다.

"1분 23초 지났습니다."

은결이 너스 스테이션에 팔을 올려 기댔다. 그리곤 빤히 재영을 쳐다봤다. 재영이 힐끔 그를 돌아보자 은결이 히죽 웃었다.

"무슨 하실 말씀 있으십니까?"

"지금 자네에게 필요한 건 뭐다?"

"네?"

"서영."

은결이 느끼 버전으로 성이란 단어를 길게 늘여 말했다. 입술까지 요염하게 내밀며. 그 입술을 거북하게 바라보며 재영이 물었다.

"성이라니 그게 무슨."

뜬금없이 자신에게 필요한 게 성이라며 요상한 눈빛을 보내는 은결이 재영은 꺼림칙했다. 병원 내에 카사노바라는 소문이 자자하더니. 정말 그런 쪽으로만 머릿속이 꽉 찬 모양이다.

은결이 재영의 얼굴로 손을 뻗었다. 그 손을 이마에 붙이고 은결이 또박또박 힘을 주어 단어를 나열했다.

"융.통.성."

풋. 너스 스테이션 안에서 바람 새는 듯한 웃음소리가 들렸다. 재영이 즉시 고개를 돌리려 했지만 은결에게 차단당했다. 은결이 재영의 머리를 한 팔로 감싸 제 가슴으로 끌어당겼다.

"뭐 하는 겁니까?"

"선생님들, 이 환자에게 융통성 500cc 투여해 주시기 바랍니다. 순환기 내과의 샤방한 분위기 조성을 위해 꼭 필요한 처방이니 잊지 말고 해주시길."

은결이 간호사들을 향해 익살스런 농담을 건넸다. 재영의 눈치가 보여 답은 하지 못하고 간호사들이 작게 고개를 끄덕였다. 그런 약이 있으면 정말 좀 놓아주고 싶었다.

"이보게, 자넨 오늘부로 내 명단에서 영구 제명일세."

재영을 풀어주며 은결이 쯧쯧 혀를 찼다. 영문도 모른 채 은결에게 휘둘린 재영의 얼굴이 시뻘겋게 달아올라 있었다. 그가 멀어지는 은결을 기막힌 듯 쳐다보다 고개를 돌렸다. 저를 바라보는 간호사들의 눈빛에 웃음기가 담겨 있었다. 그가 헛기침을 하며 차트를 열심히 뒤적였다. 더 이상 심전도 검사에 대한 재촉은 없었다.

「그러고 나서 한참을 서경에게 들들 볶였다니까요. 소개팅 시켜주겠다고 호언장담하더니 왜 남자 비슷한 것도 안 데려오냐고 따지는데. 아우. 얼마나 괴로웠으면 얻어먹은 커피의 세 배로 갚았다니까요. 그 철딱서니가 이 오라버니의 깊은 속뜻을 어떻게 알겠어요. 고르고 골라 좋은 놈으로 던져 주고 싶은 이 아름다운 마음을.

그런데 이상하게 그런 놈이 안 보인단 말이죠? 세상 남자들 씨가 마른 것도 아닌데. 왜 제 눈에 다 모자라 보이죠? 우리 서경이 감당할 인재가 없어요, 인재가.」

—2015년 어느 봄날, 서경의 소개팅 남을 고르다 지친 은결의 인터뷰 중.

가게가 쉬는 날에 맞춰 이연과 간단하게 점심을 먹고 오랜만에 영화도 한 편 보기로 했다. 평소에는 이연이 바쁘기도 했고 서경이 늦게 일어나 시간대가 안 맞는 경우도 있었다. 하지만 가장 큰 이유는 이연의 질투심 많은 남편 장현준 때문이었다. 그는 남들과 이연을 공유하는 걸 그다지 좋아하지 않았다. 그나마 이연의 가장 친한 친구라는 명목 때문에, 그리고 자신들의 결혼에 일조한 공을 인정받아 서경은 시간이 날 때 언제든 만남을 가질 수 있는 영광을 누릴 수 있었다. 사전에 현준에게 일정을 알려줘야 하는 불편함이 있긴 했지만 그 정도는 귀여운 질투 정도로 가볍게 넘겨줄 수 있었다.

"날씨 한번 끝내주게 좋네."

이연을 만나러 가기 위해 서경은 다른 날보다 일찍 일어나 준비를 마쳤다. 11시가 막 지난 시간대의 화창한 하늘은 무척 오랜만이었다. 그녀가 기지개를 쭉 켜며 하늘을 올려다봤다. 태양이 눈부셔 실눈을 떠야 했지만 얼굴과 몸으로 쏟아지는 햇살이 싫지는 않았다.

"인간은 자고로 해를 보고 살아야 하거늘. 늘 달과 함께 하니 낮빛이 멀건 밀가루 반죽처럼 보일 수밖에. 해 안 보면 비타민 D가 부족해지고 우울증이 생기기 쉽다던데. 난 당최 우울할 시간이 없네그려."

웃는 낯으로 넋두리를 한 서경이 피식 웃으며 해에게 짧은 윙크를 건넸다. 버스 정류장으로 걸어가는 서경의 발걸음이 경쾌했다. 이 얼마 만의 문화생활인지 감회가 새로웠다.

"김은결 그 망할 인간이랑 만나면 항상 격렬한 파이팅을 외쳐야 해서 말이야. 이런 쌈박한 맛이 없어. 운동은 제 남자 친구들이랑 하면 되지 꼭 날 끌고 가요. 쯧."

그렇게 말은 했지만 서경의 표정이 어둡지는 않았다. 점퍼 주머니에 손을 찔러 넣고 고개를 길게 빼 도로를 살폈다. 자신이 타야 하는 버스가 가까이 왔는지 확인하기 위해서였다. 버스 전광판엔 5분 후에 도착한다는 알림이 떴다. 서경이 입고 있는 점퍼는 한경이 사놓은 것이었다. 요즘 유행한다는 항공점퍼라는데 그런 건 잘 모르겠고, 색이랑 디자인이 마음에 들고 무엇보다 편해 보여서 몰래 걸치고 나왔다. 아마 일어나면 점퍼를 찾느라 난리가 날 것이다.

"하루만 빌리자. 내가 다음에 더 좋은 걸로 사다 줄게. 오늘은 입고 나올 옷이 없었어. 이 동생이."

아직 꿈나라를 헤매고 있을 한경을 떠올리며 서경이 혼잣소리를 중얼거렸다. 때마침 그녀가 탈 버스가 왔다. 버스에 올라타 자리에 착석하니 새삼 거리의 가로수가 눈에 들어왔다.

벚꽃이 지고 푸른 잎들이 피어나 있었다. 서경이 창틀에 팔을 올려 턱을 괴고 창밖을 응시했다. 그녀의 눈동자 가득 초록이 들어찼다. 아쉬웠다. 벚꽃이 한창 피었을 때 그것을 만끽할 수가 없었다는 게.

"봄 넌 또 언제 이렇게 말도 없이 후딱 왔다가 가버리냐?"

정신없이 바쁘게 살다 보니 봄이 깊어진 것도 몰랐다. 그러고 보니 요 며칠 내린 비가 늦은 봄비였던가 보다. 덥다 춥다만 생각해 옷을 입어 자신의 옷이 어느새 얇아진 것도 무심하게 넘겼다. 문득 어제 은결이 입고 있던 코트가 떠올랐다.

"그러고 보니까 코트가 바뀌었네. 민트 색이었던가. 꽤 잘 어울렸어."

보통의 남자들이 소화하기 힘든 색감이었다. 그런 걸 은결은 참 과감하게 아무렇지 않게 입고 다니곤 했다. 그런데 은근히 그런 것들이 또 잘 어울리기도 했다. 코트 자락을 펄럭이며 패셔니스타 김이라고 불러달라던 그의 말이 떠올라 작게 웃음이 새어 나왔다.

"오늘은 또 뭘 입고 왔으려나?"

마침 이연을 만나러 병원으로 가는 길이었다. 오늘 진료는 없었지만 현준의 얼굴을 보기 위해 병원에 가 있겠다고 이연이 거기서 만나자고 했다.

논문 준비 때문에 제대로 얼굴을 보지 못해 현준이 요즘 많이 날카로워졌다고 했다. 그놈의 논문이 뭐기에 뜨겁다 못해 활활 타오르는 두 부부를 함께 있지 못하게 한단 말인지.

그놈을 족쳐서 자신의 죄를 알게 해야겠다고 전화 통화를 하며 서경이 농담을 했다. 그에 이연이 웃으며 제발 좀 그래 달라고 부탁 아닌 부탁을 하기도 했다.

이런저런 생각을 하는 사이 버스가 병원 앞 정류장에 도착했다. 버스에서 내려 병원으로 향하는 길목에 벚꽃의 잔해들이 보였다. 바닥에 떨어져 있던 꽃잎이 바람에 흩날려 서경의 주변으로 눈처럼 쏟아졌다. 눈부시게 아름다운 모습이었다.

그 속을 걷는 서경의 얼굴에 절로 미소가 피어올랐다. 이렇게라도 벚꽃을 봤으니 됐다. 꼭 나무에 매달려 있어야 꽃인 건 아니니까.

"뭘 그렇게 히죽히죽 웃으면서 걸어? 허파에 바람 든 머리에 꽃 꽂은 언니처럼?"

서경의 얼굴 앞으로 불쑥 은결의 얼굴이 나타났다. 언제 다가온 건지 곁에 나란히 서서 상체를 기울인 채로 그녀의 얼굴을 빤히 들여다봤다. 느닷없는 등장에 미처 방어를 하지 못한 서경이 그대로 은결의 얼굴에 제 얼굴을 부딪쳤다.

"아."

부드럽고 말캉한 느낌이 입술을 통해 적나라하게 전해졌다. 하필이면 부딪힌 부위가 입술이었다. 아주 가벼운 접촉사고에 서경이 곧바로 뒤로 한걸음 물러섰다. 사고 현장에 멈춰 서 몸을 굳힌 채 미동도 않던 은결이 잠시 후 움찔하며 상체를 바로 세웠다.

찰나였음에도 감촉이 그대로 입술에 남아 있었다. 괜스레 머쓱해져 둘은 서로 말을 않고 눈만 마주했다. 그러다 침묵을 견디지 못한 은결이 먼저 입을 열고 투덜거렸다.

"흐음. 계집애가 조심성 없기는."

"허어. 사내새끼가 조잔하게 어디다가 책임 전가야. 애초에 내 앞길 네 면상으로 막은 게 잘못이지."

지지 않고 받아치는 서경의 서슬 퍼런 눈빛을 물끄러미 바라보다 은결이 한 손을 들어 보였다.

"인정. 그건 내가 잘못했네."

은결의 깔끔한 인정에 서경이 콧방귀를 뀌며 발걸음을 옮겼다. 은결도 피식 웃으며 보조를 맞춰 걸었다. 그가 서경의 어깨를 가볍게 툭 밀었다. 그에 서경이 고개를 들어 그를 가늘게 흘겼다.

"뭐냐?"

"너무한 거 아냐? 아무리 그래도 오빠한테 사내새끼가 뭐냐?"

"그러는 오라버니는 참 고상하게 동생을 계집애라고 부르셨나?"

"어허. 그건 절대 욕 아니다. 이 오빠의 애정이 듬뿍 담긴 애칭이지."

"애정 좋아하시네. 계집애가 여자아이를 낮잡아 부르는 말이라는 거 모르고 있을 양반은 아닐 텐데."

서경의 미간이 좁아지는 것을 본 은결이 만면에 미소를 띠우며 그녀의 앞에 우뚝 멈춰 섰다. 어쩔 수 없이 멈춘 서경이 그를 불퉁하게 쳐다봤다. 그런 서경의 미간으로 은결이 검지를 곧게 뻗어 내렸다.

"아유. 우리 동생. 나이도 한 살 더 먹어서 속 쓰린데. 얼굴에 주름까지 많아지면 큰일 난다. 시집은 완전 물 건너가는 거야. 남자들이 그래도 면상을 얼마나 중요하게 생각하는데."

입만 열면 어쩜 저렇게 얄미운 말만 골라서 하는지. 주름을 펴느라 제 미간에 문질러대는 은결의 손을 서경이 거칠게 낚아챘다. 그에 은결이 눈을 꿈틀거렸다.

"어디서 그런 망발을. 확 손가락 부러트리는 수가 있다."

"걱정돼서 직접 다림질까지 해줬구만, 손가락이 무슨 죄야."

"그럼 그 주둥이를 응징해?"

은결이 다른 손을 그의 입술 쪽으로 뻗었다. 그 손목을 은결이 재빨리 붙잡았다. 그리곤 서경이 잡고 있는 제 손도 훅 뒤쪽으로 끌어당겼다. 손목을 잡혀 발끈하고 있던 서경이 딸려와 그의 품에 닿았다. 서경이 즉시 잡은 손을 놓고 뒤로 몸을 뺐다. 하지만 은결은 자유로워진 손으로 오히려 서경의 허리를 휘감아 더 바짝 끌어당겨 품에 안았다.

갑작스런 은결의 행동에 당황한 서경의 눈이 동그랗게 커졌다. 그녀가 곡선을 그리며 묘하게 올라가는 그의 입술을 바라보며 눈에 힘을 줬다.

"또 무슨 꿍꿍이야?"

"감히 겁도 없이 까부는 동생 교육시키는 중?"

"교육?"

말도 안 되는 소리 말라는 투의 눈빛과 말투에 은결이 눈을 가늘게 내려떴다. 그리곤 잡은 손목에 지그시 힘을 주며 그녀의 얼굴 가까이 얼굴을 내렸다가 아찔한 순간 고개를 틀었다. 볼을 스치듯 미끄러진 은결의 입술이 서경의 귀에서 멈췄다. 그가 옅은 숨결을 천천히 흘러내자 서경이 흠칫 몸을 떨었다. 그에 은결의 미소가 조금 더 짙어졌다.

"내 입술을 응징하겠다고? 어떻게? 확 물어뜯기라도 할 건가?"

그의 입술이 움직일 때마다 귀에 닿았다. 순식간에 발끝까지 찌릿해졌지만 서경은 내색하지 않으려 애쓰며 아랫입술을 잘근 깨물었다. 은결의 이런 도발은 무척 낯설고 당혹스러웠다.

숨을 깊게 들이쉬었다가 내쉬며 서경이 차분히 마음을 가라앉혔다. 이렇게 은결의 페이스에 말려들 순 없었다. 당황해 어찌할 바 모르는 모습을 보고 싶은 모양인데 그의 뜻대로 고분고분 당해 줄 서경이 아니었다.

그녀가 천천히 눈을 감았다가 떠올렸다. 그리곤 예고도 없이 고개를 돌렸다. 그녀의 얼굴이 자신을 향해 돌아서자 은결이 멈칫했다. 다음으로 그녀의 입술이 그의 볼에 닿았다. 은결의 눈이 동시에 부릅떠지고 그의 고개가 번쩍 들렸다. 얼굴을 물린 채로 은결이 서경을 직시했다. 그의 두 눈에 시니컬한 서경의 얼굴이 담겼다.

"왜 피해?"

"어?"

"원하는 대로 확 물어뜯어 주려고 했는데. 왜 피하냐고."

서경이 음산하게 말하며 성큼 한 발을 내딛었다. 반사적으로 은결이 뒤로 물러섰다. 서경이 콧방귀를 뀌며 시선을 잡혀 있는 손목으로 옮겼다. 즉시 은결이 그녀의 손을 얌전히 내려놓았다. 그리곤 억지미소를 만면에 띠우고 공손하게 두 손을 모았다.

"제가 너무 까불었네요. 죄송합니다."

"알면 됐고. 훠이."

서경이 손을 내젓자 은결이 얌전히 옆으로 비켜 길을 터주었다. 괜히 장난 좀 치려다가 오히려 서경에게 된통 당해 버렸다. 장난의 수위가 조금 높았다는 건 인정. 자신도 그럴 생각은 없었는데 서경이 손가락을 잡아 저지시키자 욱하는 마음에 그런 것이었다. 본의 아니게 점점 과하게 밀도가 높아졌다. 서경이 저런 식으로 반격을 가하리라곤 전혀 예상하지 못했다. 저도 여잔데 이러면 당황해서 꼼짝 못하고 얌전하게 굴겠지 싶었다.

하지만 그건 완전히 은결 혼자만의 착각이었다.

앞서 본관 건물 출입문으로 들어서는 서경의 뒷모습을 바라보며 은결이 제 볼을 긁적였다. 서경의 입술이 닿았던 볼이다. 그 부분이 이상하게 간질거리면서 화끈거렸다.

"거참 기분 묘하네."

은결이 고개를 갸웃거리다 피식 웃었다. 이내 평상시와 다름없는 모습으로 그가 서경의 뒤를 쫓았다. 단숨에 서경의 곁으로 다가온 그가 그녀의 어깨에 덥석 손을 올렸다. 서경이 얄밉게 그를 한번 흘기고는 별스럽지 않게 걸었다.

"사모님 만나러 가는 길?"

"사모님, 형수, 이연 씨. 하나로 호칭 통일 좀 하지?"

"모로 가도 서울만 가면 되는 건데. 다 일맥상통하는 뜻이잖아. 못 알아듣는 것도 아니고."

은결이 장난스럽게 서경을 돌아보며 히죽 웃었다. 아무 일도 없었던 듯 너무도 태연한 그의 모습을 서경이 물끄러미 바라보다 낮은 한숨을 내셨다. 댁은 복잡할 것 없는 단순한 성격이라 참 좋겠수.

"뭐 할 건데?"

"남의 스케줄은 알아서 뭐 하게."

"이 오빠가 또 동생을 위해 쌈박하게 한턱 쏘려고 그러지."

은결이 능글맞게 눈썹을 들썩이며 재킷 안주머니에서 뭔가를 꺼냈다. 그리곤 그것을 서경의 눈앞에 척하니 들이밀었다 빠르게 거둬갔음에도 서경은 그것의 정체를 단숨에 파악했다.

'공짜표다!'

그의 여동생이 극장에서 일한다는 건 알고 있었다. 그녀가 표의 행방을 따라 손을 뻗었다. 그러자 은결이 표를 든 손을 높이 치켜 들었다. 그에 서경이 미간을 구기며 그를 흘겼다. 주려면 곱게 주지 왜 또 실랑이를 벌일까?

"쏜다며 왜 안 줘?"

"가는 게 있으면 오는 것도 있어야지."

"영화표 주면서 스케줄은 왜 물어? 당연히 밥 먹고 영화 보겠지."

"다음은?"

"오매불망 기다리고 있을 남편님의 품으로 고이 돌려보내야지."

"하긴. 안 그랬다간 긴 뒤끝을 감당하기 힘들지."

"말했으니까 이제 줘."

서경이 한 손을 내밀었다. 그 손바닥을 불퉁하게 내려다보며 은결이 말했다.

"공짠데 너무 성의 없이 받는 거 아닌가?"

그의 손에서 펄럭이는 표를 보며 서경이 숨을 깊게 들이켰다. 그녀가 그를 향해 돌아서며 펼쳐진 한 손 위에 다른 손을 겹쳤다. 그것을 눈높이로 들어 올리곤 커다란 눈을 깜찍하게 깜빡거렸다. 고개는 살짝 45도 각도. 완벽하게 자세를 잡은 그녀가 입술을 동그랗게 모으고 말했다.

"옵빠, 서경이 영화 보고 싶어요. 표 주세요오."

표를 든 은결의 손이 움찔거렸다. 그의 미간이 미세하게 꿈틀거리는 것도 봤다. 낮은 신음을 흘린 은결이 그녀의 손바닥 위에 얼른 표를 내려놓았다.

"옛다. 재미나게 보고 오거라."

"땡큐."

언제 그랬냐는 듯 순식간에 돌변해 시니컬하게 말하며 서경이 표를 주머니에 집어넣었다. 그리곤 볼일 다 봤다는 듯 뒤도 돌아보지 않고 발길을 옮겼다. 에스컬레이터에 오른 서경의 바로 뒤에 그가 섰다. 은결이 손을 뻗어 서경의 뒷머리를 살짝 잡아 훅 아래로 당겼다.

서경이 뒷머리를 제 손으로 감싸며 그를 돌아봤다. 눈에 쌍심지를 켜고 노려보는 그녀를 향해 은결이 싱긋이 미소를 지어 보였다. 눈높이가 비슷하게 맞았다. 서경을 지그시 바라보며 그가 혼잣소리처럼 작게 중얼거렸다.

"거참 볼수록 귀엽네."

서경의 눈이 몇 번 깜빡거렸다. 그의 말이 자신에게 하는 말이 맞는지 의아해서였다. 그녀가 잘근 입술을 깨물었다가 조심히 물었다.

"설마 나 아니지?"

"에이 설마."

"하하. 그렇지?"

그럼 그렇지 하며 서경이 앞으로 돌아서려던 찰나였다. 그가 또다시 작게 속삭이듯 말했다.

"너 아니면 누가 있을까?"

이번에 서경은 그를 돌아보지 않았다. 제 옆으로 뻗어 손잡이를 두드리는 그의 길고 고운 손끝만 얼핏 보았다. 아무래도 화끈거리는 게 얼굴이 붉게 달아오른 것 같았다. 이런 모습을 은결에게 보였다간 오래오래 놀림거리가 될 게 분명했다. 그러니 절대 들켜선 안 된다.

서경의 뒷모습을 바라보는 은결의 입가에 야릇한 미소가 머물렀다. 그녀의 귓가와 목덜미의 솜털이 오스스 일어선 게 보였다. 그녀는 지금 아마 바짝 긴장한 상태일 것이다. 들켜서는 안 되는 뭔가를 숨기려고 애쓰느라.

'하지만 어쩌냐. 너 나 때문에 얼굴 붉힌 거 다 보이는데?'

언뜻 보이는 서경의 볼이 붉은빛을 띤 것도 그렇지만 그녀의 귓불이 더 확연히 눈에 띄었다. 앵두 귀걸이를 달아놓은 것처럼 서경의 귓불이 새빨갛게 물들어 있었다. 그것을 감상하듯 은결이 가만히 바라보았다.

놀리는 재미가 남다른 서경이었다. 그래서 은결은 간혹 그녀에게 짓궂은 장난을 치곤 했다. 발끈하는 모습도 귀여웠지만 이렇게 당혹스러워하며 얼굴을 붉히는 모습이 요즘은 더 보고 싶었다. 두

세 번의 사고와 우연이 만든 짧은 입맞춤에 심장이 묘한 변화를 일으킨 것도 요즈음이었다. 친구 그 이상도 이하도 아닌 관계라는 것에 확고했던 은결이었다. 그런데 남녀 사이에 영원한 우정이 가능한가에 대해서 의문이 들기 시작했다.

한쪽에 미묘한 마음의 변화가 생겨 상대를 다르게 보기 시작하면 그 관계는 여전히 친구로 남는 걸까? 아니면 다른 관계로 발전하게 되는 걸까? 감정의 변화는 자신의 몫이었다. 이것이 서경을 여자로 느끼기 시작해 그런 것인지에 대해선 조금 더 시간이 필요할 것 같았다.

확실한 건, 서경이 은결의 눈에 귀엽고 사랑스럽게 보인다는 것이다. 예전의 편하고 친근한 친구로서의 감정에서 조금 더 발전한 것은 분명했다.

두고 보면 알겠지. 이 감정이 뭔지.

은결은 자신의 감정에 충실한 사람이었다. 그게 어떤 식으로 변하든 솔직하게 받아들일 생각이다. 대상이 서경일지라도.

서경을 이 시간에 병원에서 만나게 되리라곤 생각지도 못했다. 마침 시간이 절묘하게 맞아떨어져 우연히 만나게 된 것이다.

오전 진료가 없는 날이라 은결의 출근이 늦었다. 여동생을 만나고 오는 길이었다. 어머니의 말을 전하기 위해 동생이 대신 약속을 잡고 나온 것이다. 혼자인 아들이 걱정되어 선을 보라고 하시지만 정작 은결은 그럴 생각이 전혀 없었다. 부모님의 타는 속은 모른 채 인연이 있다면 언제든 이어지게 되어 있다며 유유자적이 었다. 여동생도 명목상 오빠를 설득하러 온 것이지만 진짜 이유는 점심을 얻어먹기 위해서였다.

그 때문에 은결은 예정에도 없이 아침 겸 점심으로 고급 레스토 랑에서 억지로 밥을 먹었다. 물론 계산은 동생의 봉인 은결이 했 다. 그 보답으로 받은 게 바로 저 공짜표였다. 이번엔 VIP 전용관 표가 아닌 일반 관람석 표였다. 언제 어느 때고 가도 되는 부담 없 는 표라서 받자마자 서경이 생각났다. 서경은 영화 보는 걸 좋아 했다. 평소에도 가끔씩 피곤한 몸을 이끌고 영화관을 찾을 정도였 다. 영화를 보는 대신 잠을 몇 시간 포기하는 것이다.

한 달에 한 번 가게가 쉬는 날엔 더 바빴다. 그동안 못했던 것들 을 몰아서 하려니 시간이 항상 모자랐다. 그 귀한 시간 중 얼마를 은결은 꼭 자신을 위해 쓰게 했다. 쉬겠다고 집으로 들어가는 그 녀를 꾸역꾸역 불러내 농구 코트나 축구장 혹은 하다못해 헬스장 까지 끌고 갔다. 명목은 건강하고 활기찬 노년을 위한 체력 보강 이었지만.

아주 사소하고 개인적인 이유도 하나 있었다. 서경과의 운동이 꽤 재미있다는 것. 서경은 투덜거리면서도 곧잘 상대를 잘해준다. 그래서 함께 운동을 하면 늘 은결의 엔도르핀이 왕성해지다 못해 넘쳐 났다. 이러니 그녀를 끌고 가지 않을 수가 없는 거다.

오늘은 그녀의 여가생활을 위해 서경이 제일 좋아하는 영화표까지 투척했다. 물론 그게 미끼인 줄은 꿈에도 생각지 못하고 서경이 덥석 물었지만. 누이 좋고 매부 좋으면 되는 거 아닌가? 이런 걸 두고 일거양득이라고 하는 거라며 은결은 속으로 자신의 꼼수에 정당성을 부여했다.

[소아청소년과 김은결 선생님. 소아병동 호출입니다.]

3층에 발을 딛자마자 방송이 나왔다. 서경이 돌아보자 은결이 어깨를 으쓱하며 너스레를 떨었다.

"아, 이놈의 인기. 어쩜 저렇게 귀신같이 알고 날 부를까. 내 몸에 추적 장치를 달아놓은 게 분명해. 스토커 같으니라고."

저건 또 무슨 들도 보도 못한 근자감인가 싶었다. 어깨에 뽕을 하나 넣었거나 코에 필러를 집어넣은 것처럼 은결이 나 좀 잘나가 포스로 유유히 서경의 앞을 가로질러 갔다.

"이 오빠는 좀 바빠서 이만."

그가 손을 들어 우아하게 흔들며 인사를 대신했다. 복도를 런웨이처럼 거니는 은결을 한참 지켜보다 서경이 부르르 몸을 떨었다. 은결의 말이 개그라면 그는 전혀 그쪽에 소질이 없었다. 추웠다. 아주 몸서리 쳐지게.

소아청소년과 접수처가 있는 곳으로 걸어가자 그녀를 알아본 간호사들이 인사를 했다. 서경도 마주 인사를 하곤 대기석에 털썩 주저앉았다. 이연의 진료실 앞엔 오늘 휴진이란 안내문이 붙어 있었다. 그리고 시선을 옮긴 현준의 진료실은 아무런 설명 없이 굳게 닫혀 있었다. 은결이 오전에 오프라면 현준이 오늘 종일 진료를 보는 게 맞았다. 수요일 오전은 환자가 그렇게 많이 없는 날이라 혼자서도 진료가 가능했다. 그럼 지금 현준의 방엔 어쩌면 이연이 있을 수도 있었다.

서경이 의자 옆에 비치된 잡지를 하나 골라 펼쳤다. 아무래도 이연을 만나려면 시간이 조금 더 걸릴 모양이다. 로미오와 줄리엣도 아니고 만날 보면서도 뭐가 그리 애틋한지. 이 부부는 각자의 시간을 보내기 위해 헤어지는 데에도 많은 시간이 필요한 모양이다. 그런 의미에서 늘 그랬던 것처럼 느긋이 잡지나 보면서 시간을 보내는 게 가장 현명한 방법이었다.

잡지를 뒤척이는 서경의 곁으로 누군가 다가왔다. 잡지 위로 드리우는 그림자에 서경이 고개를 들어 앞에 선 사람을 확인했다. 언젠가 본 적이 있는 얼굴이었다. 은결을 따라 회식차 가게에 왔던 기억이 났다. 끈덕지게 은결의 눈에 들려고 노력했었는데 결과는 글쎄올시다.

사적인 자리에서 애교스런 말장난은 받아줄지 몰라도 일적인 면에선 보기보다 철저한 은결이었다. 그냥 보기에는 헛물켜는 데 더 소질이 있어 보이는 아가씨라 은결에게 어떻게 비쳐졌을지는 모른다. 그날 은결에게 하도 치근덕거리기에 그에게 마음이 있다는 걸 알아챘다. 그래서 이런 식의 접근이 무얼 의미하는지도 서경은 잘 알고 있었다.

"안녕하세요."

인턴 과정을 밟고 있는 모양이다. 서경이 그녀의 가운 주머니에 새겨진 명찰을 확인했다. 이름이 정이지였다. 서경이 고개를 살짝 숙여 보이며 마주 인사를 했다.

"네, 안녕하세요."

소아청소년과에 배정받은 지 얼마 안 되는 것 같았다. 이런 식으로 서경에게 접근을 시도하는 걸 보면 그녀나 은결에 대해 제대로 알지 못하는 게 분명했다.

이지는 귀여움과 섹시함을 겸비한 매력적인 페이스를 갖고 있었다. 어딘지 모르게 살짝 부자연스러운 건 아마도 의학의 힘을 빌렸기 때문이 아닐까 하고 서경은 속으로 추측했다.

"김은결 선생님하고 꽤 친하시죠?"

서경이 이지의 직설적인 질문에 엷게 미소를 띠었다. 이런 식의 질문을 받아본 게 벌써 몇 번째인지 모른다. 서경은 이어질 말까지도 추측할 수 있었다.

"그렇다고 볼 수도 있죠? 친구니까?"

"아, 친구시구나."

서경의 말에 이지의 얼굴빛이 환해졌다. 바라던 말을 들어서일 것이다.

"그럼 제가 부탁 하나만 드려도 될까요?"

인사한 지 얼마나 됐다고 부탁을 하겠다니. 나쁘게 말하면 성격이 매우 급하고 좋게 말하면 추진력이 있었다.

"어떤 부탁이요?"

서경이 받아줄 것 같았는지 이지가 그녀의 옆에 바짝 붙어 앉았다. 그리곤 눈을 반짝반짝 빛내며 서경의 얼굴 가까이 제 얼굴을 내밀었다. 앞트임 뒤트임의 여파로 눈이 소 눈알만 하게 보였다. 그러면 안 되는데 서경은 자꾸만 이지의 얼굴을 보며 인형 탈이 생각났다. 지나치게 눈만 커서 부담스러운.

"김은결 선생님하고 저하고 다리 좀 놓아주시면 안 돼요?"

거북스러운 들이댐에 서경이 슬그머니 뒤로 상체를 뺐다.

"제가 국토건설 직원도 아니고 어떻게 다리를 놓나요?"

"네?"

서경이 나름 진실되게 답변을 했는데 이지는 영 못 알아듣는 눈치였다. 은결은 잘도 척척 알아듣고 맞받아치거나 한 다리 걸쳐 끼어드는데 이지라는 이 인턴은 그런 쪽으론 영 소질이 없어 보였다. 이래서 어떻게 그 난놈을 만나?

"제가 그런 쪽으론 영 소질이 없단 말이었어요."

"아. 아니에요. 별달리 하실 건 없고 제 얘기 잘해주시고 만날 수 있게 협조만 해주셔도 돼요."

"저도 할 수 있으면 그러고 싶은데, 제가 이지 씨?"

"네. 정이지라고 해요."

"정이지 씨에 대해서 제가 아는 게 없어서 잘 말해줄 수도 없고요, 협조는 제가 시간이 없어서 할 수가 없을 것 같아요."

"제가 알려 드릴게요. 저에 대해서."

마음이 급했던지 이지가 서경의 손을 덥석 붙잡았다. 서경이 그 손을 물끄러미 내려다보다 시선을 올려 이지를 마주했다. 기대에 가득 찬 이지의 눈을 바라보며 서경이 입을 열었다.

"그럼 오늘부터 우리 1일?"

"네?"

서경이 하는 말을 알아듣지 못한 이지가 의아해하며 반문했다.

"제가 이지 씨에 대해 알아야 한다면 그건 둘이 사귀는 사이일 때 해야 하는 거죠."

"그게 아니라."

"그리고 웬만하면 그런 이상한 사람 말고 좀 정상적이고 좋은 남자 만나기를 권해 드려요. 김은결은 겉만 멀쩡하지 속은 상해서 건질 게 하나도 없거든요."

진심 어린 충고였다. 서경이 보기에 이지는 그리 급한 나이도 아닌 것 같았다. 앞으로 더 좋은 사람을 만나 사귈 수도 있는 것을 저런 이상한 놈에게 필이 꽂혀 시간을 낭비하는 건 영 아닌 것 같았다. 그래서 정말 솔직하게 말을 한 건데 이번에도 상대는 서경의 의도를 오해한 모양이었다. 단박에 얼굴을 굳힌 이지가 찬바람이 쌩쌩 부는 낯빛으로 자리를 박차고 일어섰다. 그리곤 인사도 없이 또각또각 힐 소리를 내며 서경을 떠났다.

"흥. 별꼴이야. 자기가 뭐라도 되는 줄 아나 봐. 주제도 모르고 누굴 넘봐."

들으라고 하는 게 뻔해 보이는 이지의 말에 서경이 씁쓸한 미소를 머금었다. 그녀는 다시 담담하게 잡지를 펼쳐 들었다. 그리곤 혼잣소리를 중얼거렸다.

"주제를 너무 잘 알아서 탈이지요. 그래서 절대 넘볼 생각을 안 한답니다. 먹고 탈날까 봐."

내가 먹지 못하는 떡 남 주기 아까워 그러는 게 아니었다. 서경은 은결이 진심으로 사랑하는 여자를 만나 행복하게 결혼하기를 바랐다. 그녀가 보기에 은결의 배경을 알고 접근하는 여자들의 대부분은 그의 다른 부분을 헤아리기에는 부족함이 많았다. 그가 바라고 원하는 것. 프리덤. 절대 생리대가 아니다. 은결은 다시 말해 구속하지 않는 사랑을 원했다. 그런 게 과연 있긴 한 건지, 가능은

한 건지 알 수는 없지만 아무튼 그의 바람은 그랬다.

그러니 그의 말대로 평생 결혼은 불가능할지도 몰랐다.

딸각. 문이 열리는 소리가 들리고 이어 이연이 모습을 보였다. 아쉬움 가득한 인사를 건네며 천천히 문을 닫고 돌아서는 이연을 서경이 다정하게 지켜봤다. 이연이 서경을 발견하곤 미안하다며 두 손을 모아 보였다.

"됐어. 한두 번도 아니고 이젠 내가 알아서 시간 때우니까 걱정 마셔."

이연과 나란히 서 복도를 걸어가며 서경이 그녀의 등을 토닥거렸다.

"고마워. 이해해 줘서."

"어쩌겠어. 공처가와 결혼한 친구를 둔 내 잘못이지. 대신 점심은 네가 쏴라, 사모님."

"사모님이라고 부르지 말라니까."

"쏠 때는 사모님인 거야. 대신 영화는 내가 쏜다."

서경이 주머니에서 영화표 두 장을 꺼내 흔들었다.

"벌써 표까지 끊은 거야?"

"아니. 김 선생이 줬어. 공짜표야."

"와아. 오늘 이서경 횡재했네?"

"그러게 오늘 운수대통이다."

다정하게 속닥거리며 에스컬레이터로 향하는 둘을 멀리서 은결이 발견하고 흐뭇하게 바라봤다. 환하게 웃는 서경의 얼굴이 은결의 기분까지 좋게 만들었다.

　일을 마치고 집으로 돌아온 은결은 신발을 벗으려다 말고 현관에 놓인 또 다른 신발에 한숨을 내쉬었다. 이대로 그냥 다시 나가 버릴까 하는 갈등도 잠시 했지만 어차피 한 번은 겪어야 할 일이기에 포기하고 안으로 들어섰다.

　전실을 지나 거실로 들어서자 소파에 앉아 차를 음미하고 있는 엄마의 모습이 보였다. 은결이 아무렇지 않게 다가서며 말을 건넸다.

　"또 비밀번호는 어떻게 아셨지? 매번 바꿔도 귀신같이 알아내신다니까."

　등 뒤로 다가선 은결이 엄마의 어깨 너머로 얼굴을 내밀며 싱긋이 미소를 지어 보였다. 그런 은결을 엄마 최의정이 얄밉게 흘겼다. 고상하게 차를 들이켜던 것과는 다르게 무척 귀여운 표정이었다.

　"알면서 매번 바꾸는 건 뭐니?"

"엄마 심심하지 말라고 그러는 거죠."

"웬일이야? 프라이버시 침해니 뭐니 따지고 들 줄 알았는데?"

은결이 엄마의 맞은편 소파로 걸어가며 재킷을 벗어 소파 등받이에 걸쳤다. 가방을 내려놓고 그 옆에 털썩 주저앉아 그가 손가락을 가볍게 튕겼다.

"역시. 이렇게 아들을 잘 아신다니까. 아는 말 또 하면 재미없으니까 생략한 거예요."

빙긋이 올라간 입매와는 달리 뼈가 있는 말을 은결이 장난스럽게 내뱉었다. 웃으면서 엄마의 잘못을 스스로 들춰내게 만드는 능구렁이 같은 은결이었다. 속은 상했지만 은결의 말이 틀린 건 아니었기에 의정은 따지고 들지 못하고 괜히 아랫입술만 깨물었다.

"내가 이러고 싶어서 그러는 거 아니다."

"똑같은 레퍼토리 지겹지도 않으세요?"

의정이 말을 채 끝내기도 전에 은결이 미간을 살짝 구기며 말했다. 여전히 입가에는 미소를 머금은 채였다. 저러는 게 더 얄미웠다. 차라리 대놓고 화를 내던가. 웃으면서 사람 속을 뒤집어놓으니 당하는 사람 입장에서는 복장이 터질 수밖에 없었다.

다른 건 다 순순히 부모의 의견을 따르면서 유독 결혼에 관한 것만은 고집스러웠다. 그렇다고 은결이 결혼에 완전히 비관적인 것도 아니었다. 그럴 만한 영향을 준 사람도 집안엔 없었다. 다 깨를 볶고 싶지는 않지만 그럭저럭 잘 맞춰 살고 있었다. 그런데 왜 은결만 저러는지 알 수가 없었다.

영원한 사랑도 없고 완벽한 결혼도 없다고, 서로서로 맞춰가며 그렇게 살아가는 거라고 설명도 했지만 그 말 역시 먹히지 않았다.

의정은 묘한 쪽으로 확고한 아들의 결혼관을 이해할 수가 없었다. 은결은 인연이 닿으면 결혼을 하는 거고 아니면 마는 거라는 이상한 생각을 가지고 있었다. 그 인연이 대체 언제 어떻게 오며 어떤 방식으로 와야 잘 오는 건지 그걸 어떻게 아느냐 말이다. 의정이 보기엔 다 결혼하기 싫어서 하는 말인 것 같았다.

"그래서 결혼을 하라잖니. 며느리 있으면 내가 이 집엘 왜 드나들어."

"며느리는 없어도 도우미 아주머니는 있어요."

"도우미 아주머니가 마누라가 할 수 있는 걸 다 해주는 건 아니잖아."

다소 격양된 의정의 목소리에 은결의 미소가 조금 더 짙어졌다. 그가 앞으로 몸을 기울여 의정 가까이 다가갔다. 그리곤 조곤조곤 부드러운 목소리로 말했다.

"마누라 역할은 못해도 어머니가 해줄 수 있는 건 다 해주시죠."

그러니 이렇게 꼬박꼬박 오실 필요 없다는 말을 은결이 생략했다. 말을 안 해도 잘 아실 터였다. 그동안 그로 인해 무수히 많은 실랑이를 벌여왔었다. 이젠 척하면 척인 수준이 된 것이다.

"나쁜 놈."

은결의 철벽방어에 기어이 의정이 최후의 수단을 동원했다. 의정의 눈에 그렁그렁 맺힌 눈물과 부들거리는 손을 은결이 무심하게 바라보았다. 보통 남자들은 여자의 눈물에 약하기 마련이었다. 게다가 의정은 은결의 엄마였다. 엄마가 이렇게 떨며 눈물을 보이는데 마음이 움직이지 않을 리 없었다. 물론, 그건 보통 다른 집 아들에게 해당되는 말이기도 했다.

"역시 배우는 은퇴를 해도 배우라니까. 연기가 전혀 녹슬지 않으셨는데요? 브라보."

박수까지 치며 의정의 연기력을 추켜세우는 은결 때문에 눈물이 쏙 들어가 버렸다. 의정의 눈물이 통하지 않는 남자는 세상에 딱 둘. 그녀의 남편과 그를 빼닮은 아들 은결뿐이었다.

"정말 이럴 거야? 이 엄마 죽기 전에 손주 한 번 안아보는 게 그렇게 소원이라는데 그걸 못 들어줘?"

의정이 분위기를 바꿔 새침하게 쏘아붙였다. 은결이 전혀 동요 없이 답했다.

"은주가 있잖아요. 나만 손주 안겨줄 수 있는 건 아니잖아요. 그 애한테 기대를 거는 게 훨씬 승산이 있다고 보는데요?"

"그 계집애는 일에 미쳐서 남자는 쳐다보지도 않는단 말이야!"

기어이 시대의 아이콘이었던 여배우의 입에서 거친 언사가 튀어나왔다. 어째서 남매가 하나같이 결혼에 무관심한지. 어릴 때부터 애교라곤 눈곱만큼도 없던 둘이었기에 의정은 빨리 결혼시켜 손주 보는 재미라도 느껴보고 싶어 했다. 그런데 의정의 이런 작은 소망을 들어줄 자식이 단 한 명도 없었다. 시간이 갈수록 의정은 외롭고 쓸쓸했다.

그러니 타는 속을 이렇게라도 달랠 수밖에.

"몰라. 너 이번에도 선 안 보겠다고 버티면 나도 똑같이 그럴 거야."

"뭘 그래요?"

"여기서 한 발짝도 안 나가. 송장 치르든지 말든지. 식음도 전폐할 거야."

의정이 고집스럽게 말하며 팔짱을 끼고 소파에 깊숙이 등을 기댔다. 의정을 바라보는 은결의 눈에 어이없음이 떠올랐다. 이젠 아예 자신의 건강을 걸고 협박을 하고 있었다. 한숨을 깊게 내쉰 은결이 잠시 후 고개를 끄덕였다. 그에 의정의 미간이 꿈틀거렸다. 저게 무슨 의미인가 싶어서였다.

"볼게요. 하지만 딱 한 번뿐이에요."

"정말?"

은결의 말에 의정이 반색하며 환하게 웃었다. 죽은 사람 소원도 들어준다는데 그깟 선 한 번 보는 게 대순가 하고 은결은 생각을 바꿨다. 선을 본다고 다 결혼으로 이어지는 것도 아니었다. 다만, 은결이 선이라는 걸 싫어하는 것은 배경이란 것이 우선시되기 때문이었다. 일단은 서로에게 어떤 게 이득이 되고 실이 될지를 계산기 먼저 두들겨 보고 만나는 것이었다. 그런 것을 극도로 싫어하는 은결이었다. 그러니 상대방이 좋게 보일 리 만무했다.

"그리고 퇴짜를 놓든 걷어차이든 그건 내 맘이니까 상관하지 않기."

"미리 그런 말을 해. 가서 만나보고 맘에 들면 사귀면 되는 거지. 차고 차이고 하는 말은 왜 해."

"알고는 계시라고요."

"알았어. 일단 나가 만나기만 해. 그럼 네 생각도 확 바뀔 테니까. 얼마나 예쁘고 참한 아가씨가 많은데. 넌 네 아빠 닮아서 눈이 높아 여자 고르기 힘들단 말이야. 이 엄마가 눈높이에 맞춰서 선 자리 만들어줄 테니까 넌 보기만 해."

"어째 말이 은근한 자기자랑 같은데요?"

"사실을 말한 건데 자랑은 무슨."

은결이 콕 집어 말하자 의정이 새침하게 말하며 고개를 돌렸다. 의정의 얼굴엔 만족의 미소가 가득했다. 그를 보고 은결은 짧은

한숨을 내셨다. 이렇게 해서 은결은 결국 그 귀찮은 선을 봐야만
했다.

"시간만 때우고 나오면 되지 뭐."

세상에서 미리 걱정하는 게 제일 싫은 은결이었다. 의정을 배웅
하고 돌아온 은결이 옷을 벗지도 않고 침대에 벌렁 누워버렸다.
만사가 귀찮았다. 팔로 눈을 가리고 가만히 죽은 듯 있던 은결의
입술이 사르르 말려 올라갔다.

"지금쯤 돌아왔으려나?"

지금쯤이면 영화를 보고도 한참이 지났을 시간이었다. 은결이
손을 거두고 상체를 벌떡 일으켜 앉았다. 무거워 축 늘어졌던 몸
에 생기가 돌았다. 그가 셔츠의 단추를 풀어헤치며 욕실을 향해
걸어갔다. 간단히 샤워를 하고 밖으로 나갈 생각이었다.

서경과 이연은 보고 싶은 영화도 보고 잠깐이지만 아이 쇼핑도
했다. 영화관 앞 번화가를 거닐며 이것저것 구경도 하고 군것질거
리도 사먹었다. 이연이 결혼을 하기 전엔 밤늦게까지 돌아다니다
가 술도 한잔 마시고 했었다.

하지만 지금 이연은 그녀를 오매불망 기다리는 늑대 같은 남편
과 토끼 같은 아이가 있었다. 그러니 가능한 빨리 그녀를 귀가시
키는 게 서경의 의무였다. 보이지 않는 현준의 재촉이 시간이 갈

수록 서경을 콕콕 쑤셔댔다. 시간이 너무 빨리 가는 것을 아쉬워하며 서경은 이연을 집까지 바래다주었다.

"정말 즐거웠어. 조심해서 들어가."

"나야말로. 덕분에 밥도 먹고 영화도 보고 엄청 재미있었다."

"다음에 또 보자. 그땐 내가 미리 예매해 놓을게. 보고 싶은 영화 찜해서 알려줘."

"오우. 그럼 난 정말 감사하지. 밥은 내가 쏘는 걸로."

"여기서 날샐 작정이야?"

길어지는 인사에 더 기다리지 못하고 현준이 대문까지 마중을 나왔다. 이연의 허리에 팔을 휘감아 당기는, 이제 이 여잔 내 거라는 현준의 소유권 주장에 서경과 이연이 풋 하고 웃음을 터트렸다.

"막 가려고 했네요. 이연이 얼른 데리고 들어가세요."

"밤길 조심하고."

"얼굴이 무기라 괜찮아요."

서경이 먼저 몸을 돌려 손을 흔들었다. 멀어지는 그녀의 모습을 현준과 이연이 가만히 지켜보았다. 뒷모습이 무척 쓸쓸해 보였다.

"남자 소개시켜 줘야겠네."

"저도 그러고 싶은데 본인이 내켜하지 않아요. 바빠서 사귈 시간 없다고 자꾸 거절하더라고요."

"당신이 남자를 어떻게 알아서?"

서경이 긱정돼서 나온 말이었다. 남자를 소개시켜 줘야겠단 건 똑같은데 현준은 이연을 빤히 응시하며 미간을 좁혔다. 질투에 눈 먼 남자가 얼마나 유치할 수 있는지 이연은 현준을 통해 알게 되었다. 그렇다고 현준이 의처증이 있거나 한 건 아니었다. 이런 식으로 질투를 대놓고 드러낼 뿐이다. 그게 어떤 때는 귀여워 이연은 슬쩍 장난을 치곤 했다.

"알죠, 왜 몰라요? 주변에 널린 게 남잔데?"

"뭐?"

"나 사랑하는 남자가 얼마나 많은데요."

"하아. 그게 누군데."

"왜요? 응징이라도 하게요?"

"당연하지. 내 여잘 어디서 함부로."

"당신도 남자, 우리 아들도 남자. 얼마나 넘치게 사랑을 하는지 가끔은 부담스러울 정도라니까요."

이연이 현준의 볼에 가볍게 입을 맞추곤 대문 안으로 먼저 들어섰다. 아들의 이름을 부르며 계단을 오르는 이연을 보며 현준이 미소를 머금었다. 따라 대문으로 들어서던 현준이 고개를 돌려 이미 서경이 사라지고 없는 길을 응시했다.

"둘이 잘되면 좋을 텐데. 참 어렵다."

짧게 한숨을 내쉬며 현준이 대문을 닫고 계단을 올랐다. 그가 말한 둘은 은결과 서경이었다. 격이 없이 지낼 만큼 가깝고 서로를 잘 아는. 부담을 안기지도 않는 잘 어울리는 사이였다. 그럼에도 친구일 뿐이라고 그 이상도 그 이하도 아니라고 단정 짓는 건 아마도 서로에게 상처가 되기 싫어서일 것이다.

이해는 가지만 사랑하는 사람을 한 번 놓치고 다시 어렵게 되찾은 현준으로서는 그들이 더 깊이 후회하기 전에 사랑을 깨닫기를 바랐다.

그리 늦은 시간은 아니었기에 아직 버스와 지하철이 운행 중이었다. 남들은 한창 데이트와 만남을 이어갈 시간이기도 했다. 그 시간에 홀로 집으로 돌아가야 한다는 게 조금은 쓸쓸할 수도 있었지만 워낙 오래토록 그래 왔던지라 서경에겐 별스럽지 않았다.

버스를 타고 집으로 돌아가는 길에 서경은 생각 없이 창밖으로 시선을 던졌다. 화려한 네온사인과 그 속을 거니는 사람들의 모습이 사진처럼 스쳐 지나갔다. 문득 창에 비친 자신의 모습에 서경이 잊고 있었던 것을 떠올렸다.

"아참, 오빠."

여태 꺼놓았던 휴대폰을 꺼내 전원을 켜자 참았던 몸부림을 끊임없이 해댔다. 주로 오빠에게서 협박성 문구와 애원, 종내에는 체념과 신세한탄에 이르는 각양각색의 톡이 와 있었다. 부재중 전화도 25통이 넘었다. 일관된 전화번호 중 맨 아래 다른 번호 하나가 눈에 들어왔다. 은결이었다.

서경이 은결의 전화번호를 물끄러미 내려다보다 탁탁 휴대폰을 가볍게 흔들며 잠시 고민했다. 어림잡아 이연과 헤어질 시간에 맞춰 전화를 한 걸 보면 용건이 있어서일 것이다. 틀림없이 또 농구타령을 하며 불러내려고 했겠지. 이걸 걸어 말아?

고민을 하는 사이 휴대폰이 울렸다. 멈칫한 서경이 발신인을 확인하고 옅은 웃음을 터트렸다.

"하여튼 양반 되긴 글렀다니까."

은결의 이름을 띄운 채 부들거리는 휴대폰의 통화버튼을 서경이 옆으로 그었다. 귀에 대자마자 은결의 장난기 가득한 목소리가 들렸다.

[어이. 데이트는 잘하셨는가?]

"덕분에 퍼펙트했지."

[그럼 보답을 해야지?]

"선물에 보답을 바라는 너란 인간. 참 변함이 없구나."

[그게 또 나의 매력이지.]

"그래서 이번엔 또 뭔데?"

그동안 해왔던 운동을 떠올리며 서경이 물었다. 잠시 뜸을 들이며 물건을 고르듯 뭘 할까 고민하던 은결이 은근한 말투로 되물었다.

[넌 내가 뭐 하자고 할 것 같은데?]

"술?"

생각 없이 바로 서경이 말했다. 지금은 운동보다는 그게 더 끌렸다. 물론, 은결이 그에 응할 거라 바라고 한 말은 아니었다.

[야, 넌.]

역시 은결은 한결같은 사람이었다.

[내 맘을 어떻게 그렇게 잘 아나? 어디쯤이야?]

"어? 내릴 때 다 됐어."

[그래, 그럼 정류장에서 보자.]

"저기."

서경이 뭐라 말을 하기도 전에 전화가 끊겼다. 휴대폰을 멀뚱히 내려다보며 서경이 고개를 갸웃했다. 이렇게 쉽게 콜을 외칠 은결이 아니었다. 정차 역을 알리는 안내 방송에 서경이 자리에서 일어서며 혼잣소리를 중얼거렸다.

"사람이 변하면 죽을 때가 된 거라던데. 웬 변죽이지?"

어떤 마음에서 서경의 제의를 받아들였는지는 몰라도 오늘은 무척 감사했다. 운동을 하는 것도 싫지는 않았지만, 술 한 잔이 더 끌렸다.

휴대폰을 주머니에 넣으려다 말고 서경이 엄지로 빠르게 화면을 두드렸다. 한경에게 톡을 남긴 것이다. 전화를 하면 끝없는 잔소리를 들어야 할 테니. 이럴 땐 톡으로 메시지를 남기는 게 나았다.

「쏘리. 입고 나갈 옷이 없어서 빌려감. 아량 넓은 우리 오빠는 충분히 이해해 줄 거라 믿어. 오빠를 내 오빠로 둬서 정말 영광이야. 오빠 최고. 이 은혜는 나중에 내가 꼭 갚음. 착용감은 짱. 보는 안목 역시 탁월. 나 은결이 만나서 술 한잔하고 바로 집에 갈 예정. 내일 보셈.」

짧은 순간 메시지를 남기느라 액정 위에서 서경의 손가락이 현란하게 움직였다.

"클리어. 오빠는 이렇게 정리하는 걸로."

버스가 정류장과 가까워지자 눈에 익은 사람의 형체가 서경의 시야에 들어왔다. 은결이었다. 트레이닝 차림인 걸로 봐선 원래 목적은 운동이었던 게 확실했다. 그가 서경을 발견하곤 반갑게 손을 흔들었다.

"낮에도 봐놓고 뭐가 그리 반갑대?"

그렇게 말하는 서경의 입가에도 미소가 머물렀다.

버스에서 내린 서경이 은결의 앞으로 걸어가 피식 웃었다. 그가 싱긋이 입가를 끌어 올리며 그녀의 어깨에 턱하니 팔을 올렸다.

"가자. 술 마시러."

"어디 괜찮은 데 있어?"

"그럼, 죽여주게 좋은 데를 이미 이 오빠가 물색해 놨지."

"그래?"

"바깥 풍경 보면서 바람도 음미할 수 있고 오디오도 죽여주고. 완전 굿. 이 오빠만 믿어."

자신만만하게 말하며 은결이 한쪽 눈을 찡긋거렸다. 같이 어깨동무를 하기도 그렇고, 허리를 붙잡는 건 더 이상하고. 서경은 어정쩡한 손을 점퍼 주머니에 찔러 넣고 그가 이끄는 대로 발걸음을 옮겼다.

"하아."

깊은 한숨을 내쉬는 서경의 면전으로 은결이 직접 딴 맥주를 내밀었다. 그것을 받아 든 서경이 꿀꺽꿀꺽 단숨에 맥주를 들이켰다. 그를 흐뭇하게 바라보며 은결도 제 몫의 맥주 캔을 들어 마셨다.

"아, 좋다. 이거지 이거. 일과를 마친 후에 친구와 술 한 잔. 죽여주는 거지."

기분 좋게 내뱉는 그의 말에 서경이 게슴츠레한 눈으로 그를 돌아봤다. 그가 시선을 맞추며 싱긋이 웃었다. 그러면서 테이블 위 안주로 사온 새우과자를 집어 서경의 입에 넣어주었다. 서경은 마치 그것이 은결이라도 되는 양 아작아작 씹어 삼켰다.

"여기가 죽여주게 좋은 곳이야?"

"왜, 안 좋아? 사방이 뻥 뚫린 곳이라 경치 구경하기도 좋고, 갑갑하지도 않고, 바람도 선선하니 딱 좋은데."

"물론. 값도 싸고?"

"그럼. 완전 금상첨화지."

서경이 고개를 절레절레 흔들며 새 캔 하나를 집어 들었다.

"천천히 마셔. 그러다 훅 간다."

"이 정도에 훅 갈 주량은 아니다. 걱정 마셔. 댁보고 책임지란 소리 안 할 테니까."

"당연한 소리. 취해 잠들면 두고 갈 거야. 넌 너무 무겁거든."

"치사하게. 난 질질 끌어다 우리 집에서 재워줬구만."

툴툴거리며 맥주를 마시는 서경을 은결이 따스한 시선으로 바라보았다. 그 시선을 느꼈던지 서경이 그를 돌아보았다. 둘의 시선이 마주치고 곧 피식하고 싱거운 웃음을 동시에 흘렸다. 약속이나 한 듯 캔을 부딪치곤 시원스레 맥주를 들이켰다.

"오늘은 별이 제법 많이 보이네?"

하늘을 올려다보며 은결이 말했다. 따라 하늘로 시선을 올린 서경이 고개를 끄덕였다. 오늘따라 유독 많은 별이 반짝이고 있었다. 그녀의 두 눈으로 그 별들이 쏟아져 들어왔다.

"봐라. 술 마시면서 별도 보고 얼마나 좋냐?"

"별은 봐도 님은 못 보잖아."

한숨 같은 서경의 말에 은결이 그녀를 돌아봤다. 물끄러미 그녀를 응시하던 은결이 툭 내뱉었다.

"너한텐 원래 그런 거 없었잖아."

"아우. 나쁜 놈. 정곡을 아주 제대로 찌르네. 그러는 넌 있고?"

입을 삐죽이며 쳐다보는 서경에게 은결이 아주 자랑스럽게 말했다.

"그럼. 내 어장이 얼마나 넓은데. 여자들이 아주 넘쳐 나요, 넘쳐 나."

"그중에 님은 없잖아."

"님이 왜 없냐?"

은결이 의미심장한 미소를 띠며 눈썹을 들썩였다. 그에 서경의 눈이 동그래졌다. 배신자, 그사이에 혼자만 애인을 만든 거야?

"은옥 님, 서주 님, 영란 님. 님이 아주 넘쳐 나고만."

능청스럽게 여자 이름에 님을 붙여 말하는 은결을 서경이 한심스럽게 쳐다봤다. 그 눈빛을 받고도 은결은 아무렇지 않게 웃었다. 그 모습을 보고 있자니 서경의 입에서 헛웃음이 나왔다. 그래, 뭐 그렇게 생각하고 살고 싶다는데 어찌겠어. 그리 살다 죽게 둬야지.

"너도 내가 님 해줄까?"

맥주를 입으로 가져가던 서경이 은결에게로 눈동자를 굴렸다. 이게 무슨 헛소린가 싶었다.

"됐거든. 난 댁을 님이라고 부르고 싶지 않아."

"그래? 이거 흔치 않은 기횐데."

"내 이름에 님을 붙여 부르는 순간 내 온몸에 소름이 돋을 것 같아 사양하련다."

깔끔하게 은결의 제의를 거절하며 서경이 맥주를 기울였다. 은결이 제 맥주를 입으로 가져가며 작게 중얼거렸다.

"훗. 진짜 임자 돼줄까 했더니. 싫음 말고."

엷은 미소와 함께 바람처럼 흘러나온 그의 말에 서경이 맥주를 마시다 사레가 걸렸다.

"컥컥."

거친 기침에 눈물까지 찔끔 났다. 그런 서경의 등을 통통 두드리며 은결이 잔소리를 늘어놓았다.

"천천히 마시라니까. 뭘 그렇게 급하게 마시냐? 누가 뺏어 먹기라도 해? 하여튼 칠칠맞지 못하다니까."

'잘못 들은 건가? 그래, 잘못 들은 걸 거야. 아니면 일부러 놀리려고 한 말이거나.'

생각에 빠져 허리를 들 생각을 하지 않는 서경의 등짝을 은결이 힘차게 내려쳤다.

"아야!"

서경이 눈을 부릅뜨고 노려보자 은결이 눈을 가늘게 내려뜨곤 근엄하게 말했다.

"쯧. 생명의 은인을 그렇게 보면 안 되지."

"뭔 은인?"

"너 사레 걸려 죽는 경우도 있다는 거 몰라? 드물긴 해도 재수 없으면 그렇게 된다고. 너 재수 더럽게 없다며."

"이게 보자 보자 하니까. 너 오늘 재수 오지게 없는 게 어떤 건지 직접 경험하게 해줄게."

서경이 팔을 동동 걷어붙였다. 그걸 본 은결이 잼싸게 자리에서 일어나 뒷걸음질 치기 시작했다. 후하고 입 바람을 분 서경이 손을 까닥이며 그를 불렀다.

"이리 와. 이리 와."

"내가 바본가, 부른다고 가게?"

슬금슬금 멀어지는 그를 한껏 흘기며 서경이 주먹을 불끈 쥐었다. 은결이 놀리듯 휘파람을 불며 뛰는 시늉을 했다. 서경이 잡으려고 발을 떼는 순간 은결이 먼저 튀어나갔다.

"술 잘 마셨다. 난 이만 바빠서."

쌩하니 도망치는 은결을 뒤쫓다 얼마 안 가 서경이 멈춰 섰다. 그가 저 멀리서 돌아보며 두 손을 입 옆에 모아 소리쳤다.

"오늘 밤 꿈에서 봐."

"그건 악몽이지."

서경이 한 말은 은결에게 들리지 않을 것이다. 그가 힘차게 손을 흔들고는 다시 몸을 돌려 걸어갔다. 그가 시야에서 사라질 때까지 한참을 지켜보다 다시 편의점 앞으로 걸어온 서경이 테이블 위를 정리했다.

"하여튼 이 인간은 정리정돈이 안 된다니까."

투덜거리며 서경이 치운 것들을 쓰레기통에 버렸다. 손을 탈탈 털고 돌아선 서경의 입가에 엷은 미소가 떠올랐다. 그래도 은결 덕분에 맥주도 마시고, 오늘은 꽤 기분 좋게 잠자리에 들 수 있을 것 같았다.

오전 진료를 마친 점심시간. 은결은 가운을 벗고 슈트 재킷을 걸쳤다. 오늘은 병원 식구들이 아닌 다른 사람과 점심을 먹어야 했다. 진료실을 나서기 전 거울에 제 모습을 한 번 더 점검했다. 어머니의 성화에 할 수 없이 만나는 거였지만, 그래도 상대에 대한 예의는 갖추고 싶었다. 헤어질 때 미안하지 않도록.

밖으로 나온 은결은 안내 데스크에 있던 최 간호사에게 자신의 외출을 알렸다.

"전 약속이 있어서 나갔다 올 거예요. 점심 맛나게 드세요. 저 없다고 슬퍼하진 마시고요."

"함께 못해 애석하지만 점심은 잘 먹고 올게요."

은결의 농담에 맞춰 최 간호사도 가슴에 손을 얹고 아쉬운 표정을 지어 보였다. 은결이 손을 들어 펼치자 최 간호사가 제 손바닥을 맞부딪쳤다. 그녀와는 3년 전부터 같이 일을 했다. 다른 젊은 간호사들보다 경험치가 풍부한 중년의 최 간호사가 은결은 훨씬 편하고 좋았다.

"저 먼저 나갑니다. 제 뒷모습에 넋 놓고 있다가 때 놓치지 말고 얼른 식사하러 가세요."

다소 능글맞을 수도 있는 말을 아무 거리낌 없이 하곤 은결이 걸음을 옮겼다. 그의 말대로 멋진 뒷모습을 연출하며 복도를 걷는 은결을 웃으며 바라보다 최 간호사도 다른 간호사들과 함께 스테이션을 나섰다.

에스컬레이터를 타고 내려가던 은결이 맞은편 올라가는 곳에 선 현준을 발견하곤 신나게 손을 흔들었다. 현준이 호들갑스럽게 펄럭이는 손짓에 고개를 돌렸다. 눈이 마주치자 은결이 마치 모델인 양 포즈를 취했다.

"나 오늘 좀 멋지지 않아?"

서로의 방향이 달라 금방 거리가 벌어졌다. 현준은 무심한 표정으로 아무 말 없이 다시 정면을 주시했다. 은결이 저러는 걸 하루 이틀 본 게 아니라 현준은 대꾸할 가치를 느끼지 못했다. 현준의 무시에 짧게 입맛을 다신 은결이 미련 없이 에스컬레이터에서 내렸다. 딱히 그의 리액션을 바라고 한 말도 아니었다. 선을 보러 간다는 게 좀 어색해서 일부러 더 들뜬 것처럼 말한 것뿐이었다.

차를 몰고 약속 장소인 그레이스 호텔에 도착한 은결은 주차장에 차를 대고 잠시 그대로 앉아 있었다. 그러다 한숨을 푹 내쉬며 차에서 내렸다. 더 지체할 시간이 없었다.

그는 엘리베이터를 타고 호텔 라운지가 있는 1층으로 올라갔다. 약속 시간까지 5분여가 남았다. 자칫하면 늦을 수도 있다는 생각에 은결은 엘리베이터에서 내리자마자 서둘러 로비를 걸어갔다.

그가 막 라운지로 들어서려는 찰나였다. 눈에 익은 누군가의 뒷모습이 그의 시야에 들어왔다. 그가 손목시계를 확인했다. 12시 26분. 지금쯤 한창 꿈나라를 헤매고 있어야 할 서경이 지금 그와 같은 장소에 있었다. 그것도 눈에 확 띄는 인물과 함께.

"저건 대체 무슨 그림이지?"

고개를 갸웃하며 방향을 틀려던 은결의 눈앞에 누군가가 불쑥 다가왔다. 자신의 앞을 가로막고 선 인물을 지나치려던 은결이 자신을 부르는 소리에 발을 멈췄다.

"김은결 씨?"

은결이 말을 건 상대를 쳐다봤다. 사진으로 봤던 여자가 미소를 지은 채 그를 보고 있었다. 오늘 선을 보기로 한 사람이었다. 은결이 여자와 서경을 번갈아 보았다. 서경이 전혀 어울리지 않는 인물과 함께 엘리베이터 앞에 서 있었다. 대체 어디를 가려고 저러는 걸까? 그의 머릿속이 복잡하게 돌아갔다. 호텔엔 아주 많은 시설이 있었다. 하지만 위로 올라갈수록 그 대부분을 차지하는 건 객실이었다.

"어, 저 사람 서태영 아니에요?"

은결을 따라 시선을 돌린 여자가 남자를 보고 말했다. 은결이 여자를 돌아보며 물었다.

"아는 사람입니까?"

"알죠? 대한민국 사람 대부분이 다 알걸요? 은결 씨는 모르세요?"

여자가 오히려 그를 모르는 은결이 신기하다는 듯 되물었다. 은결이 서경과 함께 웃으며 이야기를 나누고 있는 남자를 세밀히 살폈다. 예사롭지 않은 포스를 풍기고 웬만한 사람들은 다 알 정도면 연예인인 것 같은데 이름이 뭔지는 모르겠다.

"누구죠?"

"요즘 가장 핫한 배우 서태영이잖아요."

"서태영."

은결이 태영의 이름을 가만히 읊조렸다. 가장 아이러니한 건 그런 놈과 서경이 함께라는 것이었다. 그것도 무척 다정해 보이는 모습으로. 티격태격하다가도 곧잘 웃으며 서로를 따스하게 바라봤다. 은결과 함께 있을 때와 전혀 다름없는 모습이었다. 그게 또 은근히 은결의 신경을 건드렸다.

그러고 보니 태영을 알아보는 시선들이 꽤 많았다. 태영을 알아본 사람들이 웅성거리며 사진을 찍어댔다. 여기저기서 셔터를 눌러대는데도 둘은 그에 무관심했다. 사람들도 둘에 대해 전혀 다른 의심은 하지 않는 것 같았다. 하긴, 겉으로 보기에 서경이 미소년처럼 보이기는 했다. 어찌 보면 아이돌 그룹의 멤버 중 하나로 보일 수도 있었다. 하지만 서경은 엄연히 여자였다.

엘리베이터 문이 열리고 태영과 서경이 안으로 들어서려 했다. 은결이 여자를 젖히고 빠르게 걸어가며 서경을 불렀다.

"이서경! 서경아!"

닫히던 엘리베이터 문이 열렸다. 서경이 은결의 목소리를 들은 모양이다. 엘리베이터 밖으로 서경이 고개를 내밀었다. 저를 향해 달려오는 은결을 발견하곤 놀란 듯 눈을 동그랗게 떴다.

"김은결?"

턱. 은결이 엘리베이터 문을 잡고 서경의 앞에 멈춰 섰다. 그가 뛰어오느라 조금 거칠어진 호흡을 다스리며 서경을 안으로 밀어넣고 자신도 올라탔다. 벽에 기대 서 있던 태영이 고개를 갸웃하며 은결을 쳐다봤다. 태영의 시선을 느꼈지만 은결은 그를 모른 척했다. 은결이 서경을 돌아보며 히죽 웃었다. 눈앞에서 은결을 보고도 믿기지 않는 듯 서경이 물었다.

"이 시간에 여긴 웬일?"

"그러는 넌?"

"난 잠시 볼일이."

서경이 말끝을 흐리며 태영을 쳐다봤다. 태영이 그녀와 시선을 맞추며 입꼬리를 말아 올렸다. 그 미소가 얼마나 매혹적인지 은결도 시선을 빼앗길 정도였다. 그걸 깨닫자 속에서 울컥하고 뭔가가 치밀었다.

"나도 볼일 있어서 왔다. 여기 네가 전세 낸 것도 아니고. 왜, 난 내 발 가지고 내 맘대로 여기 오면 안 되냐?"

그러려고 한 건 아닌데 말이 저도 모르게 시비조로 나가 버렸다. 서경의 미간이 살짝 찌푸려졌다. 그녀가 눈을 가늘게 내려뜨고 은결을 뚫어져라 직시했다. 그에 은결이 헛기침을 하며 슬쩍 시선을 피했다. 그를 보며 서경이 비스듬히 한쪽 입가를 끌어 올렸다.

"아무렴요. 자기 발로 어디를 못 가겠어요. 얼마든지 있다가 가세요. 여기가 제 것도 아닌데. 제가 상관할 일이 아니죠. 볼일 잘 보시고요. 김.은.결. 씨."

시니컬하게 말하곤 서경이 깔끔하게 시선을 거뒀다. 말을 잘못했다는 건 알았지만 이미 뱉은 말을 주워 담을 수는 없었다. 은결은 잘근 아랫입술을 깨물며 속으로 자신의 경솔함을 탓했다.

"누구?"

등 뒤에서 태영의 목소리가 들렸다. 꿀을 벌집째로 먹었는지 목소리에 달콤함이 잔뜩 묻어났다. 아니지. 꿀은 무슨. 버터다, 버터. 느끼함이 좔좔 흐르는 버터.

"……친구."

온 신경을 집중시킨 채 기다린 서경의 답은 잠깐의 뜸을 들인 후에 들려왔다. 도착음과 함께 엘리베이터 문이 열렸다. 그리고 서경이 은결을 스치며 먼저 엘리베이터에서 내렸다. 그 뒤를 태영이 따랐다. 그가 은결의 곁을 지날 때 그를 돌아보며 싱긋이 웃었다.

"잘 가요, 서경이 친구분."

부드러운 말투였지만 어쩐지 은결은 기분이 나빴다. 차라리 거만하게 말했다면 더 나을 뻔했다. 나란히 복도를 걷는 둘을 은결은 그저 지켜볼 수밖에 없었다. 그가 서경과 태영이 향하는 곳을 먼저 확인했다. 다행히 객실은 아니었다.

호텔 예식장. 친한 사이로 보이는 둘은 누군가의 결혼식에 참석하기 위해 만난 것 같았다. 닫힌 문에 비친 제 모습을 보며 은결이 한숨을 내쉬었다. 꼴이 참 우스웠다. 마치 바람 난 애인 발견하고 질투에 눈이 먼 것처럼 행동해 버렸다.

"뭐냐, 김은결. 네가 이서경 애인이라도 되냐? 오버가 심하다."

피식 웃으며 고개를 절레절레 젓던 은결이 문득 조금 전 마주했던 서경의 얼굴을 떠올렸다. 엷은 화장을 하고 있었다. 한 듯 안

한 듯 꽤 자연스러웠는데 그게 또 엄청 예쁘게 보였다. 그가 괜스레 볼을 긁적였다. 볼에서 열기가 느껴져 아닌 척하느라 그런 것이다. 서경의 얼굴에 볼을 붉히다니. 그녀가 알면 배를 잡고 웃을 일이었다.

은결이 문을 통해 저를 바라보고 있는 제 눈동자를 가만히 바라보며 작게 툴툴거렸다.

"너 지금 눈에 덮인 그게 설마 콩깍지는 아니겠지?"

문이 열리고 은결의 모습 대신 그의 눈앞에 1층 로비가 나타났다. 그제야 은결은 자신이 이곳에 온 이유를 떠올렸다.

"이런. 큰 결례를 해버렸네."

서둘러 라운지로 향했지만 여자는 그 어디에도 없었다. 말도 없이 다른 사람들을 쫓아 사라진 남자를 기다릴 만큼 너그러울 수 있는 여자는 없었다. 게다가 초면에 면전에서 바람을 맞힌 거나 마찬가지니. 화가 날 만도 했다.

"이거 최 여사가 알면 난리날 텐데. 아유, 골치야."

지끈거리는 머리를 짚으며 은결이 호텔을 나섰다. 오늘은 최 여사의 잔소리를 적어도 두세 시간은 넘게 들어야 할 것이다. 왜 일을 이 지경으로 만들었는지 다시 생각해 봐도 자신이 너무 한심했다.

Hot Place

에 필 로 그 2

"어디? 그레이스 호텔 6층? 오케이. 알았어."

전화를 끊은 서경이 침대 위에 툭 휴대폰을 던져 놓고 옷장을 열었다. 초등학교 동창의 결혼식이 있는 날이었다. 웬만해서 그런 곳에 잘 가지 않는 서경이었다. 신부 쪽 인맥으로 가게 되면 으레 그녀에게 부케를 받아달라고 부탁하곤 했다.

결혼을 안 한 친구 중에 고르려니 너밖에 없다는 말과 함께 곧 좋은 사람 만나 결혼해야지 덕담 아닌 덕담을 곁들인다. 서경의 입장에선 악담일 수밖에 없는 말이었다. 결혼 그게 뭐라고 못하면 무능력자 취급을 당해야 하는 현실이 서경은 너무 싫었다.

"독신이 더 괜찮은 삶이라고 주장하면 안 되겠지? 그래도 명색이 결혼식인데. 쩝."

결혼식에 어울리는 복장을 찾는 건 애초에 포기했다. 그래도 나름 격식은 차려야겠기에 무난한 스타일로 골랐다. 그녀에게 전화를 한 녀석은 서태영이라고, 인터넷에 이름 석 자만 치면 연관검색어가 줄줄이 이어지는 유명 배우였다.

남친 삼고 싶은 배우 1위. 함께 휴가 가고 싶은 배우 1위. 가장 섹시한 배우 1위에 빛나는 그 잘난 서태영이 서경에겐 그저 평범한 남자 사람 친구에 지나지 않았다.

옆에 있으면 심장이 터져 나갈 것 같고, 바라만 봐도 황홀한 그런 설렘을 서경은 전혀 느낄 수가 없었다. 그놈이 그놈이지 별다를 게 뭐야? 콧구멍이 특별하게 세 개 뚫린 것도 아니고, 이마에 눈 하나가 더 달린 것도 아닌데 왜 유난인지 알 수가 없었다.

준비를 마치고 집을 나서자 집 앞에 태영이 기다리고 있었다. 일명 연예인 차를 타고 몸소 그녀의 집 앞까지 온 태영은 칭찬은 고사하고 오히려 서경에게 타박을 들어야만 했다.

사람들 시선 집중시킬 일 있냐며 이럴 거면 따로 가지 왜 왔냐고 구박을 했다. 여자들이 죽고 못 사는 남자 연예인을 봐도 시큰둥하게 제 할 말 다 하는 별종 서경이 태영은 그래서 편했다.

그레이스 호텔에 도착해 얼른 차에서 내린 서경이 곧장 입구로 들어섰다. 그 옆에 태영이 나란히 섰다. 태영과 다니면 사람들의 이목이 쏠리는 건 감수해야 했다. 뭐 자신을 보는 것도 아니니 서경은 별 상관은 없었다. 남들이 그와의 관계에 대해 오해를 하지도 않으니 괜찮았다.

다만, 차는 너무 눈에 띄는데다가 팬들이 몰려들어 타고 내리기가 곤란할 때가 있어 불편했다.

이런저런 얘기를 나누며 엘리베이터로 향하던 서경의 시선이 라운지가 있는 쪽으로 향했다. 누군가의 시선이 느껴져서였다. 익숙한 형체가 보인다 싶던 순간 낯선 여자가 그 형체를 가렸다. 무심히 시선을 거둔 서경이 막 엘리베이터에 올랐을 때였다.

은결의 목소리가 들렸다. 분명 다급하게 제 이름을 부르는 소리였다. 그녀가 열림 버튼을 누르고 엘리베이터 밖으로 고개를 내밀었다. 불쑥. 은결이 엘리베이터 앞에 나타나며 문을 붙잡았다.

급하게 달려온 기색이 역력한 그의 옷이 낯익었다. 조금 전 라운지 앞에서 봤던 형체가 그라는 걸 서경은 단박에 알아차렸다. 처음 보는 여자와 다정하게 대화를 나누는 것 같았는데. 여긴 무슨 일로 온 걸까?

은결이 이유 없이 틱틱거렸다. 갑자기 엘리베이터를 붙잡아 타더니, 그녀에게 호텔엔 무슨 일이냐며 물었다. 그 와중에 은결은 불쾌한 기색을 숨김없이 드러냈다.

호텔이라는 장소가 주는 다양한 의미 중 아무래도 은결은 남자와 결부된 것을 의심하고 있는 모양이었다. 그녀의 옆에 있는 서태영이 무척 신경이 쓰이는 게 분명했다.

마주 쏘아주며 엘리베이터에서 내린 서경이 예식장으로 들어서는 것을 은결은 끝까지 지켜봤다. 그의 표정이 사르르 풀리는 걸 서경은 곁눈으로 지켜보았다.

"느낌이 예사롭지 않은데?"

태영이 그녀의 어깨를 툭 밀치며 은근하게 물어왔다. 서경이 피식 웃으며 별스럽지 않게 말했다.

"맞아. 예사 놈은 아니야. 아주 요상하게 특별한 놈이지."

"너에게만 더 특별히?"

떠보듯 묻는 태영의 말에 서경이 그를 돌아보며 눈썹을 들썩였다. 태영의 입가에 머문 묘한 미소를 제 입술에도 지어 보이며 서경이 어깨를 으쓱했다.

"뭐, 그럴지도?"

「호텔에서 여자랑 할 수 있는 건 참 다양하죠. 차를 마시거나, 대화를 나누거나. 물론, 몸으로 나누는 대화도 그런 것 중 하나에 속하죠. 하지만 은결인 그런 것들과는 거리가 멀어요. 멀어도 한참을 멀죠. 절 보자마자 바로 여자를 내팽개치고 달려온 것만 봐도 알 수 있죠.

선을 보려고 했었겠죠. 은결이 부모님이 빨리 결혼하기를 원하시니까. 전에도 한두 번? 선 자리에 나간 적이 있었는데. 결과는 뭐 예상하시는 것처럼. 뻥. 뻥. 늘 은결이 차이는 쪽으로 택하죠. 시원하게 차달라고 엉덩이까지 대주는 녀석이거든요.

그러니 선이라는 것 자체가 은결에겐 무의미한 거죠. 그런 거 백날 봐봐야 소용없어요. 아직은 곁에 두고 싶은 여자가 저 하나뿐이거든요.

왜요? 여자 사람 친구는 여자 아니랍니까? 왜 웃지? 내가 여자라는 게 그렇게 웃긴가?」

　

—2015년 다른 이성과 함께 호텔에서 우연히 은결과 마주친 날 서경의 인터뷰 중.

3. 사겨볼까 봐. 너랑

"염려하실 건 아니에요. 독감 뒤에 합병증으로 폐렴이 걱정스럽긴 한데, 지금 동욱이 기침은 그 정도는 아니에요. 폐도 깨끗하고."

청진기를 떼고 아이의 머리를 쓰다듬으며 은결이 보호자에게 말했다. 그제야 안도의 한숨을 쉰 동욱의 엄마가 고맙다며 은결에게 인사를 했다.

"선생님, 너무 감사합니다."

"고마운 건 우리 동욱이죠. 잘 이겨내 줬으니까. 그렇지?"

은결이 눈높이를 맞춰 싱긋이 웃자 동욱이가 고개를 끄덕였다. 그런 동욱의 손에 은결이 막대 사탕 하나를 쥐여주었다.

"그럼 우리 동욱이 상 줘야지. 맛나게 먹어."

"네."

"오늘 나가는 약 꼬박꼬박 잘 챙겨 먹고. 기침도 말끔하게 낫기. 약속."

"약속."

은결이 내민 새끼손가락에 동욱이 제 손가락을 걸었다. 그를 흐뭇하게 바라보며 은결이 가볍게 고리가 걸린 손을 흔들었다. 기분 좋게 진료를 마치고 나서는 동욱의 모습에 은결의 입가에도 미소가 피어올랐다.

"내가 이 맛에 소아청소년과를 지원했지."

오전에 예약된 진료가 모두 끝났다. 기지개를 켜며 자리에서 일어선 은결이 진료실을 나서 곧장 현준의 진료실로 향했다.

똑똑. 노크와 동시에 문을 열었다가 다시 닫았다. 안에 저보다 먼저 현준을 찾아온 사람이 있었다. 지켜보는 사람이 민망할 만큼 뜨거운 시선을 주고받으며 둘이 코끝을 맞대고 있었다. 맞댄 게 입술이 아님에도 그 모습이 엄청 야해 보였다.

"아, 진짜. 애정표현은 남들 안 보는 곳에서 하라니까."

키스를 하고 있었던 것도 아닌데 어쩐지 분위기는 더 야릇했다. 은결이 작게 투덜거리며 가운 주머니에 손을 찔러 넣었다.

"댁들은 밥 안 먹어도 배부를 것 같으니 나 혼자 먹으러 갑니다."

들리지도 않을 목소리로 툭 내뱉고는 은결이 너스 스테이션으로 걸어갔다. 그곳에 이지가 서 있었다.

"차트 정리 중?"

은결이 말을 걸자 이지가 깜짝 놀란 듯 토끼눈을 하고 그를 돌아봤다.

"어머, 선생님. 언제 오셨어요?"

전혀 몰랐다는 듯 묻는 이지를 스테이션 너머 간호사들이 기막힌 눈으로 쳐다봤다. 이지가 너스 스테이션에 서 있었던 건 은결이 진료실을 나서는 걸 봤기 때문이었다. 때는 점심시간이었고, 은결이 찾은 현준은 이미 그의 와이프인 이연과 함께였다. 어쩌면 은결이 퇴짜를 맞고 간호사들에게 올지도 모른다는 계산이 섰다. 그래서 가던 길을 돌아 너스 스테이션으로 온 것이다.

그리곤 차트를 보는 척 연기를 시작했다. 언제 은결이 이곳으로 다가올지 신경을 그쪽으로 곤두세운 채.

이지가 들추고 있는 차트는 그녀가 주치의인 환자의 차트가 아니었다. 그래서 간호사들은 이지가 갑자기 남의 차트를 뒤적이는 것을 의아해했다. 웬일로 환자에게 관심을 가지는 건가 싶기도 했다. 하지만 은결이 다가오자 콧소리를 장착해 애교를 떨어대는 이지의 모습에 단박에 사태 파악이 됐다. 가증스럽게도 은결의 눈에 띄고 싶어 일부러 때를 보고 기다린 것이다. 쓸데없이 남의 차트나 뒤적이면서. 그녀에게 차트는 그냥 소품에 지나지 않았다.

간호사들이 저를 어떤 눈빛으로 보는지 전혀 신경이 쓰이지 않는지, 이지는 아양의 강도를 높여 은결에게 들이대기 시작했다.

"점심시간인데 식사 안 하세요?"

"해야지."

"그럼 저랑 같이 하실래요?"

이지가 눈을 반짝이며 그를 응시했다. 은결이 물끄러미 이지를 내려다봤다. 그가 고개를 살짝 기울이더니 관자놀이를 검지로 긁적였다.

"최 간호사님."

"네, 선생님."

"오늘은 직원식당 말고 밖에 나가서 먹을까요?"

너스 스테이션에 팔을 기댄 은결이 이지에게서 시선을 돌려 최 간호사에게 물었다.

"어디 맛있는 집 있어요?"

"찌개가 맛있는 집을 발견했죠, 제가."

"음. 괜찮네요. 저 찌개 엄청 좋아하는데."

"제가 이렇게 섬세한 남자라는 거 아닙니까. 최 간호사님의 취향을 딱 캐치해 내서 그에 걸 맞는 음식점을 찾아내다니. 원더풀

하지 않나요?"

"네. 노력이 가상해서 먹으러 가야겠네요."

"저도 그럼."

자신의 말을 무시하고 최 간호사와 점심에 대해 말하는 은결이이지는 무척 서운했다. 하지만 그런 내색을 드러내 놓고 할 수는 없었다. 이지는 아무 일도 없다는 듯 상큼하게 웃으며 한 손을 들어 자신도 참석하겠다는 뜻을 밝혔다.

"넌 못 가."

은결이 이지를 무심하게 내려다보며 말했다. 이지는 혹여 자신이 뭘 잘못 들은 건 아닌가 하며 고개를 갸웃했다. 분명 스테이션에 있는 저를 보고 다정하게 말을 건넨 건 은결이었다. 그런데 지금은 또 차갑게 그녀를 외면했다. 이지로서는 이유를 알 길이 없었다.

"왜요?"

당돌한 성격답게 이지가 은결에게 대뜸 반문했다. 이지로서는 예쁘고 젊은 자신을 두고 늙고 고지식한 최 간호사와 점심을 먹는다는 게 이해가 가지 않았다. 은결이 미소 띤 얼굴로 이지를 돌아보며 말했다.

"인턴은 항시 병원에 상주하며 대기해야 하니까. 나 인턴 때는 눈 코 뜰 새 없이 바빠서 밥 먹을 시간도 없었는데 요즘은 아주 편

한가 봐?"

"그래도 밥은 먹으면서 일을 해야죠."

"최 간호사님, 치프 지금 어디 있는지 아세요?"

"치프 선생님 응급실에 내려가 계신데요."

"그래요. 의국 수장인 치프는 밥 때에 밥도 못 먹고 응급실에 박혀 있는데 인턴이 한가하게 이러고 있다니. 쯧쯧. 이거 소아청소년과 기강이 엉망진창이네."

갑자기 치프를 들먹이던 은결의 눈빛이 차가워졌다. 여전히 웃고 있는 입술에서도 냉기가 느껴졌다. 늘 유머러스하고 친절한 은결이었다. 장난기도 많아 싱거운 농담을 던질 때도 있었고, 병원 식구들한테 격 없이 대하며 친근하게 지내기도 했다. 그래서 접근하기 쉬울 거라고 생각했다. 그런데 지금 은결이 보여주는 태도는 자신이 알던 것과는 많이 달랐다.

"자네는 다음에 절대로 우리 과에 지원하지 않길 바라. 점심은 마지막이 될지도 모르니까 거하게 알아서 즐기도록."

"선생님."

전에 보지 못한 은결의 차가운 일면에 이지의 얼굴이 울상이 되었다. 자신에 대해 제대로 알면 이러진 않을 텐데. 그럴 기회도 주지 않고 단칼에 외면하는 은결이 이지는 무척 속상하고 야속했다.

"가시죠, 최 간호사님."

"네, 선생님."

스테이션을 나온 최 간호사 뒤로 두 명의 간호사가 더 따랐다. 언제나 그랬던 것처럼 은결이 최 간호사에게 밥을 사겠다는 건 다른 간호사들과도 함께 먹겠다는 거였다. 다정하게 대화를 주고받으며 복도를 걸어가는 그들을 이지가 원망스럽게 노려보았다.

"왜 저렇게 눈치가 없어? 내가 이러면 알아서 빠져줘야지. 냉큼 따라나서는 건 뭐야. 그거 하나 얻어먹겠다고 우르르 몰려가는 꼴이라니. 정말 추하다, 추해."

은결이 왜 자신에게 그런 말을 했는지는 이지에게 중요하지 않았다. 그와 단둘이 밥을 먹고 데이트를 할 기회를 가지기만 한다면 자신에 대한 생각을 바꿔놓을 수 있다고 이지는 확신했다. 그 중요한 순간을 최 간호사 일행이 망쳐 놓은 것이다.

"야, 인턴!"

누군가 그녀의 이름이 아닌 인턴이란 호칭으로 이지를 불렀다. 이지가 소리가 들린 쪽을 돌아보자 레지던트 1년차 홍건이 씩씩거리며 그녀를 삿대질하고 있었다. 눈을 부라리며 성큼성큼 걸어오는 그를 보며 이지는 서 인간이 대체 왜 저러나 의아해했다.

"왜요, 선배님?"

가까이 다가선 홍건을 물끄러미 바라보며 이지가 물었다. 그에 홍건이 화를 억누른 음성으로 속사포같이 말했다.

"너 204호 상준이 드레싱 했어, 안 했어."

"아, 까먹었다."

"아, 까먹었다? 이게 진짜 죽으려고."

당장 멱살을 잡으려고 손을 뻗는 홍건에게서 한 걸음 물러서며 이지가 눈을 말똥거렸다. 아까 억울하고 분한 마음에 살짝 눈물이 맺혔던 눈을 글썽이며 약한 척 연기를 시작했다.

"제가 그러고 싶어서 그런 게 아니라요."

"아니. 넌 그러고 싶어서 그런 거야. 하는 짓마다 진상에 실수투성이에. 이런 골칫덩어리가 왜 우리 과에 왔는지. 너 앞으로 이 길 계속 가려면 우리 과 근처엔 얼씬도 하지 마라. 알겠어?"

의사 가운을 입고 나는 나약한 여자라는 걸 어필하려는 것 자체가 잘못이었다. 여기선 여자 남자를 따지기 이전에 제가 해야 할 일부터 열심히 하려고 노력하는 게 우선이었다. 홍건이 재빨리 손을 뻗어 이지의 뒷덜미를 낚아챘다.

"어어어. 왜 이래요, 선배!"

"오늘 아주 제대로 가르쳐 주겠어. 생명의 존엄함이 얼마나 고귀하고 무서운 건지."

"드레싱 한 번 빠트렸다고 뭘 이렇게 유난을."

"닥쳐라. 확 집어 던져 버리기 전에."

"……."

소아청소년과의 의료진들은 대부분이 유순하고 착한 인상을 가졌다. 그래서 여기선 좀 편하게 인턴 생활을 할 수 있겠다고 생각했다. 그런데 웬걸. 이들은 환자에게만 친절하고 유순했다. 수습들이 뭔가를 잘못했을 때는 가차 없이 응징을 가했다. 눈물 콧물 쏙 뺄 정도로. 그래서 다시는 실수를 하지 않도록. 이지는 소아청소년과에 배정받은 지 일주일밖에 안 된 터라 그것을 미처 알지 못했다. 오늘 아마 그것을 뼈저리게 느끼게 될 것이다.

점심을 먹고 난 후 병원 카페를 찾은 은결은 주문을 하다 문득 서경을 떠올렸다. 지금쯤이면 일어나 씻고 아침 겸 점심을 해결하려고 할 터였다. 밥 먹고 나면 커피 생각이 날 텐데. 나오라고 할까? 공짜 싫어하는 사람 없으니 나올 수도 있겠다 생각하며 은결이 휴대폰을 꺼내 들었다.

"전화 한 통 해볼까?"

말과 동시에 은결의 손가락이 이미 서경의 단축 번호를 누르고 있었다. 길게 신호가 가는 동안 은결은 콧노래를 흥얼거리며 카페 안을 서성거렸나.

[아메리카노 아이스.]

"큭. 내가 무슨 용건으로 전화한 줄 알고 주문부터 해?"

[척하면 척이지.]

서경의 말에 절로 미소가 떠올랐다. 그가 주문대로 걸어가며 물었다.

"언제 올 줄 알고."

[2분.]

"2분?"

엎어지면 코 닿을 곳에 있다는 말이었다. 은결이 카페의 통유리 너머를 두리번거렸다. 병원 출입구 쪽에서 낯익은 형체가 입을 막고 하품을 하며 들어서고 있었다. 근처 어딘가에서 밥을 먹은 모양이다. 이렇게 빨리 오는 걸 보면.

카페로 들어서는 서경에게 은결이 손을 들어 보였다. 서경이 곧장 그에게로 다가서며 그의 손에 제 손을 부딪쳤다.

"주문은?"

"이제 하려고."

자신의 것과 서경의 커피를 주문하고 계산을 마친 은결이 그녀의 머리카락을 만졌다. 서경이 쳐다보자 그가 쯧쯧 혀를 찼다.

"머리 감고 말리지도 않고 또 나돌아 다니지."

"드라이기 고장났어."

"그럼 새로 사야지."

"원래 자연 바람이 더 좋은 거야. 내 찰랑거리는 머릿결의 비결이 바로 그거거든."

머리카락 끝에 맺힌 물방울을 만지작거리던 은결의 손을 떼어내며 서경이 머리를 흔들었다. 그에 물방울 몇 개가 은결의 얼굴에 튀었다. 은결이 미간을 찌푸리며 볼을 쓸었다.

"네가 개야? 왜 털을 털고 난리야. 가만히 좀 있어."

은결이 서경의 머리를 양손으로 잡아 고정시켰다. 서경의 볼이 은결의 손에 의해 눌려 입술이 삐죽이 튀어나왔다. 서경이 눈을 말똥거리며 그를 쳐다봤다. 서로의 시선이 맞물리고 그렇게 가만히 상대를 응시했다. 어디다가 손을 대냐고 은결의 손을 쳐낼 만도 한데 서경은 아무 저항 없이 그를 빤히 쳐다보기만 했다.

"손님 주문하신 커피 나왔습니다."

카페 직원의 말에 은결이 서경의 얼굴을 놓고 돌아섰다. 커피를 받아 서경에게 하나를 내밀고는 먼저 빈 테이블 쪽으로 이동했다.

저렇게 자신을 바라본 사람이 서경 하나뿐이었던 건 아니었다. 불과 한 시간 남짓 전에도 이지가 커다란 눈망울로 자신을 빤히 응시했었다. 그때는 솔직히 아무 생각이 없었다. 그저 저를 향해 유혹의 손길을 내미는 이지를 깔끔하게 거절하려 차갑게 말을 한 게 다였다.

그런데 지금 서경의 사심이 담기지 않은 말간 눈빛에는 뭔가 제 속에서 뭉클거리는 것이 감지되었다.

"이놈의 만성피로는 어깨 위에서 내려올 생각을 안 하네."

서경이 그의 맞은편에 앉으며 어깨를 주물거렸다. 그에 은결이 반사적으로 손을 뻗어 서경의 반대편 어깨를 두드려 주었다. 서경이 쳐다보자 은결이 멈칫했다. 하지만 이내 그녀의 웃음에 두드리던 것을 계속했다.

"역시 남자라서 손도 크고 시원함도 다르다니까. 이왕이면 이쪽도 부탁하이."

다른 쪽 어깨를 내밀며 서경이 너스레를 떨었다. 피식. 싱거운 웃음을 흘리며 은결이 마시던 커피를 내려놓고 양손을 뻗었다. 그리곤 서경의 양쪽 어깨를 잡아 본격적으로 안마를 해주었다.

서경이 그윽한 표정으로 눈을 감고 그의 손길을 느꼈다. 뭉친 어깨가 풀리면서 욱신거림과 함께 시원함이 공존하는 듯 그녀의 미간이 꿈틀거렸다. 자세 때문에 서경의 얼굴이 은결의 얼굴 가까이 머물렀다. 그가 눈을 감고 있는 서경의 얼굴을 세심한 눈길로 바라보았다.

그러다 두근두근 자신의 심장이 보내는 낯선 신호에 움찔하며 손을 멈췄다. 갑자기 주무르던 것이 멈추자 서경이 감았던 눈을 떴다.

둘의 시선이 한 뼘도 안 되는 직선거리에서 맞물렸다. 은결은 자신의 입술이 찌릿해져 옴을 느꼈다. 서경의 입술을 향해 잠시 시선이 내려갔다가 올라왔다. 그녀를 향한 낯선 감정이 그를 살짝 당황스럽게 만들었다. 그가 헛기침을 하며 서경의 어깨를 밀었다.

"그때 그놈 누구야?"

커피에 꽂혀 있던 빨대를 물며 은결이 투박하게 물었다. 서경이 의자에 털썩 등을 기대며 제 커피를 들었다. 뚜껑을 열어 커피를 벌컥 들이켠 서경이 함께 입안으로 들어온 얼음을 깨물었다.

"친구."

"친구? 너한테 그런 친구가 어디 있어?"

질문을 하곤 은결은 바로 아차 싶었다. 그녀에게 그런 친구가 있지 말란 법은 없었다. 친구라고 하기엔 너무 갭이 커 보여서. 태영이라는 인물이 저보다 빛나 보여서 저도 모르게 헛말이 나가 버렸다.

"불알친구."

그가 무슨 생각을 하며 불안하게 눈동자를 굴리는지 전혀 상관없다는 듯 서경이 시크하게 말했다.

"뭐?"

불알친구라니. 그건 남자들 사이에서나 하는 말이었다. 남녀 사이엔 보통 소꿉친구라는 표현을 쓰지 않나?

"태영이 어릴 적부터 알던 친구라고. 한 동네서 자랐거든. 중학교 때 서울로 전학 가면서 자연스레 멀어졌는데. 데뷔하고 우연히 연락이 닿았어. 바쁜 친구라 거의 만나지는 못하고 일 년에 한두 번 안부인사 정도 하고 지내."

"아, 그렇구나."

가만히 고개를 끄덕이며 은결이 커피를 마셨다. 곰곰이 서경의 말을 곱씹어보던 은결은 서경이 태영을 다른 의미로 생각하지 않는다는 걸 깨달았다. 불알친구라는 건 남녀 사이로 발전할 가능성이 전혀 없음을 의미하는 게 아닐까.

혼자 결론을 내린 은결의 입가에 배시시 웃음이 떠올랐다.

"너는?"

커피를 반 이상 비운 서경이 지나는 투로 물었다. 질문의 방향을 몰라 은결이 그녀를 보며 고개를 갸웃했다. 서경이 빨대로 커피를 휘휘 저으며 다시 물었다.

"그날 볼일은 잘 봤어?"

"아."

호텔에서 볼일이란 게 대체 뭔지 궁금했던 모양이다. 은결이 태영과 함께 있는 서경을 보고 그랬던 것처럼. 은결이 한쪽 입가를 비스듬히 끌어 올리며 의미심장한 눈으로 서경을 응시했다. 서경의 눈썹이 들썩였다. 애가 실없이 왜 저런 표정을 짓나 싶은 모양이다.

"나 선봤다."

그가 자랑하듯 말했다. 잠시 틈을 두고 서경이 가볍게 고개를 끄덕였다.

"잘했네."

무심하게 커피를 마시는 서경의 모습에 은결은 왠지 모를 서운함을 느꼈다. 배신자라던가, 너 혼자 선보니까 좋더냐고 비아냥거릴 줄 알았다. 그게 아니더라도 약간의 질투심을 느끼지 않을까 내심 그런 쪽으로 기대도 했던 모양이다. 예상했던 모든 것에서 비껴 나간 서경의 무심한 반응에 은결의 입에서 낮은 신음이 흘러나왔다.

"정말 잘한 거 같아?"

그의 말투가 조금 딱딱해진 것을 느낀 서경이 그를 물끄러미 바라보았다.

"정말?"

재차 묻는 말에 서경이 고개를 끄덕이며 심플하게 답했다.

"응."

"어째서?"

"너희 어머니 소원이시잖아."

"그게 다야?"

말이 길어질수록 은결의 신경이 점점 날카로워졌다. 왜 이런지 그도 알 길이 없었다. 그냥 짜증이 났다. 서경의 무관심이.

"그럼 뭐? 다른 게 있어야 돼?"

커피를 마저 비워낸 서경이 자리에서 일어섰다. 그런 서경을 은결이 차가운 시선으로 바라보았다. 그에 서경이 미간을 찌푸리며 물었다.

"뭐냐? 그 눈빛은?"

"기분 나빠서."

"뭐가?"

"너의 그 무심함."

"대체 어떤 점이 무심했단 건지 잘 모르겠는데. 선봤대서, 잘했다고 칭찬까지 해줬고. 왜냐는 얼토당토않은 질문에도 너희 어머니의 오랜 소원임을 떠올려 말해줬는데. 이 정도면 아주 지대한 관심을 가지고 있는 거 아닌가? 아니야?"

꼬박꼬박 옳은 말만 해대는 서경이 얄미웠다. 은결이 자리에서 일어나 서경의 손목을 붙잡았다. 서경이 잡힌 손목과 그를 번갈아 보며 미간을 찌푸렸다.

"나 선본 거 아무렇지도 않아?"

"응."

말이 끝나기 무섭게 답하는 서경 때문에 은결의 복장이 터져 나갔다. 정말 은결이 원하는 답을 몰라서 이러는 건지 답답해 미칠 지경이었다. 그 마음이 그대로 담겼던지 서경의 손목을 잡은 손에 저도 모르게 힘이 들어갔다.

"너 그런 거 엄청 싫어하잖아."

서경이 손목이 아팠던지 미간을 꿈틀거리며 말을 덧붙였다. 다른 손을 내려 은결의 손을 부드럽게 덮으며 그녀가 한숨을 섞어 말했다.

"손 좀 놓자. 그러다 부러지겠다. 나도 손으로 먹고사는 사람이거든? 손 못 쓰면 곤란해."

"아, 미안."

은결이 얼른 손을 거뒀다. 그런 은결을 지그시 바라보며 서경이 입가에 엷은 미소를 머금었다.

"선을 보긴 봤겠지. 어머니 성화에 못 이겨서 억지로라도. 그런데 잘되진 않았을 거야."

"……."

"넌 그런 식으로 사람을 사귀진 않으니까."

딱 부러지는 서경의 말에 은결이 피식하고 웃음을 터트렸다. 역시 서경은 은결을 너무 잘 알고 있었다.

"그러니까 내가 그 선을 봐도 아무렇지 않은 이유가."

"보기 전과 후가 달라질 게 없으니까."

"빙고."

그제야 은결이 기분 좋게 검지를 들어 빙고를 외쳤다. 그리곤 서경을 향해 한쪽 눈을 찡긋거렸다. 그에 서경이 흠칫 몸을 떨며 고개를 저었다. 마치 못 볼 걸 봤다는 듯 진저리를 쳤다. 그 모습마저도 은결은 이상하게 좋았다. 자신이 선을 본 것에 대해 서경이 무심할 수 있었던 이유는 믿음 때문이었다.

너는 아무 여자나 함부로 만나 결혼할 사람이 아니라는.

여자에게 헤프다고 카사노바라는 별명이 붙을 정도로 오는 여자 안 막고 가는 여자 안 잡던 은결이었다. 그저 단순히 서로가 즐기고 편하면 그뿐이었다. 그래서 누구를 만나든 깊은 관계를 가지지는 않았다. 놀자, 놀자. 인생 한 번뿐인데 고민할 게 뭐가 있나. 그의 가치관은 딱 그 정도였다.

하지만 서경을 만나고 그녀와 함께한 시간이 늘어가면서 여자를 가리게 되었다. 흑심을 가지고 다가오는 여자는 그가 미리 차단을 했다. 순수하게 인간 대 인간으로 그를 대하는 사람만 그도 같은 차원에서 대우했다.

서경은 여자 남자를 떠난 가장 편한 친구였다. 단시간에 그렇게 사람에게 깊이 빠지고 마음을 준 건 처음이었다. 너무 편했다. 버릇없는 여동생이라고 말하긴 했지만 그녀는 이미 은결에게 그 이상의 부분을 차지하고 있었다.

"나 간다."

서경이 손을 흔들며 돌아섰다. 시장에 가야 할 시간이었다. 장사를 하면 늘 시간이 자유롭지 못했다. 빡빡하게 짜인 일정에 따라 움직이는 건 의사인 은결 못지않았다. 앞서 카페 입구를 향해 걸어가는 서경을 은결이 뒤따랐다. 그리곤 와락 서경의 뒤에서 그녀를 힘껏 껴안았다.

서경의 몸이 휘청거리다 은결의 품에 푹 안겼다.

"오늘도 수고."

귓가에서 감미롭게 소곤거리는 은결의 목소리에 서경의 가슴이 서걱거렸다. 그녀의 귓불이 붉게 물들었다. 서경은 그를 돌아보지 않고 고개를 끄덕였다.

"어, 너도."

"어깨 뭉치면 또 풀어줄게. 언제든 말해."

"어."

그가 서경을 풀어주었다. 그리곤 가운을 벗어 그녀의 머리 위를 덮었다. 서경이 눈을 동그랗게 뜨고 고개를 돌리려는 걸 그가 만류했다.

"으이구. 머리 아직도 젖어 있다. 이렇게 돌아다니면 감기 걸려."

말은 투박했지만 그녀의 머리를 닦아주는 손길은 부드러웠다. 서경이 피식 웃으며 시니컬하게 말했다.

"감기 걸리면 너한테 빌붙을 건데. 너 의사잖아."

"사전에 예방하는 게 제일 좋은 거지. 감기만 걸려봐. 주사 엄청 큰 거 확 놔줄라니까."

"그럼 이연이한테 가지 뭐. 어디 의사가 너뿐이야? 나 이래 봬도 인맥 짱짱해."

"아이고 이런, 몰라봬서 죄송합니다. 언제든 몸이 편찮으시면 닥터 김을 찾으세요. 여기 김은결이 제 이름입니다."

은결이 가운에 달려 있는 제 명찰을 서경의 눈앞에 가져가 보이며 아부성 가득한 말을 늘어놓았다. 서경이 명찰을 잡은 은결의 손에 제 손을 겹쳤다. 그리곤 톡톡 가볍게 명찰을 손끝으로 두드렸다.

"닥터 김은결. 꼭 기억하죠."

대충 머리의 물기를 거둬낸 뒤 은결이 서경의 머리에서 가운을 거뒀다. 가운 여기저기 물기가 묻어 축축하게 젖어 있었다. 서경이 은결의 손에 들린 가운을 힐끔 쳐다봤다. 그러자 은결이 가운을 잡아 털며 장난스럽게 말했다.

"내가 좀 있는 놈이거든. 이런 거 진료실 가면 두 개나 더 있어. 신경 쓰지 마."

"아유. 넘치게 부유한 놈. 가운이 총 세 개나 되다니. 부러워 죽겠네."

"쿡. 어서 가. 바쁘다며."

"그래. 커피 잘 마셨어."

병원 로비를 걸어 출입구까지 서경을 배웅하고 돌아선 은결에게서 콧노래가 흘러나왔다. 서경이 은근히 호텔에서의 일에 신경을 쓰고 있었다는 것과 자신을 믿고 있다는 것이 그의 기분을 업시켜 주었다.

"퇴근하고 소주 한 잔 마시러 가야겠네. 한경이 형도 본 지 오래됐고."

퇴근 후 일정을 정하며 은결이 경쾌하게 발걸음을 옮겼다.

은결과 헤어진 서경은 인도를 따라 길을 걸었다. 버스 정류장이 저 5미터쯤 앞쪽에 보였다. 서경은 주머니에서 휴대폰을 꺼내 이어폰을 연결했다. 즐겨 듣는 음악을 틀고 가벼운 발걸음으로 정류장을 향해 걸었다.

그녀가 타야 할 버스가 정류장으로 들어서고 있었다. 서두르면 탈 수 있을 것 같았다. 하지만 서경은 느긋한 걸음을 재촉하지 않았다. 그녀가 정류장에 도착하기 전 버스는 승객을 태우고 출발했다.

서경은 정류장을 유유히 스쳐 지났다. 이어폰을 통해 들려오는 봄노래가 그녀의 산책을 부추겼다. 사라락 사라락. 바람에 흩날리는 푸르른 잎이 에메랄드처럼 눈부시게 아름다웠다. 아직은 뜨거움보다는 따스함이 느껴지는 봄 햇살이 서경의 몸 위로 쏟아져 내렸다.

은결과는 서먹서먹하게 지내는 것보다 투덕거려도 친근하게 지내는 게 좋았다. 그가 서경보다는 한 살이 많았지만, 처음 만났을 때부터 서경은 그에게서 오빠라기보단 친구 같은 느낌을 더 강하게 받았다.

좋아하지만 사랑해선 안 되는 관계. 친구.

서경은 은결과의 관계를 그렇게 결정지었다. 다른 감정은 허용할 수가 없다. 그를 알면 알수록 그것은 더욱 명확해졌다. 은결은 서경이 감히 넘볼 수 없는 사람이었다. 사심이란 걸 결부해선 절대 안 되는 사람. 그 순간 다른 세상으로부터 경고장이 날아올 수 있는 그런 사람.

"주변에 이런 놈들만 넘쳐 나니까 내가 연애를 못하는 거라고. 에잇. 나쁜 놈들. 보는 눈만 높여놨다니까."

다소 원망스런 말이었지만, 그 말을 하는 서경의 표정은 밝았다. 물 좋은 곳에 혼자 떨어진 못난이 물고기. 자신이 딱 그 꼴이었다. 뭐, 그래도 좋은 거 아닌가? 잘나신 물고기들 실컷 구경할 수도 있고.

시장은 걸어서 20분 정도의 거리에 위치해 있었다. 그 길을 서경은 산책하듯 느긋이 걸었다. 평소라면 시간에 쫓겨 급하게 버스를 타고 움직였을 것이다. 하지만 오늘만은 그러고 싶지 않았다.

일 년에 몇 번쯤은 이런 날도 있어야 하지 않나? 너무 팍팍하게 살다 보면 인생이 정말 너무 허무할 것 같았다.

"장사가 잘돼도 문제라니까."

그냥 큰 욕심 부리지 말고 먹고살 만큼만 벌자 하고 차린 가게였다. 그런데 점점 단골이 늘어나고 맛집이니 양심가게니 하는 것들이 가게 이름 뒤에 붙으면서 일이 많아졌다. 하루 만들어야 하는 양이 늘어나고 더불어 금전적인 이익도 불어났다.

그러면서 잃은 게 삶의 여유였다. 눈뜨면 그날 팔아야 하는 것들의 양에 맞춰 장을 봐야 하고, 음식을 만들어야 했고 시간이 되면 영업을 시작해야 했다. 그렇게 꼬박 1년을 지냈다. 그런 환경에서 누군가와 사귄다는 건 꿈도 꿀 수 없는 일이었다.

어쩌면 이런 생활을 이해해 줄 남자가 있을 수도 있었다. 하지만 그게 얼마나 갈까? 같은 직종을 가진 사람이라면 연애가 가능할 수도 있겠다. 잠깐은 그런 생각도 했었다. 그런 사람이랑 선이라도 볼까?

"난 동종업계 사람이랑 소개팅이라도 해야 할까 봐."

"뭔 팅?"

"이렇게 혼자 늙어갈 생각을 하니까 솔직히 겁나더라고. 나 죽거든 묻어주고 울어줄 남자는 있어야지."

"누가 요즘 매장을 하냐? 화장하지. 너 죽으면 내가 태워주고 갈아주고 뿌려줄게. 우는 건. 흐음. 눈물이 날진 모르겠지만 노력은 해볼게. 굳이 다른 사람 인생 불쌍하게 만들지 말고 우리 그냥 서로 의지하며 곱게 늙어가자."

"난 남자를 원한다고. 친구 말고."

"내가 자네 실망할까 봐 말 안 하려고 했는데. 남자들이 자넬 원하지 않을 걸세, 친구."

"왜? 내가 뭐 어때서?"

"굳이 자기랑 비슷하게 생긴 사람이랑 살고 싶을까? 그래도 좀 다른 염색체랑 살고 싶지 않겠어?"

허심탄회하게 고민을 털어놓은 날이었다. 심각하게 말하는 서경에게 은결은 진지한 농담으로 받아쳤다. 그게 더 기분이 나빠 은결의 멱살을 잡고 늘어졌었다. 은결은 남자랑 살고 싶은 남자는 그리 많지 않다는 말을 더 나불거려 끝내 주먹을 부르고 말았다.

"쿡. 하여튼. 그놈의 입이 항상 문제라니까."

울컥해 버럭거리긴 했지만 은결의 말이 틀린 건 아니었다. 지금의 서경은 여자라고 보기엔 다소 무리가 있었다. 생긴 건 곱상하다는 말은 많이 들었지만 미녀라는 말보다 미남이란 말이 함께 뒤따랐다.

옷 입는 스타일을 좀 바꿔보라고 친구와 오빠가 조언을 해주긴 했지만. 일을 할 때나 그녀의 와일드한 성격에는 보이시한 차림이 더 편했다. 편할 걸 추구하느냐 불편을 감내하더라도 여성스럽게 스타일을 바꿔보느냐에서 갈등하다 서경은 결국 편함을 선택했다.

생긴 그대로를 사랑해 줘야지 진정한 사랑 아닌가?

이유를 그렇게 붙이긴 했지만 아무도 그에 동조하진 않았다. 물론 그녀도 그게 핑계라는 걸 알았다. 노력과 희생 없이 이뤄지는 건 아무것도 없으니까.

이것저것 생각하며 걷다 보니 단골 채소 가게에 도착했다. 오늘은 사장인 정우가 가게 앞에 나와 물건들을 정리하고 있었다. 서경은 음악을 끄고 귀에서 이어폰을 빼 주머니에 넣었다.

"안녕하세요, 사장님."

서경이 인사를 하며 다가가자 정우가 허리를 굽힌 채로 그녀를 돌아봤다. 그가 싱긋이 웃으며 자리를 털고 일어섰다.

"어디 좋은 데 다녀오시는 모양이네요?"

"네?"

"표정이 좋아 보여서요."

"아, 꽃구경 좀 다녀왔어요. 한 삼십 분? 가로수 길 따라 걸었거든요."

앞에 우뚝 멈춰 선 서경을 지그시 바라보며 정우가 손을 들어 그녀에게로 뻗었다. 서경이 악수를 하려나 보다 하고 손을 올리다 멈칫했다. 그의 손이 자신의 머리 위로 올라갔기 때문이었다.

"말 안 해도 알겠네요. 여기. 증거가 떡하니 있으니까."

정우가 서경의 머리에서 나뭇잎 하나를 떼어내 그녀의 눈앞에 내밀었다. 서경이 피식 웃으며 그의 손에서 나뭇잎을 건네받았다.

"이놈이 감히 무임승차를 했네요. 주인 허락도 없이."

"그 녀석 영역에 서경 씨가 무단침입한 건 아니구요?"

"어라. 일이 또 그렇게 되나요?"

가벼운 농담을 주고받은 둘은 이어 일상적인 대화를 하며 물건을 체크했다. 항상 최상품으로 따로 준비를 해두지만 정우나 서경 둘 다 정확한 것을 좋아하는지라 다시 확인을 했다. 검수를 마친 서경이 엄지를 치켜들었다.

"어쩜 이렇게 안목이 뛰어나신지. 매번 감탄을 금치 못합니다."

"매의 눈으로 검수를 하시는데 확실하게 해야죠. 안 그럼 혹 잘려 나갈 테니까요."

"에이. 그럴 리가요."

서경이 손을 내저으며 정우의 귀에 슬쩍 입을 가져갔다. 그리곤 누가 들을세라 낮고 은밀하게 속삭였다.

"제가 장담하는데 이 시장에서 채소류는 사장님이 최고예요.

아무도 못 따라가니까 안심하세요."

비밀이라는 듯 윙크를 하며 물러서는 서경을 정우가 기분 좋게 바라보았다.

"와, 오늘 술 한 잔 거하게 마셔야겠는데요? 특급칭찬 받은 기념으로?"

"그 술, 저희 가게에서 드시면 최상의 서비스를 받으실 수 있을 겁니다."

영업 모드로 말하는 서경이 재미있었던지 정우가 풋 하고 웃음을 터트렸다.

"이거 칭찬한 이유가 따로 있었네요?"

"이왕이면 누이 좋고 매부 좋고 그런 구조로 가자는 거죠."

"그래요, 그럼. 오늘은 가게 문 일찍 닫고 거래처 매출 올려주러 가야겠네요."

"오늘뿐만 아니라 술 고프실 땐 언제든 환영이에요. 저희 가게가 술 마시러 왔다가 어묵 맛에 홀릭한다는 마성의 어묵 카페거든요. 한 번 맛보시면 계속 찾게 될 거예요."

"단골예약인 건가요?"

박스를 수레에 실은 정우가 버스 정류장이 있는 곳까지 따라나섰다. 버스 정류장에 도착하자 서경이 박스를 들기 위해 상체를 숙였다.

"차를 하나 사지 그래요. 하루 이틀 할 일도 아니고."

"아, 제가 운전면허가 없어요."

"정말요?"

"와일드한 걸로 봐선 한 스피드 할 것 같은데. 의외죠?"

"그건 아니지만."

정우가 박스 내리는 것을 도왔다. 서경의 성격이나 나이를 볼 때 당연히 운전면허는 있을 거라 생각했었다. 그녀의 말대로 운전면허가 없다는 건 솔직히 의외였다. 왜 매번 힘들게 버스로 물건을 사다 나르나 했었다. 차를 마련하기가 아직은 부담스러운가 하는 생각은 했었지만 대놓고 묻지는 않았다. 실례가 될 거 같아서.

하지만 지금은 장사도 잘되니 매출도 올랐을 것이고 물건을 사는 양도 많아져서 하나쯤 장만하면 좋지 않을까 해서 건넨 말이었다. 정 그러면 중고라도 자신이 알아봐 줄까 하는 마음도 있었는데 그게 모두 아무 의미 없는 일이 되어버렸다.

"오빠 일이 많잖아요. 혼자서 그 많은 어묵을 다 만들다시피 하는데, 거기다가 이 일까지 맡길 순 없어서요. 제가 염치라는 게 좀 있는 여자라서."

서경이 정우의 다음 말을 알고 있는 듯 미리 답했다. 별스럽지 않게 웃는 얼굴이 참 맑았다. 그녀가 뭔가 쑥스러운 듯 뒷목을 문지르며 덧붙였다.

"제가 워낙 요리엔 소질이 없어서요. 그것보단 이게 훨씬 편해요."

"아."

그래서 늘 한경이 주방을 지키는가 보다고 정우는 단숨에 이해했다. 대화를 나누는 사이 버스가 왔다. 서경이 버스에 오르는 것을 돕고 떠나는 것까지 지켜본 뒤에야 정우는 자신의 가게로 돌아갔다.

약속대로 가게 문을 일찍 닫고 나서려면 장사에 좀 더 박차를 가해야 했다.

퇴근길에 오른 은결은 차를 타고 가다 길거리 가판대에서 파는 꽃을 발견했다. 무심히 그것을 보고 지나쳤다가 조금 앞쪽에 차를 멈춰 세웠다. 차에서 내린 은결은 가판대 앞으로 걸어갔다.

"어서 오세요. 오늘 꽃들이 정말 싱싱하고 좋아요. 한 번 골라보세요."

간단히 고개를 끄덕인 은결은 천천히 포장지에 싸인 꽃다발들을 살폈다. 그가 차를 세우고 되돌아온 데에는 가판대 앞에 걸린 플랜카드의 문구 때문이었다.

―굳이 특별한 날이 아니어도 소중한 사람에게 사랑의 마음을 전

해주세요. 뜻밖의 소소한 행복이 모두의 마음을 기쁘게 할 거예요.

"남자한테 이런 거 한 번이라도 받아봤겠어? 기분 좋은 김에 이 오라버니가 행복을 좀 나눠주마."

많은 꽃들 중에 그의 눈에 띈 것은 노란 빛깔이 예쁜 프리지아였다. 그윽하게 퍼지는 향도 꽤 마음에 들었다. 오! 땡! 달구지에는 그다지 어울리지 않을 것 같으니, 집에 가져가서 꽂으라고 해야겠다 생각하며 은결이 주인을 불렀다.

"이걸로 할게요. 얼마죠?"

"네. 이만 구천 원입니다."

계산을 마친 은결은 프리지아 꽃다발을 들고 차로 걸어가며 콧노래를 흥얼거렸다. 차에 올라 보조석에 꽃다발을 내려놓았다. 차 안 가득 프리지아 향기가 퍼져 나갔다.

"자기도 여잔데 받고 좋아하겠지?"

보통 여자들이 꽃다발을 받고 좋아하는 건 개인적인 취향이라 호불호가 갈린다고 했다. 꽃보다 돈, 아니면 먹는 거, 아니면 명품? 속마음은 각양각색이겠지만, 사귀거나 그전 단계인 썸을 타고 있는 중이라면 일단 겉으로는 좋은 척을 할 것이다.

그럼. 서경은 어떤 반응을 보일까? 성격으로 봤을 때는 쓸데없는 데 돈을 쓴다고 잔소리를 할 것 같지만, 은결이 봤을 때는 아니었다. 가식적으로 기뻐하는 표정과 말을 늘어놓지는 않겠지만 구박도 하지 않을 것이다. 그저 덤덤히 받아 챙기겠지.

서경의 행동을 미리 예상하며 은결은 즐겁게 차를 몰았다. 서경의 가게 근처에 차를 주차시킨 은결은 꽃다발을 챙겨 들었다.

가게는 오늘도 손님들로 왁자지껄했다. 불빛과 사람들의 말소리가 새어 나오고 있는 가게 앞에 서서 은결은 흐뭇하게 웃었다. 꽃을 코앞으로 가져가 한껏 숨을 들이쉬었다. 향긋함이 온몸으로 퍼져 나가는 것 같았다.

"뭐 하냐?"

갑작스런 말소리에 은결이 슬쩍 시선을 들었다. 언제 열렸는지 열린 문 앞에 서경이 서 있었다. 무슨 타이밍이 이런지 모르겠다. 물끄러미 자신을 바라보는 서경의 시선과 마주치자 은결은 조금 머쓱함을 느꼈다.

"흠흠."

그가 일부러 헛기침을 했다. 그녀와 꽃다발을 번갈아 보던 은결이 에라 모르겠다 하며 불쑥 꽃다발을 내밀었다. 서경이 덤덤히 꽃다발을 쳐다봤다.

"내 거야?"

"어."

서경이 살짝 고개를 숙여 프리지아의 향기를 맡았다. 아주 짧은 순간 그녀의 눈이 감겼다가 떠졌다. 언뜻 입가에 미소가 머금어진 듯도 했다. 다시 고개를 든 서경의 표정은 이전과 다름없이 무덤덤했다. 그녀가 흔쾌히 그에게서 꽃다발을 받아 들었다.

"좋아. 성의를 생각해서 받아줄게. 통과."

꽃다발을 들고 안으로 들어서는 서경의 모습에 은결의 입가가 씰룩거렸다. 역시 이서경다운 말과 행동이었다. 그가 고개를 설레설레 흔들며 안으로 들어섰다.

"아, 내가 왜 저건 생각을 못 했지."

그가 생각했던 답은 '땡큐.' 정도의 시크함이었다. 그것보다는 조금 더 나은 반응과 답변을 들은 은결의 입가에 흡족한 미소가 번졌다.

"한경이 형, 저 왔어요."

은결이 힘차게 손을 흔들며 가게 안으로 들어섰다. 한경이 주방에서 손을 들어 그를 반겼다. 자리를 잡기 위해 안을 둘러보던 은결이 이마를 긁적였다. 자리가 꽉 차서 앉을 만한 곳이 없었다.

"그렇다면 합석이라는 다른 방법이 있지."

손을 맞잡아 비비며 은결이 합석할 자리를 물색했다. 가게 안을 휘둘러보던 은결의 눈앞에서 뭔가가 펄럭거렸다. 사뿐히 허공에 떴다 내려오는 그것을 따라 누군가의 손이 그의 허리에 닿았다. 은결이 꽤 익숙한 손의 주인을 찾아 뒤를 돌아봤다.

"너 지금 뭐 하냐?"

"아주 친절하고 자상하게 손수 앞치마를 둘러주고 있는 중이지."

서경이 아무렇지 않게 답했다.

"그러니까. 이걸 왜 나한테 해주냐고."

불안한 예감에 은결이 재차 물었다. 서경이 그를 돌려 세우며 히죽 웃었다. 앞치마의 매듭을 앞으로 지으며 서경이 팡팡 그의 엉덩이를 두들겼다.

"아유. 어쩜 우리 은결 오라버니는 뭘 걸쳐도 이렇게 폼이 날까. 완전 간지가 좔좔 흐른다, 흘러."

"어디서 약을 먹여? 너 지금 나 일 시키려고 그러는 거지."

어울리지 않게 아부를 떨며 오라버니를 들먹이는 서경의 이마를 은결이 검지로 꾹 눌러 제게서 떼어놓았다. 서경이 그의 검지를 감싸 얌전히 아래로 내려놓았다. 그 검지는 서경의 왼쪽 가슴 위에 콕 박혔다. 은결이 말캉한 감촉에 움찔 몸을 떨었다. 그의 동그래진 눈을 음산하게 바라보며 서경이 입을 열었다.

"만졌으면 그에 상응하는 대가를 치러야지."

순식간에 돌변한 서경의 입에서 거침없이 만졌단 말이 나왔다. 그에 은결의 미간이 꿈틀거렸다. 서경의 손에 잡힌 검지가 부들부들 떨렸다.

"너 이거 딱 놔봐. 내가 만짐의 정석을 제대로 설명해 줄라니까."

"스톱. 만지는 건 딱 여기까지. 더 가면 성추행으로 신고할 거야."

"야. 넌 만짐과 스침. 닿음. 찌름의 차이를 구분 못하냐?"

"구분 안 돼. 내겐 다 똑같아. 어쨌든 내 살에 닿는 거니까. 사회적 지위가 있는 사람이니까 신고는 하지 않을게. 단, 열심히 몸으로 때우면."

뻔뻔하게 정당성을 말하며 돌아선 서경이 그의 손에 척하니 쟁반을 들려주었다. 쟁반에 올려진 어묵탕과 안주류를 보곤 은결이 헛웃음을 터트렸다. 손님으로 온 것인데 아르바이트생 취급을 당하는 중이었다. 그것도 착취와 협박으로 이뤄진 무임금 아르바이트였다.

"너 나한테 이런 거 시키는 것보단 내가 매상 올려주는 게 더 좋을 텐데."

"바쁜 와중에 성심을 다해 도와준다니 마음이 아주 든든하네. 그놈의 종착지는 바로 저길세."

은결의 투덜거림을 깔끔히 무시하고 서경이 음식을 가져갈 테이블을 손으로 가리켰다. 손끝을 따라 테이블을 확인한 은결이 발을 옮기며 따지고 들었다.

"먼저 희롱한 건 너야. 내 엉덩이 만졌잖아. 지가 더 격하게 만져 놓고. 손끝 하나 닿은 걸로 이런 걸 시켜? 내가 그에 상응하는 대가 꼭 받아낸다. 두고 봐."

툴툴거리면서도 테이블로 가서는 상냥한 미소를 띠며 음식들을 내려놨다. 화려한 말솜씨의 소유자답게 손님 응대도 제법이다. 서경이 다른 테이블의 주문을 받으며 기분 좋게 웃었다. 지금이 직장인들의 출출한 속도 채우고 쓰린 속도 다스려 줄 가장 핫한 시간대였다. 다른 날에 비해 손님도 많아서 빈자리가 없을 만큼 꽉 들어찼다.

어떻게 껴 앉으면 앉을 수도 있었지만 지금 은결이 할 일은 먹고 마시는 것보단 서빙이었다. 그가 늘 하는 가족 같은 사람들이란 말을 몸소 증명할 수 있는 기회를 서경이 준 것이다. 하루 종일 환자를 보고 오는 길이라 미안한 마음도 있었다. 뜻밖의 꽃 선물도 받았고. 하지만 그보다는 그의 손 하나가 더 간절히 필요했다.

말은 저렇게 해도 은결은 즐겁게 한경 남매를 도와주고 있었다. 일을 마치고 나면 그에게 맛 좋은 어묵과 술을 무한제공할 생각이다. 그는 그럴 자격이 충분히 있었다. 물론, 그가 일을 마치는 시간은 한경 남매와는 달랐다. 손님이 어느 정도 빠질 때까지만 도와주면 되었다. 길어야 두세 시간.

"어서 오세요."

문이 열리고 정우가 인사를 하며 들어섰다. 마침 자리가 두 개 정도 난 뒤라 서경은 그를 반갑게 맞이했다.

"와아, 정말 약속 지키셨네요."

"제가 약속을 목숨보다 더 소중하게 생각해서요."

"이런 믿음직한 사람을 봤나. 아주 바람직한 자세예요. 저쪽에 앉으세요."

도란도란 말을 나누며 자리로 이동하는 둘을 창고에서 소주 박스를 들고 나오던 은결이 봤다. 그가 주방 앞에서 멈춰 선 채 고개를 갸웃했다. 서경이 저렇게 밝은 표정으로 누군가와 웃으며 대화를 나눈다는 게 이상했다. 물론 다른 손님들에게도 살갑게 대하긴 했지만 그건 형제나 친구처럼 편안한 그런 것이었다. 그런데 지금 눈에 보이는 저 모습은 왠지 이질적인 면이 상당히 많았다.

"저게 어디서 여자 흉내를 내고 있어?"

"누가 뭘 해?"

주방에서 한경이 고개를 내밀며 물었다. 은결이 소주 박스를 바닥에 내려놓으며 시니컬하게 말했다.

"서경이가 웬일로 손님한테 엄청 친절하다고요."

냉장고를 열어 차곡차곡 소주를 채워 넣으며 은결은 서경을 한껏 흘겼다. 뚫어버릴 듯 강렬한 은결의 시선 끝에 서경이 있었다. 한경이 그녀를 돌아보았다. 서경은 정우와 함께였다. 그들은 이것저것 메뉴에 대해 설명하며 참 살갑게 대화를 나누는 중이었다. 다정하게 눈빛도 주고받으면서.

"어이, 하 사장!"

한경이 정우를 부르며 손을 흔들었다. 정우가 얼른 자리에서 일어나 손을 들어 인사를 했다.

"내가 오라 오라 할 때는 안 오더니, 웬일이야?"

"누가 그러더라고. 이왕에 술 마실 거면 거래처 매상이나 좀 올려주라고."

정우가 말을 하며 서경을 곁눈질했다. 한경이 손바닥을 마주치며 그에 맞장구를 쳤다.

"그거 누군지 모르겠지만 맞는 말 했네. 그렇지. 서로 상부상조해야 경제가 사는 거지."

"그러게. 아주 똑똑한 사람이야."

"온 김에 매상 팍팍 좀 올려주고 가."

"오케이. 그렇게 할게."

자리에 앉으려는 정우를 한경이 손짓으로 불렀다. 그가 고개를 들자 한경이 입을 가리고 입모양만으로 '내가 서비스 팍팍 쏴줄게.'라고 말했다. 정우가 정겹게 웃으며 손으로 오케이 사인을 보냈다.

"아는 사람이에요?"

정리를 마친 은결이 한경에게 다가와 물었다. 한경이 양파를 꺼내 썰며 고개를 끄덕였다.

"우리 거래처 사장. 부재료 전부 그쪽 가게에서 공수하는 편이야."

"거래처요?"

"평동 시장에서 부식가게를 하는데, 근면성실한 건 물론이고 아주 양심적이어서 물건도 늘 최상이야. 믿음직한 사람이지. 그래서 내가 친구 삼았어."

서경이 늘 간다던 시장의 가게가 바로 그곳인 모양이었다. 남자는 카키색 점퍼에 블루 계열의 셔츠, 검은 바지를 입고 있었다. 평범한데 참 편안해 보이는 차림이었다. 핸섬한 얼굴과도 꽤 잘 어울렸다.

"수수한데 수수하지 않은 저 묘한 느낌은 뭐지?"

사람에 가림이 없는 은결이었다. 그런데 하 사장이라는 사람은 이상하게 마음에 들지 않았다. 친근한 얼굴과 서글서글해 보이는 성격이 괜찮은 사람이라는 건 알겠는데, 그게 또 은근히 신경을 거슬렸다. 처음 본 사람에게 이런 기분을 느낀 건 처음이었다.

혼잣소리를 중얼거리는 은결에게 한경이 의미심장한 말을 건넸다.

"게다가 아직 총각이야."

그제야 은결은 자신이 왜 기분이 나빴는지 깨달았다. 평소와 달라 보이던 서경의 모습과 그런 그녀를 그윽하게 바라보고 있는 남자의 모습이 어쩐지 서로에게 호감을 가지고 있는 이성들 같아서였다. 여자 같지 않다고 늘 놀려대던 서경이 여자의 모습으로 남자를 대하고 있었다. 제가 아닌 다른 사람을.

어느 정도 손님들이 빠져나가고 난 다음 서경이 은결에게 다가와 그의 앞치마에 손을 댔다. 그러자 은결이 그 손을 거부하며 뒤로 한 발자국 물러섰다. 그에 서경의 한쪽 눈썹이 위로 치켜 올라갔다.

"뭐야?"

"내 몸에 함부로 손대지 마."

냉정한 어투로 말하며 은결이 직접 앞치마를 벗어 선반 위에 올려놓았다. 그리곤 냉장고로 직행해 소주 한 병을 들고 와 한경의 바로 앞 테이블에 앉았다. 뚜껑을 돌려 따 소주잔에 따라 단숨에 비워내는 그를 서경이 의아하게 바라보았다.

"오늘 고생 많았어. 우리 김 선생 아니었으면 아주 난리가 났을 거야."

한경이 은결 앞에 김이 모락모락 피어나는 어묵탕 하나를 내려놓았다. 은결이 숟가락을 들어 국물을 떠올리며 심드렁하게 말했다.

"두말하면 잔소리죠."

그답지 않은 태도에 서경의 미간이 좁아졌다.

"삐졌어? 일 시켰다고?"

"날 그런 옹졸한 놈으로 생각했다니 실망이네."

무뚝뚝함이 묻어나는 말투로 툭 내뱉고는 은결이 국물을 후루룩 입안으로 삼켰다. 숟가락을 내려놓기 무섭게 그가 또 병을 들어 잔을 채웠다. 그것을 쉼 없이 들이켜는 은결의 심각 모드에 서경은 영 적응이 되지 않았다. 서경이 한경을 돌아보며 애 왜 이러냐고 눈으로 물었다. 그에 한경이 어깨를 으쓱하며 저도 모른다고 답했다.

어느새 반 이상을 비운 병을 집어 드는 은결의 손을 서경이 붙잡아 저지시켰다. 은결이 손을 따라 시선을 옮겨 서경을 올려다보았다. 눈이 마주치자 서경이 한숨을 푹 내쉬며 고개를 저었다.

"천천히 마셔. 그러다 훅 간다."

"내가 알아서 해."

"야, 김은결."

그녀의 손을 거둬낸 은결이 잔을 끝까지 채웠다. 찰랑거리는 잔을 들어 보란 듯 들어 입술로 가져가는 은결을 서경이 걱정스럽게 바라보았다. 오자마자 일 시켜서 화가 난 건가? 가족처럼 너무 편하게 생각한 나머지 실례를 범한 건 아닌가 싶은 생각이 들었다.

그래도 명색이 의산데 막 부려먹은 건 좀 그랬네.

"일하고 온 사람 또 일 시켜서 미안하네."

서경이 마지막 남은 술을 직접 그의 술잔에 따랐다. 은결이 아무 말 없이 술잔을 내려다봤다.

"오빠, 여기 배 채울 만한 것 좀 챙겨줘."

"오케이."

무거운 분위기에 더 이상 그를 자극하면 안 될 것 같아 서경이 막 자리를 뜨려 했다. 그런 서경의 손을 은결이 붙잡았다. 서경이 잡힌 손에서 시선을 옮겨 그를 응시했다. 그가 천천히 고개를 돌려 그녀와 눈을 맞췄다.

"뭔데?"

은결이 아무 말 없이 잡은 손을 엄지로 가만히 쓸었다. 한참을 그렇게 서경의 손을 어루만지던 은결이 무겁게 입을 열었다.

"느껴져?"

"뭐가?"

"내 손길에서 뭔가 느껴지는 게 없어?"

"……글쎄."

대체 뭘 말하는 것인지 알 길이 없었다. 그래서 서경은 고개를 갸웃했다. 그가 깊게 한숨을 푹 내쉬었다. 그러더니, 그녀에게로 몸을 돌려 다른 손도 마저 겹쳤다.

"내 손은 아주 섬세하고 부드러워야 해. 환자를 봐야 하는 손이
거든."

"그런데?"

"그 손에서 지금 미세한 거침이 느껴지지 않아?"

"괜찮은 거 같은데?"

"괜찮지 않아 전혀. 나 아무래도 주부습진 생긴 거 같아."

결국 무겁게 분위기 잡고 심각하게 뱉어낸 말이 이런 거라니.
미안해했던 마음이 사라지려고 한다. 서경이 잡힌 손을 빼내 그의
손에 깍지를 끼웠다. 그리곤 그대로 뒤로 꺾어버렸다.

"아아아아!"

"주부습진은 쟁반 나른 정도로 생기진 않거든?"

은결이 아픔에 인상을 찌푸리며 손을 뺐다. 호들갑스럽게 손을
흔들어대는 그를 향해 가벼운 콧방귀를 날리곤 서경이 다른 테이
블로 걸음을 옮겼다. 그런 서경을 은결이 아쉬움 가득한 눈으로
바라보았다.

그가 마지막 술잔을 들어 입으로 가져갔다. 천천히 잔을 기울이
는 은결의 귀로 은밀한 목소리가 들려왔다.

"질투는 무서운 거야. 사람을 유치하게 만들거든. 가끔 멍청한
짓도 서슴없이 하게 되고 말이야."

은결이 소리가 들리는 쪽으로 고개를 돌렸다. 한경이 자신을 쳐

다보고 있었다. 그가 히죽 웃으며 파를 도마 위에 올려놓았다. 그리곤 아주 곱게 그것을 채 썰었다. 시선은 은결에게 그대로 둔 채 한경의 눈썹이 의미심장하게 들썩거렸다. 마치, 나는 네 맘을 아주 잘 알고 있다는 듯.

"소주 일 병 추가요."

한경의 눈빛이 부담스러워 자리에서 일어선 은결이 셀프로 술을 가지러 갔다. 술 한 병을 다 비웠는데 취하는 기색이 없었다. 이거 오늘은 아무래도 술이 많이 들어갈 것 같은 예감이 들었다.

정우를 마지막으로 가게의 손님이 모두 빠져나갔다. 한경은 정우를 데려다준다는 명목으로 함께 가게를 나섰다. 가게 안엔 은결과 서경 둘만 남았다. 혼자 뒷정리를 하는 서경을 물끄러미 바라보다 은결이 자리에서 일어나 남은 테이블 정리를 도왔다. 빈 그릇을 쟁반에 올려놓으며 서경이 그를 힐끔 살폈다. 농담으로 무마하긴 했어도 확실히 오늘 그는 뭔가 좀 달랐다.

달그락. 달그락.

그릇 옮기는 소리만 들리는 가운데 서경이 갑갑함을 이기지 못해 막 입을 열려던 찰나였다.

"나 사겨볼까 봐."

"응?"

뜬금없이 무슨 소린가 싶었다. 대상도 없는 사겨볼까 봐란 말을 왜 하는 것인지. 시선을 테이블에 둔 채 마지막 그릇을 옮긴 은결이 고개를 들어 그녀를 주시했다. 서경이 말간 눈으로 은결을 마주 바라보았다. 그의 입가가 보일 듯 말 듯 올라갔다. 그리고 다음으로 이어진 말에 서경의 눈이 커졌다.

"너랑."

그가 서경의 손에서 쟁반을 받아 들었다. 그리곤 그녀의 얼굴 가까이 제 얼굴을 기울이며 나직하게 속삭였다.

"몰랐는데. 내가 질투라는 걸 하고 있더라. 네가 딴 놈이랑 다정한 꼴 못 보겠는 거. 그거 질투 맞지?"

갑작스런 고백을 하고 멍해 있는 서경을 둔 채 은결은 쟁반을 들고 주방으로 향했다. 눈을 깜빡이며 혼란에 잠겨 있던 서경의 시선이 주방 개수대 앞에 선 은결에게 닿았다. 그가 물을 틀고 휘파람을 불며 고무장갑을 끼고 있었다.

수세미에 세제를 묻혀 그릇을 닦는 것을 본 서경이 투덜거리며 발걸음을 주방으로 옮겼다.

"저러다 또 주부습진 운운하면서 사람을 얼마나 들들 볶으려고."

은결이 한 말은 단순히 '사겨볼까 봐'라는 부호가 상실된 모호한 문구였다. 뒤에 물음표가 붙는 건지, 아니면 마침표를 찍을 것인지 아무것도 정해져 있지 않은 돌발적인 발언이었다. 그런 것에 설레고 가슴 벅찰 만큼 서경은 그리 어리지 않았다. 확실치 않은 것에 기대감을 가질 만큼 어리석지도 않았고.

어쨌든 은결이 자신으로 인해 질투를 느껴다는 건 기분 좋은 일이었다.

"비켜. 내가 할 테니까."

"에헤이. 여긴 내가 이미 접수했으니까 포기하시지."

은결이 엉덩이로 그녀를 툭 밀쳤다. 옆으로 밀려난 서경이 헛웃음을 터트렸다. 주부습진 걸릴까 두려운 사람이 개수대는 왜 접수한데?

"습진 걸렸다고 또 징징거리기만 해봐."

"내가 또 사전 준비가 철저한 사람이라 장갑이란 걸 착용했지. 내가 장갑 끼는 거에 또 일가견이 있거든."

은결이 고무장갑을 낀 손을 들어 꼼지락거렸다. 마치 수술실에서 글러브를 착용한 것 같은 포즈였다. 그가 들고 있던 수세미를 서경 앞에 척하니 내밀었다.

"이 간호사."

눈짓으로 그가 주방세제를 가리켰다. 서경이 피식 웃으며 세제를 들어 수세미에 직접 짜주었다.

"시술 들어가시죠, 선생님."

"음. 위험할 수 있으니까 자넨 좀 떨어져 있게."

"이 정도면 될까요?"

한 발 옆으로 물러나며 서경이 물었다. 은결이 고개를 끄덕이며
그릇에 수세미를 들이댔다.

"원활한 시술을 위해 노래 큐!"

"노래 말씀입니까?"

"신나는 곡으로 틀어보게."

재차 노래를 요구하는 은결을 향해 돌아서며 서경이 손을 튕겼
다. 그와 동시에 클럽에서 자주 듣던 리드미컬한 노래가 서경의
입에서 흘러나왔다. 역시 빼는 것 없이 시원한 서경이었다. 그녀
의 노래에 은결의 몸이 들썩거렸다. 설거지가 마무리된 뒤에도 둘
의 노래와 춤은 계속 이어졌다.

자신들이 있는 곳이 클럽이라는 듯 둘은 오랜만에 신나게 춤을
추며 놀았다. 하루의 스트레스가 깔끔히 씻겨 나가는 것 같았다.
기분이 날아갈 듯 가벼워지고 유쾌했다.

Hot Place

에 필 로 그 3

시장이란 곳에 목적을 가지고 온 건 처음이었다. 그냥 단순히 지나가거나 구경을 하거나 둘 중 하나일 때가 많았다. 은결은 미리 접수한 정보를 바탕으로 목적지를 찾았다.

총각네 부식가게.

"총각인 거 엄청 강조하시네."

저만치 보이는 가게의 간판을 확인한 은결이 불퉁하게 말했다. 터벅터벅 가게 앞으로 다가갔다. 가게 앞에 우두커니 멈춰 선 그가 주머니에 손을 찔러 넣고 다소 거만하게 가게를 살폈다.

가판대에 가지런히 진열된 상품들을 쭉 훑어보며 그가 고개를 끄덕였다. 확실히 한경과 서경의 안목은 뛰어났다. 물건들의 상태가 고르고 양호한 게 한눈에 보기에도 최상품 같았다.

가게 주인의 바른 양심에 대해선 일언반구도 없이 은결은 서경 남매만 극찬했다.

"어서 오세요."

밝은 목소리로 인사를 하며 가게 주인이 나왔다. 확실히 다시 봐도 서글서글하니 인상이 좋아 보였다. 게다가 귀티까지 흘렀다. 가게 분위기와는 어울리지 않는 고퀄리티 면상에 은결의 미간이 불만족스럽게 꿈틀거렸다.

"어떤 걸 사러 오셨는지 물어도 될까요?"

"아니요."

조심스러운 정우의 물음에 은결이 단호하게 답했다. 하고 보니 답이 이상했다. 물건을 사러 왔는데 뭘 사러 왔는지 묻지 말라니 그럼 가게 주인은 독심술이라도 써서 알아내야 한단 건가?

"그럼 편하게 보세요."

은결의 싸가지 없는 태도에도 정우는 부드럽게 대처했다. 만면에 미소를 띄우고 고개를 살짝 숙여 보인 뒤 한 켠으로 물러섰다. 은결이 물건을 살피는 데 방해를 하지 않겠다는 뜻이었다.

'뭐야, 저 친절이 몸에 배인 태도는. 그러니까 더 기분 나쁘잖아.'

그에게서 등을 돌리고 다른 쪽 물건을 정리하는 정우를 은결이 힐끔 흘겼다. 부담 갖지 말고 보라고 일부러 등을 돌려준 것 같았다. 친절한데 배려심도 깊고 유하기까지 했다.

의문의 1패를 당한 기분에 은결의 표정이 썩 좋지 않았다. 그가 코를 씰룩거리며 눈앞에 있는 것 중 손에 잡히는 대로 아무거나 하나를 집어 들었다. 왠지 그냥 가면 자신이 더 초라해 보일 것 같았다.

"이거 얼맙니까?"

엷은 미소를 지으며 돌아선 정우가 은결이 쥔 물건을 보고 미간을 움찔했다. 정말 저걸 사겠다는 건가 싶어 그가 은결을 쳐다봤다.

"얼마냐니까요?"

"그걸 사시려고요?"

"왜요. 이건 사면 안 됩니까?"

"아, 그게 좀."

선뜻 답하지 못하는 정우를 이상하게 여기며 은결이 제 손에 들린 것을 내려다봤다. 은결의 눈이 깜빡거렸다. 이게 뭐지?

짱돌. 뭔가를 고정시키기 위해 올려놓은 주먹만 한 돌이 자신의 손에 들려 있었다.

"이게 왜."

"죄송하지만 그건 돈을 받고 팔기가 좀 그래서요."

정우가 그에게로 다가섰다. 그리곤 돌을 쥔 은결의 손을 그의 가슴에 고이 밀어주었다. 그가 싱긋이 미소를 지어 보였다. 그에 은결의 눈썹이 한쪽만 들썩였다. 왜 웃는 겁니까? 기분 나쁘게.

"필요하시면 그냥 드릴게요. 전 얼마든지 다시 구할 수 있거든요."

진심에서 우러나온 말이었다. 비록 파는 건 아니었지만 필요하다면 줄 수는 있었다. 마침 그런 돌이 필요했었는데 눈에 띄었을 수도 있었다. 그래서 자신의 가게 앞에 멈춰 서게 됐고, 차마 입이 떨어지지 않아 말을 못하다가 용기를 내어 말한 것인지도 몰랐다.

"그럼 안녕히 가세요."

은결이 부담스러워할까 봐 정우가 그의 몸을 돌려주며 사뿐히 밀었다. 얼떨결에 돌을 받은 은결이 주춤거리다 발을 뗐다. 그 자리에 그대로 있기에는 쪽이 너무 팔렸다.

「하아. 지나치게 친절한 거 그것도 병이거든요. 자신은 모르겠지만 그로 인해 상대가 거부감을 느낄 수도 있단 말이죠. 착각을 불러일으킬 소지도 다분하고 이래저래 문제가 될 수도 있다 뭐 이런 얘기죠. 어떤 착각이냐고요? 예를 들면 전혀 그렇지 않은데 그 사람이 좀 괜찮아 보인다거나, 혹은 이성적인 감정이 아주 조금, 그러니까 손톱만큼이라도 생길 여지를 줄 수 있단 거죠. 그쪽이 진짜 괜찮거나, 이성적으로 호감을 갖고 다가오면 어쩌냐고요?

사귀어보면 알 수 있는 거 아니냐고요? 누가요? 서경이랑 그 사람이? 에이,

그건 불가능하죠. 왜냐하면, 그 애 곁엔 이미 세상에서 제일 멋진 김은결이

있으니까요.」

　—2015년 늦봄. 낯선 남자를 질투하면서 아니라고 우기는 은결의 인터뷰

중.

4. 무 인 도 . 그 리 고 표 류

은결의 오프 날 왜 자신이 끌려 나와야 하는지 서경은 이해를
할 수가 없었다. 쉬는 날이면 쉬는 날답게 시체 놀이라도 하며 확
실하게 쉬어주든지, 다른 할 일을 찾아 시간을 보내면 될 터였다.
그런데 굳이 곤히 자는 자신을 깨워 끌고 나온 녀석의 심보가 서
경은 고약하게 느껴졌다.

안 그래도 요 근래 수면 부족으로 힘든 나날을 보내고 있는 서
경이었다. 밤잠을 설치다 일어나 일을 하려니 몰골이 퀭해질 수
밖에 없었다. 다들 무슨 일 있느냐고 어디 아픈 건 아니냐며 걱정
하는 판국에, 이놈은 햇볕을 너무 안 봐서 비타민 D가 부족해 그
런 거라며 기어이 그녀를 찬란하다 못해 뜨거운 햇볕 아래 세워

놓았다.

"비타민 D 부족 현상보다 자외선으로 인한 피부 변색이 더 우려된다만."

머리 위로 곧장 떨어지는 햇살에 서경은 눈을 뜰 수가 없었다. 음료수 두 병을 사서 벤치로 돌아온 은결에게 서경이 넋두리하듯 말했다. 벤치에 등을 기대고 고개를 뒤로 젖힌, 말 그대로 축 늘어진 서경을 보며 은결이 히죽 웃었다. 그가 서경의 볼에 차가운 음료 캔을 댔다.

"앗, 차거."

나무늘보가 반응하듯 느릿하게 말을 뱉어낸 서경이 고개만 돌려 그의 손에서 음료를 받아 들었다. 그가 그녀의 옆에 털썩 주저앉았다. 제 몫의 캔을 따 벌컥벌컥 마시다 여전히 꿈쩍도 않는 서경을 돌아봤다. 그녀는 받아 든 음료를 그대로 손에 쥐고 있었다.

은결이 음료를 도로 가져가 뚜껑을 땄다. 그리곤 서경의 뒷머리를 손으로 받쳐 앞으로 세워 입으로 음료를 가져갔다.

"자외선 이전에 수분증발로 탈수 오겠다. 일단 이것부터 마셔."

은결이 먹여주는 대로 서경이 순순히 꿀꺽꿀꺽 음료를 삼켰다. 입안을 퍼석하게 만들던 갈증이 그제야 가시는 듯했다. 의사가 괜히 의사가 아닌 모양이라고 서경은 엉뚱한 생각을 했다. 수면 부족이 가져온 흐릿한 정신 때문에 사리분별이 어려웠다. 아마도 그래서 자꾸만 말도 행동도 생각도 제 의지와 상관없이 돌아가는 것 같았다.

"나 아무래도 제정신이 아닌 것 같다. 깬 건지, 자는 건지 구분이 안 가."

잠꼬대처럼 중얼거리는 서경의 얼굴 앞으로 은결이 불쑥 얼굴을 내밀었다. 그가 엄지와 검지를 이용해 그녀의 눈 주변 살을 벌려 눈동자를 살폈다. 서경이 매섭게 자신을 째려보는 게 정상으로 보였다.

"동공 반응도 괜찮고. 눈빛도 살아 있고. 너 확실히 깨어 있어."

"그래서 깨어 있는 채로 눈알 빼게?"

"에이. 그렇겐 못하지. 뻔히 보는데 어떻게 안구 적출을. 다음에 마취하고 나서 해줄게. 어떤 눈알로 바꿔줄까? 내가 환장하게 잘나 보이는 걸로 교체해 줄까?"

"그렇게만 해봐. 네 뇌를 확 빼버릴라니까."

서경의 살벌한 말에 은결이 즉시 그녀의 얼굴에서 손을 뗐다.

"넌 무슨 농담을 그렇게 진담처럼 하냐? 순간 살벌했다."

"그게 과연 농담이기만 할까?"

자세를 바로잡고 앉은 서경이 뒷목을 쓸어내는 은결을 보며 피식 웃었다. 그에 은결이 후우 나직하게 입 바람을 불며 제 음료를 입으로 가져갔다. 그녀가 피곤한 걸 몰라서 억지로 끌고 나온 게 아니었다. 늘어지고 축 처져 집에 누워만 있다가 무거운 몸을 질 질 끌고 또다시 장을 보러 가고, 장사를 돕고 집으로 돌아와 밤새 뒤척이는 악순환을 좀 끊어놓고 싶어서였다.

은결은 그녀의 불면이 무엇 때문인지 알고 있었다. 농담으로 치 부하고 넘겨 버린 은결의 고백 때문이었다. 그 순간만큼은 그 어 느 때보다 진지했고, 자신이 내뱉은 말은 모두 진심이었다고 했지 만 서경은 곧이곧대로 받아들이지 않았다.

"사랑한다는 것도 아니고 한번 사겨보자는 건데, 그게 그렇게 어렵나?"

은결이 혼잣소리처럼 중얼거렸다.

"사귐의 조건이 사랑 아닌가?"

일상적인 대화처럼 흘려낸 서경의 말에 은결이 쯧쯧 하고 혀를 찼다. 그가 검지를 척 들어 그녀의 눈앞에서 와이퍼처럼 흔들었 다.

"이봐, 이봐. 이러니 그런 반응이 나오지. 이것 보세요. 사귐의 조건은요, 이성적 호감에서 비롯되는 거거든요. 그다음이 애정이 고 마지막이 사랑이죠. 사랑이 깊어지면 결혼까지 골인하게 되는 거고. 우린 그 첫 단계인 이성적 호감에서 출발해 보자는 거지. 내 말은."

줄줄이 늘어놓는 은결의 말은 꽤 설득력이 있었다. 곰곰이 그가 한 말을 되새기는 서경에게 그가 설명을 덧붙였다.

"지금이랑 별다를 것도 없어. 둘이 시간 맞을 때 만나서 함께 시간을 보내면 되니까."

"그러니까. 별다를 것 없는 그걸 왜 해야 하냐고. 지금 이대로 지내면 되지."

솔직히 서경은 둘의 관계가 변하는 게 두려웠다. 친구 이상의 그 무엇이 된다는 게. 그럼으로 인해서 상대에 대한 욕심이 생긴다는 게 무섭고 두려웠다. 아마도 은결은 이런 서경의 마음을 이해하지 못할 것이다. 원래 그는 사람에게 차별을 두지 않는 사람이니까.

"지금은 그냥 시간을 보내는 거지만 사귀면 데이트를 하게 될 거야. 다른 연인들처럼."

"연인?"

연인이란 단어가 조금 생소하게 다가왔다. 그녀의 입에서 의문부호를 달고 나온 단어를 은결이 환한 미소와 함께 단정적으로 다시 들려주었다.

"어. 연인."

한참을 가만히 그의 얼굴을 바라보던 서경이 처음과 같은 자세로 돌아갔다. 그녀가 팔짱을 끼며 눈을 감았다.

"말도 안 되는 소리. 생각만 해도 몸에 두드러기가 날 것 같다.

애비 그만해."

장난스레 그의 제의를 거절한 서경이 이어 깊게 숨을 들이쉬곤 꾹 입을 닫아버렸다. 햇살이 서경의 얼굴 위로 쏟아져 내렸다. 은결이 그녀의 얼굴 위에 손바닥을 펼쳐 햇살을 가려주었다. 햇살로부터 벗어난 서경의 얼굴에 여전히 근심이 서려 있었다.

"넌 내가 이 말 꺼내기가 쉬웠을 것 같아? 몇 번을 고심하고 고심해서 꺼낸 거니까 자꾸 거절만 하지 말고 심사숙고해."

묵묵부답으로 일관하는 서경의 옆에서 은결은 남은 음료를 마저 들이켰다. 시원하게 목으로 넘어가는 음료처럼 그녀도 시원하게 콜을 외쳤으면 좋으련만. 무엇 때문인지 서경은 사귀자는 말을 자꾸만 장난으로 넘겼다.

"날씨 한번 죽여주게 좋다. 이런 날은 애인이랑 꽃구경 가야 되는데."

"그 꽃은 진 지 한참이나 지났다."

아무 대꾸도 하지 않을 것 같던 서경이 무심히 입을 열었다.

"꽃이 꼭 벚꽃만 있나?"

은결이 싱글거리며 몸을 모로 돌려 앉았다. 서경이 잘 보이게 자세를 고쳐 앉아 등받이 위에 팔을 올리고 머리를 괬다. 여전히 한 손은 서경의 햇빛 가리개로 쓰고 있었다. 서경이 눈을 뜨고 고개만 돌려 그를 응시했다. 그가 야릇하게 입가를 끌어 올렸다. 은밀하게 빛나는 눈 위 눈썹이 들썩거렸다.

물끄러미 그 모습을 바라보던 서경의 입에서 깊은 한숨이 새어 나왔다. 진지함과 장난스러움의 경계를 은결은 너무나도 자연스럽게 넘나들었다. 서경이 입을 씰룩거리며 심드렁하게 말했다.

"네 머릿속에 떠오른 그 꽃이 내가 지금 생각한 그거면 넌 죽었어."

말끝에 살벌하게 빛나는 서경의 눈을 피해 살짝 시선을 튼 은결이 마치 혼잣소리처럼 중얼거렸다.

"아이코. 신기하네. 그래도 자기가 꽃이라고 생각은 하나 봐."

퍽. 강력한 스매싱이 은결의 뒤통수로 날아들었다. 그에 등받이에 기대고 있던 팔이 휘청거렸다. 하지만 용케 서경의 얼굴 위에 있던 손은 그대로였다.

"하여튼 매를 번다니까."

서경이 그의 손을 거두고 자리에서 일어섰다. 은결이 따라 일어서며 그녀의 어깨에 떡하니 손을 올렸다. 금방 얻어맞고도 좋다고 실실거리는 그를 돌아보다 서경도 피식하고 웃어버렸다. 이런 그가 좋아서 그냥 이렇게 지냈으면 하고 바라는 서경의 마음을 은결은 아마도 이해하지 못할 것이다.

친구인 이연도 차이나는 집안에 시집가 잘살고 있는데 한번쯤 용기를 내볼 만하지 않느냐고 묻는다면, 서경은 서슴없이 고개를 저을 것이다. 그래도 이연은 의사니까. 삶의 고비가 있긴 했지만 괜찮은 집안에서 나고 자랐으니까 그나마 괜찮은 것이다.

서경은 자신으로 인해 은결이 힘든 일을 겪지 않기를 바랐다. 그가 자신과 맞는 여자와 결혼해 알콩달콩 잘살면 그뿐이라고 서경은 자신을 세뇌시켰다. 친구니까. 친구가 잘되기를 바라는 게 당연한 거였다.

"날씨 좋은 날 왜 자꾸 우중충한 얘기를 꺼내고 그래. 영화를 보든 운동을 하든 뭐라도 하자. 이왕 나온 거 시간은 알차게 보내야지."

"그럼 오랜만에 방망이나 좀 휘둘러 볼까?"

서경의 말이 떨어지기 무섭게 은결이 야구 배트를 들고 시원하게 휘두르는 시늉을 해 보였다. 무심히 돌아보는 서경에게 그가 윙크를 하곤 야릇하게 입술을 혀로 핥았다. 섹시 어필이라도 해볼 요량이었다면 애초에 글러먹었다. 그의 능글맞은 윙크는 상대로 하여금 느끼함을 유발시키는 치명적인 단점이 있었다. 게다가 과도한 혀 놀림이라니.

"방망이 제대로 휘둘러라. 잘못해서 엉뚱한 방망이 휘둘렀다간."

잠시 말을 멈춘 서경이 가늘게 은결을 노렸다. 서경이 말하는 또 다른 방망이의 의미를 알고 있는 듯 은결의 입술이 살며시 말려 올라갔다. 서경이 음산함을 실어 말을 마저 끝냈다.

"죽을 줄 알아."

퍽. 은결이 서경의 등짝을 시원하게 후려쳤다. 덕분에 서경의
몸이 앞으로 휘청거렸다. 서경이 허리를 굽힌 채로 천천히 고개를
돌려 은결을 쏘아보았다. 그 눈빛을 깔끔히 외면한 은결이 기분
좋게 휘파람을 불며 앞으로 걸어나갔다. 그러면서 열심히 보이지
도 않는 야구 방망이를 휘두르는 시늉을 했다.

"야아, 이거 간만에 방망이질하려니까 막 설레네."

코인 야구연습장을 찾은 둘은 늘 그렇듯 소원권을 걸고 내기 게
임을 했다.

"프로페셔널의 끝이 어딘지 내가 확실하게 보여주지."

은결이 동전을 넣고 폼을 잡고 섰다. 밖에서 대기 중인 서경이
피식 웃으며 거만하게 말했다.

"댁의 프로페셔널은 청진기를 잡았을 때 나오는 거고요. 공에
맞지 않게 잘 피하기나 하쇼."

은결이 서경을 돌아보며 환하게 웃었다. 그가 엉덩이를 뒤로 쭉
빼고 장난스럽게 흔들었다.

"잘 봐둬. 내가 퍼펙트한 방망이질이 어떤 건지 확실하게 보여
줄라니까."

날아오는 공을 주시하며 자세를 가다듬은 은결의 입가에 여유

로운 미소가 떠올랐다. 생각한 포인트에 공이 오자 그가 힘차게 스윙을 날렸다. 탁! 경쾌한 소리와 함께 공이 허공을 가르며 시원하게 날아갔다. 과녁이 붙어 있는 그물이 공에 부딪쳐 출렁거렸다.

"어때? 내 실력 아직 안 죽었지?"

은결이 손으로 턱을 쓸며 뻐겨댔다. 인정할 건 인정해 주는 시크함을 겸비한 서경이 척하니 엄지를 추켜세워 주었다. 무덤덤한 말과 함께.

"좌로 이 보. 안 그럼 허리 나간다."

등 뒤로 다가오는 섬뜩한 기운에 은결이 재빨리 좌로 두 발 이동했다. 퍽! 소리와 함께 아슬아슬하게 야구공이 은결의 옆구리에 맞고 떨어졌다.

"웁스. 미안 내 쪽에서 왼쪽이었네."

"어윽. 너."

"하나 놓쳤다. 이제 8번 남았어."

"이러면 내가 불리하잖아."

"또 온다."

그녀가 검지로 공이 나오는 곳을 가리켰다. 즉시 뒤를 돌아본 은결이 이를 악물고 자세를 잡았다. 내 기필코 이 게임을 이기고 만다. 그의 눈이 반짝 빛을 발했다.

출출한 배를 채우기 위해 식당을 찾은 둘은 국밥 두 개를 시켰다. 김이 모락모락 피어오르는 따뜻한 국밥이 각자 앞에 놓여졌다. 은결이 새우젓을 떠서 서경의 국밥에 넣고 양념장도 첨가해 골고루 섞어주었다.

제 그릇에도 똑같이 양념을 넣고 밥까지 말아 후루룩 한 숟갈 떠먹었다. 그런 은결을 바라보다 서경도 숟가락을 들었다.

"식혀서 먹어. 뜨거워."

숟가락으로 국밥을 저어 식히는 서경을 보며 은결이 싱긋이 웃었다. 말도 참 잘 들어요. 뜨겁다면서 은결은 제 몫의 국밥을 맛깔스럽게 먹어댔다. 함께 있는 사람의 식탐을 자극할 만큼 먹는 모습이 참 복스러웠다.

그가 국밥을 반쯤 비웠을 때 서경이 첫술을 떠 입으로 가져갔다. 그 숟가락 위에 깍두기가 얹어졌다. 힐끔 서경이 깍두기를 올려놓은 젓가락의 출처를 찾았다. 은결이 사양 말고 들라는 수신호를 해 보였다. 서경이 냉큼 숟가락을 입안으로 밀어 넣었다.

적당히 식은 국밥에 알맞게 익은 깍두기가 잘 어울렸다. 맛을 음미하며 서경이 고개를 끄덕였다.

"맛나지? 역시 국밥엔 깍두기야. 너랑 나처럼."

"컥. 풉."

한술을 더 떠 입에 넣던 서경이 은결의 마지막 말에 사레가 걸려 기침을 했다. 음식물이 밖으로 나오기 전에 얼른 손으로 막았다. 그녀의 좁아진 미간이 제발 헛소리 좀 그만하라는 뜻을 내포했다. 그를 깔끔히 무시한 은결이 자신의 그릇에 깍두기를 쏟아부었다. 폭폭 남은 국밥과 함께 저어 한술 뜨며 은결이 직원을 불렀다.

"이모, 여기 깍두기 좀 더 주세요."

붉게 변한 국밥을 먹으며 싱글거리는 은결의 얼굴을 서경이 빤히 응시했다. 은결이 앞머리를 뒤로 쓸어 넘겼다. 느끼하기 그지없는 눈빛으로 서경을 바라보며 그가 말했다.

"알아, 알아. 내 얼굴에 김 묻은 거."

"……."

한숨을 푹 내쉬며 서경이 그를 외면했다. 은결이 불쑥 서경의 얼굴 가까이 다가와 손으로 입 옆을 막았다. 무슨 비밀 얘기라도 되는 듯 그가 은밀하게 속삭였다.

"잘생김."

다시 물러나 물을 마시는 은결의 뻔뻔한 얼굴에 주먹을 날리고 싶은 것을 서경이 꾹 눌러 참았다. 그러느라 숟가락을 든 손이 부르르 떨렸다.

"아유. 뭘 또 그렇게 분해하고 그래. 사람이 살다 보면 질 때도 있고 이길 때도 있고 그런 거지. 오늘은 내가 운이 조금 좋았던 거라 생각하고, 분노 그런 거는 안에 잘 넣어둬."

은결이 떨고 있는 서경의 손을 잡아 톡톡 두드렸다. 손 떨림의 원인이 분노인 건 맞지만 아까 야구 내기에서 져서는 아니었다.

그랬다. 그것도 서경이 졌다. 이기려고 기를 쓰고 덤비는 인간을 어떻게 이겨.

예전엔 체력적인 면에서 서경이 앞섰다. 고작 몇 달 늦게 나온 걸로 젊다고 생색내느냐며 은결이 투덜거리던 게 엊그제 같은데, 이젠 그가 체력도 앞서고 있었다.

어느 날 운동을 시작했다는 말과 함께 시시때때로 나타나 그녀를 자신의 운동에 동참시키더니 점점 그가 앞서기 시작했다. 역시 체력 차이는 어쩔 수가 없나 보다 체념을 했다. 그랬는데 그 체념마저도 마음대로 할 수 없게 만들었다. 이 끈질긴 인간이.

내기. 그놈의 내기로 은결은 서경을 유혹했고, 서경은 그 유혹에 넘어가 버렸다. 은결은 서경을 너무나 잘 알고 있었다. 그녀가 어떤 것에 약한지. 내기에서 이겨 획득한 소원권을 서경은 매상 올리는 데에 이용했고, 은결은 그것을 커피를 공수하는 데 썼다.

은결로서는 그다지 손해 보는 장사는 아니었다. 다섯 번 중 네 번은 거의 그녀가 이기는 편이었으니까. 그리고 커피도 제 것을 사는 김에 하나 더 사서 주는 것이니 괜찮았다. 병원에 들른 김에 이연도 보고 나름 일석이조였다.

"빨리 말해."

서경이 깊게 숨을 내쉬며 그의 손을 거뒀다.

"웬 뜬금포?"

"소원권 말이야."

"아, 소원권. 그건 아껴뒀다가 결정적인 순간에 쓰려고 했는데."

"식후 커피 아냐? 타이밍이 딱 그런데."

숟가락을 내려두고 물잔을 들며 서경이 말했다. 그에 은결이 의미심장한 미소를 띠며 고개를 저었다. 서경의 눈썹이 꿈틀거렸다. 뭐야. 커피가 아니야?

"커피…… 아니야?"

"어, 아니야."

"그럼 뭔데?"

서경이 마시려던 물잔을 다시 내려놓았다. 이건 전에 없던 일이었다. 그의 단호한 말과 슬금슬금 올라가는 입꼬리가 서경에게 묘한 불안감을 자아냈다.

"말했잖아. 결정적인 순간에 말할 거라고."

그렇게 말하며 은결이 자리에서 일어섰다. 계산대로 향하는 그를 쫓아가며 서경이 잘근 아랫입술을 깨물었다. 뭔가 꿍꿍이가 있는 거 같은데 그게 뭔지 알 길이 없었다. 설마, 사귀자는 그 말을 소원권을 이용해 실현시키려는 건 아니겠지?

그 결정적인 순간이 언제인지는 모르겠지만 그가 할 말은 어렴풋이 짐작이 갔다. 커피 말고 달리 소원권을 쓰지 않던 그가 갑자기 저러는 건 그것밖에 없었다. 나랑 사귀자. 더 이상 그녀가 거절하지 못하게 꼼수를 쓰려는 것이 분명했다.

어떻게 거절을 할까. 지금 그녀의 머릿속엔 온통 그 생각뿐이었다.

오후 영업을 위해 가게로 돌아가는 길. 은결은 가게 근처에 도착할 때까지도 소원권을 쓰지 않았다. 오늘은 아닌가 보다. 일단 시간을 가지고 거절할 방법을 찾아보자. 그렇게 속으로 정리를 하고 혼자 고개를 끄덕이는 서경의 면전으로 불쑥 은결의 얼굴이 나타났다.

"뭐, 뭐야?"

서경이 걸음을 멈추며 말을 더듬었다. 저도 모르게 한쪽 발을 뒤로 물리기도 했다. 은결의 시선이 뒤로 물러선 서경의 발에 닿았다가 그녀의 눈을 마주했다.

"너야말로 지금 뭐 하는 거냐? 내가 뭘 어쨌기에 도망을 쳐?"

"도망은 무슨. 중심이 흔들려서 중심 잡은 거다. 누가 그렇게 갑자기 앞을 막아서래?"

발뺌하는 서경의 얼굴 바로 앞까지 제 얼굴을 들이밀며 은결이 싱글거렸다.

"희한하네. 말도 평소하고 다른 게. 너 좀 당황한 거 같다?"

그의 눈동자가 세심하게 서경의 얼굴 구석구석을 훑고 지나갔다. 마치 그 눈길이 자신의 얼굴을 부드럽게 어루만지는 손길 같았다. 서경은 저도 모르게 꿀꺽 마른침을 삼켰다. 도리질치는 서경의 얼굴을 그가 양손으로 붙잡아 제게 고정시켰다. 서경이 동그랗게 커진 눈으로 그를 응시했다.

그의 두 눈동자에 하나씩 제가 자리하고 있었다. 대화를 할 때 거의가 상대방의 눈을 바라보는 편이지만, 이렇게 유심히 들여다본 적은 없었다. 남의 눈에 비친 자신을 본다는 건 어쩐지 낯 뜨거운 일이었다. 특히나, 상대가 친구 이상의 감정을 가지고 있는 사람이라면 더 그렇다.

"왜 남의 얼굴을 함부로 잡고 난리야."

잠시의 틈을 두고 정신을 차린 서경이 그의 손을 잡았다. 제 얼굴에서 떨쳐 내기 위해서였다. 하지만 전처럼 쉽게 떨어지지가 않았다. 접착제로 붙인 듯 강하게 붙어 있는 손 때문에 당황한 서경이 눈을 깜빡거렸다.

"지금이야."

그가 나직하게 말했다. 뭐가? 서경의 흔들리는 눈동자가 불안하게 물었다. 그 눈동자에 사르르 말려 올라가는 은결의 입꼬리가 비쳐졌다. 그 미소의 의미가 도대체 뭔데?

"……지금이라니?"

"결정적인 순간."

이거다. 이래서 불안했던 거다. 그가 이 말을 할 것 같아서. 지금은 아직 생각이 다 끝나지 않았다. 그래서 올바른 답을 내놓을 수가 없었다.

"자, 잠시만."

서경이 두 손을 뻗어 그의 가슴에 댔다. 밀어내려고 했는데 좀체 밀려나지를 않았다.

"괜한 헛수고 말고. 귀 열고 내 소원이나 잘 들어."

"아직 마음의 준비가 안 됐어."

"너 내가 뭘 말할 줄 알고 마음의 준비가 안 됐데?"

무슨 엉뚱한 생각을 하고 있느냐는 표정으로 은결이 물었다. 그의 얼굴을 보고 있자니 괜히 자신이 설레발을 친 건 아닌가 하는 생각이 들었다.

'내가 생각하는 그게 아닌가?'

혹시나 하는 생각에 서경이 마른침을 꿀꺽 삼키며 그를 떠보려 입을 열려던 찰나였다.

"키스."

허공을 뚫고 들려온 단어가 정말 은결의 입에서 나온 말인지 미심쩍었다. 키스? 그게 뭐지? 먹는 건가?

　"그러니까. 네가 말하는 그게."

　서경이 설마하며 입을 열었다. 그녀의 말을 가로채며 은결이 명확하게 뜻을 밝혀주었다.

　"K.I.S.S. 맞아. 키스."

　키스가 뉘 집 똥개 이름도 아니고. 대체 그걸로 뭘 어쩌라는 건지. 입을 벌린 채 멍하니 저를 보고 있는 서경의 모습이 귀여워 은결이 쿡하고 낮은 웃음을 터트렸다. 왜 사귀자가 아니고 키스라는 단어가 생뚱맞게 등장했을까. 아마도 지금 서경의 머릿속은 복잡하게 얽혀들고 있을 것이다. 뭐가 뭔지 사태 파악이 안 될 정도로.

　"……왜?"

　고민 끝에 나온 말이 고작 왜라니. 터져 나오려는 웃음을 꾹 눌러 참은 은결이 기침으로 목을 돋우곤 진중하게 입을 열었다.

　"확인해 보자고."

　"확인?"

　"어. 확인. 우리가 정말 연인으로 발전할 가능성이 있는지 없는지."

　"그걸…… 키스로 한다고?"

　"응. 왜. 못하겠어?"

"못할 거야 없지. 전에도 한 번 해봤고. 그때도 아무 감정 없었는데 지금이라고 있겠어?"

거짓말이다. 은결의 스토커를 떼어내기 위해 할 수 없이 연인 흉내를 내느라 키스를 한 것이지만 솔직히 마음이 이상했었다. 그렇다고 아무렇지 않게 농담을 던지는 은결에게 그것을 티낼 수도 없었다. 친구였고, 그때의 키스는 스토커를 속이기 위한 수단에 불과했으니까.

그때 떨렸던 자신의 마음을 들킬까 봐, 서경은 일부러 아무것도 아닌 척 무덤덤하게 말했다. 서경을 바라보는 은결의 눈빛이 은밀해졌다. 그가 가늘게 눈을 내려뜨곤 그녀의 입술 가까이에서 나직하게 속삭였다.

"그럼 동의하에 소원권 발동."

옅은 숨결을 흘려내던 은결의 입술이 단숨에 서경의 입술을 삼켰다. 움찔하며 본능적으로 벗어나려는 서경의 뒷머리를 은결이 감싸며 얼굴을 살짝 틀었다. 빈틈없이 꽉 맞춰진 입술을 움직여 은결이 서경의 입술을 거침없이 탐했다.

그가 다른 손을 움직여 서경의 등을 휘감았다. 그 결에 그의 가슴 부위에 대고 있던 서경의 손이 힘없이 미끄러져 내렸다. 머리 위를 관통한 짜릿한 전율이 다시 온몸을 타고 흘러 발끝까지 전해졌다. 그녀의 발가락이 안으로 오므려졌다.

입술을 지분거리던 움직임이 조금 더 농후해졌다. 숨이 막힐 듯한 벅참에 벌어진 틈을 타고 은결의 혀가 그녀의 입안으로 침범했다. 가지런한 치열을 훑고 그 안쪽 입안 민감한 살들을 두루 탐한 혀가 그녀의 혀를 찾아 매끄럽게 타고 올랐다. 그리곤 제 영역으로 그녀의 혀를 끌고 들어갔다.

난생처음 남의 입안으로 들어간 혀가 타액이 섞이듯 얽혀들며 수줍게 안을 더듬었다.

"흡."

부드럽게 솜사탕처럼 맛보던 혀가 갑자기 뿌리가 뽑힐 정도로 강하게 그녀의 혀를 빨아들였다. 혀와 혀가 얽혀 서로를 탐하는 질척이는 소리가 귓전을 야하게 울려댔다. 움찔거리던 서경의 손이 위로 올라가 그의 몸 언저리에서 머뭇거리다 다시 내려왔다. 그를 잡는 대신 자신의 옷자락을 꽉 붙들었다. 머릿속으로는 그저 마음과 머리를 배신한 몸이 충실하게 본능을 따르는 것뿐이라고 우겨댔다.

키스만으로도 정신이 아득해지는 경험은 오랜만이었다. 그건 사랑이라는 이름으로만 가능한 아득함이었다. 숨기려고, 꼭꼭 감추려고 굳이 가슴속 깊이 묻어둔 감정을 은결이 끄집어내려 하고 있었다. 절대 아니라고 했는데 그게 얼마나 부질없는 거짓말인지를 그녀의 몸이 알려주고 있었다.

그의 키스는 무척 짙고 깊었으며 농후하고 진실했다.

자신의 마음을 드러내 보이고 그녀가 극구부인하며 감추려는 마음을 들춰내려는 최후의 수단이었다. 사랑은 숨기려고 해봐도 숨길 수가 없는 감정이라고 했다. 그것을 굳이 숨기겠다는데 왜 이러는 걸까. 그냥 눈감아주지. 서경은 길고 긴 한숨을 속으로 삼켰다.

어쩌면 오래전부터 둘 다 알고 있었는지도 모른다. 서로를 향해 뻗어가는 감정이 어느 순간부터 우정이 아닌 다른 것으로 변색되어 가고 있음을.

"하아."

그가 입술을 놓아주고 그녀의 얼굴을 지그시 바라보았다. 참았던 숨을 내뱉으며 서경이 그를 응시했다. 조금 몽롱해진 눈빛이 제자리를 찾는 데에는 약간의 시간이 걸렸다. 머리를 쓰다듬는 은결의 부드러운 손길이 느껴졌다.

"난 확인 끝. 넌?"

"……."

말없이 흔들리는 눈빛으로 자신을 바라보는 서경의 입가를 가만가만 쓸며 은결이 감미로운 미소를 지어 보였다. 그 미소에 흔들리는 마음을 다잡으려 서경은 무던히도 애를 쓰고 있었다. 그런 서경을 재촉하지 않고 은결은 자신이 내린 결론을 밝혔다.

"난 간다. 끝까지. 너랑 사귈 거야."

서경의 눈동자가 미세하게 흔들렸다. 그 작은 변화 하나까지 놓치지 않고 캐치하며 은결이 확신에 찬 목소리로 말했다.

"그러니까 각오 단단히 해."

미간을 좁히며 심각한 표정을 짓는 서경을 은결이 끌어당겨 제품에 안았다. 그녀의 이마에 가만히 입술을 내려 지그시 누르며 그가 입술을 달싹였다.

"난 무조건 너랑 사귈 테니까."

서경에게서 한발 물러선 그가 부스스 그녀의 머리를 헝클었다. 싱그러운 미소와 함께 평소와 다름없는 인사말을 건네며 그가 뒷걸음으로 한발 한발 멀어졌다.

"오늘도 파이팅 넘치게 수고."

매끄럽게 올라간 입매에 맺혀 있는 미소가 서경의 눈을 붙잡고 놓지 않았다. 그가 자신의 목소리를 들을 수 없을 만큼 멀어진 후에야 서경은 혼잣말을 중얼거렸다.

"바보. 이미 오래전에 알았으면서. 이제껏 외면해 왔으면서. 그걸 상대도 알고 있다는 걸 알면서."

그러면서 외면해 왔다. 어느 한쪽에서 감정을 드러내면 친구로 이어오던 모든 것들이 끊어져 버릴까 봐. 친구마저도 될 수 없을까 봐. 그 모두가 서경의 마음 때문이었다. 이런저런 복잡한 이유로 인해 남자를 사귀지 않았던 것도 있었고, 연인이 되면 친구로서는 느끼지 못했던 것들에 아파하게 될까 봐 두려웠던 것도 있었다.

"그걸 알고도 사귀겠단 말이야? 후우. 이기적인 놈."

안다. 이기적인 건 은결이 아니라 자신이라는 걸. 그가 내민 손을 잡지 못하고 비겁하게 자꾸만 뒷걸음질 치며 피하기만 하는.

가게 앞으로 걸어간 서경이 문을 열고 들어서며 크게 소리쳤다.

"사랑하는 동생 왔다! 장사하자!"

"휴가?"

"어, 한 며칠 쉬는 게 어떨까 싶은데."

장사를 마치고 뒷정리를 하는 중에 한경이 갑자기 휴가 이야기를 꺼냈다. 여름도 아니고 5월에 무슨 휴가일까.

"가봐야 방콕 아닌가?"

"계절도 좋은데 꽃구경도 가고 하면 좋지."

매년 그냥 지나친 봄 꽃구경을 왜 지금 와서 찾고 그러실까. 이놈의 남정네들은 계절 감각이 다들 퇴행하는 건지. 봄이 물 건너가도 한참을 건너 눈에 보이지 않을 정도로 멀어지고 있는데 아직도 꽃타령을 해댄다. 꽃구경은 봄에 해야 제맛이지. 여름엔 더워서 꽃이 눈에 보이지도 않는다. 행주로 탁자를 닦던 서경이 한경을 보며 한숨을 푹 내쉬었다.

"혼자서 무슨 꽃구경을 가. 꽃도 진 지가 한참이구만."

도리질하며 마저 탁자를 닦는 서경에게 한경이 아주 맑게 말했다.

"그럼 나랑 가면 되지."

행주를 잡은 서경의 손에 힘이 들어갔다. 손에 쥔 것을 한경에게 던지고 싶은 것을 가까스로 참았다. 지금 저 인간이 날 놀리는 건가? 하는 생각이 순간 들었다. 그렇지 않고서는 저런 말을 저토록 해맑게 할 수는 없을 테니까.

"진심이야?"

"뭐, 네가 원한다면 내 휴가를 희생시켜 줄 수도 있다는."

고개를 끄덕이며 거만하게 말하던 한경이 서경의 서늘한 표정을 마주하곤 말끝을 흐렸다. 같이 갔다가는 집으로 돌아오지 못할지도 모른다는 불길함이 엄습했다. 고려장을 미리 치르게 될 수도 있었다. 눈치껏 입을 다문 한경을 가늘게 흘기며 서경이 혀를 찼다.

"그게 가게에서 같이 일하는 거랑 뭐가 달라. 쓸데없는 소리 하지 말고 장사에나 신경 씁시다, 오라버니."

따끔하게 잔소리를 하고 행주를 가지고 자리를 뜨는 서경을 한경이 측은한 눈길로 바라보았다. 사실 한경이 휴가를 언급한 것은 서경 때문이었다. 요 며칠 무슨 일 때문인지 잠도 잘 못 자는 것 같았다. 얼굴이 며칠 사이 많이 상해 있었다. 게다가, 억지로 밝은 표정을 짓고는 있지만 간간이 힘든 듯 서경이 무거운 한숨을 내쉬곤 했다.

일이 많이 힘들긴 했지.

장사가 잘되고부터 한 달에 한 번 그것도 간신히 쉴 수 있었다. 젊어 고생은 사서도 한다고, 이럴 때 열심히 해서 자리도 잡고 단골도 만들어야 앞으로도 쭉 장수하는 가게가 될 수 있다고 밀어붙이기만 했다. 그에 서경도 동의하며 더 바쁘게 움직였다.

젊다고 몸을 혹사하면 무리가 오기 마련이었다. 서경의 지침이 그 때문이라고 생각한 한경은 고심 끝에 가게 문을 며칠 닫고 쉬어야겠다고 결단을 내렸다.

"들으면 좋아할 거라고 생각했는데. 의외네."

행주를 빨아 널어놓는 서경을 보며 한경이 턱을 쓸었다. 이제 궤도에 올랐는데 무슨 휴가냐는 서경의 말도 백번 옳은 말이었다. 그렇다고 이대로 가속페달을 밟고 달리기만 하면 끝내는 과부하가 일어나 사고가 나고 말 것이다.

"사나이가 칼을 뽑았으면 무라도 썰어야 하는 거고. 한번 내린 결정은 번복하는 게 아니지. 암."

일단은 날을 잡고 가게 문을 걸어 잠근 후 휴가 기간 동안 잠적

해야겠다고 한경은 속으로 계획을 세웠다. 그럼 억지로라도 쉬겠지.

띠릭. 주머니 속 휴대폰이 메시지가 왔음을 알렸다. 한경이 휴대폰을 꺼내 발신인을 확인했다. 은결이었다. 서경 못지않게 눈코 뜰 새 없이 바쁜 놈 중 하나였다. 게다가 쉬는 날이면 꼭 서경을 불러내 운동을 했다. 이놈이나 저놈이나 인생 참, 그리 할 일이 없는지. 애인 만들 시간도 없이 일하고, 발전 가능성 없어 보이는 인간끼리 하등 썸 탈 일 없는 운동이나 하니 한심하고 또 한심하기 그지없는 일이었다.

"이놈은 전엔 클럽도 자주 가고 하더니 서경이 바쁘고부터는 저도 뚝 끊어버리고 당최 무슨 낙으로 사는 건지. 너도 참 안습의 끝이다."

화면을 터치해 메시지를 확인하던 한경의 눈이 커졌다.

「형, 나 모레부터 좀 쉬기로 했어요. 괜찮은 패키지여행이 있어서 가려고 하는데, 3박 4일 일정이래요. 서경이도 묶음 세트로 괜찮을까요? 기획의도가 썸남썸녀 만들기 프로젝트라는데. 형도 땡기시면 살포시 손 얹으셔도 됩니다요. ^^」

휴가 날짜가 정해졌다. 내일까지 열심히 하고 모레부터 쉬는 거다. 3박 4일 아주 빡세게.

"오케이. 내 동생을 너에게 떠넘겨 주마. 둘 다 올 땐 양쪽에 하나씩 곱게 애인 달고 오길 바란다."

「우리도 그때쯤 휴가 가질 계획이었어. 안 그래도 서경이 이놈이 협조를 안 해서 곤란했는데. 너한테 토스할게. 난 내가 알아서 쉰다.」

「잘됐네요. 그럼 모레 책임지고 서경이 데리고 사라질게요. 형님도 휴가 잘 보내세요.」

기다렸다는 듯 답문이 왔다. 그를 보고 한경이 가볍게 휘파람을 불었다. 휴가라고 주구장창 잠만 자는 것보단, 그래도 어딘가에 가서 누군가를 만나는 것도 꽤 바람직한 일이었다. 저걸 어떻게 쉽게 하나 고민이었는데 은결이 덕분에 쉽게 해결되었다.

"그럼 이제부터 휴가를 보내기에 최적의 환경을 갖춘 방콕 일정을 짜볼까."

서경을 핑계 삼아 자신도 오랜만에 가게 문을 닫고 게으름을 한껏 피워볼 생각이다. 이게 얼마 만인지. 3박 4일 동안 바다와 일심동체가 되어 영화도 보고 만화책도 보고 그동안 못해본 것 실컷 해봐야지. 생각만으로도 좋아 몸서리가 쳐졌다. 부르르 몸을 떤 한경이 룰루랄라 콧노래를 부르며 서경이 설거지를 하고 있는 주방으로 향했다.

속았다. 서경의 머릿속에 떠오른 단어는 딱 그 하나가 전부였다.

첫 번째로 그녀를 속인 건 뜨거운 피로 묶인 혈연관계의 그, 오빠 이한경이었다. 부모님이 계신 인천에 일이 생긴 것 같다고 얼른 내려가서 도와드리고 오라며 3박 4일 분의 옷가지를 챙기게 했다. 무슨 일이냐는 물음에 제대로 답도 않고 가보면 안다고만 했다. 혹여 부모님이 편찮으신 건 아닐까 걱정스런 마음으로 급하게 현관문을 열고 나섰다.

그런데. 그 앞에 이놈이 있었다.

두 번째로 그녀를 속인 장본인. 친구에서 다른 관계로 발전하고 싶다며 뜬금없이 들이대기 시작한 놈. 김은결.

여긴 어떻게 온 거냐고 묻자 그가 다짜고짜 그녀를 자신의 차에 태웠다. 그리곤 비행기 타는 곳까지 데려다주겠다고 했다. 비행기로 갈 생각은 아니었다. 그래서 괜찮다고 사양했는데 정신을 차리고 보니 그녀는 어느새 그의 차를 타고 공항으로 이동하고 있었다.

"여기 내가 왜 서 있는 건데?"

배낭을 하나씩 짊어진 사람들 틈에 서경과 은결이 서 있었다. 앞에서 팻말을 들고 사람들을 모으고 있는 인물은 누가 봐도 여행사 직원이었다. 그는 명단이 적힌 서류를 보고 일일이 인원을 체크하고 있었다. 무슨 패키지여행이라는 것 같은데 서경은 자신이 여기에 왜 있는지 영문을 알 수가 없었다. 저와는 하등 상관이 없는 무리들이었다.

"너 오늘부터 휴가라며. 나도 휴가."

"누가 뭐라고?"

여행에 대한 들뜸으로 목소리 톤이 상향된 은결이 배낭을 고쳐 메며 별스럽지 않게 말했다. 서경이 이게 무슨 자다가 남의 다리 긁는 소린가 하며 그를 돌아봤다. 뭔가 잘못 알고 있는 거라고 말하려는 그녀 앞에 은결이 휴대폰을 내밀었다.

"누가 휴대폰 달래?"

"일단 봐봐."

은결의 말에 한숨을 내쉬며 서경이 화면으로 시선을 옮겼다. 아침에 받은 듯한 톡이었다. 발신인은 한경이었다.

「울 서경이의 3박 4일 화려한 휴가를 부탁해. 파이팅!」

단 한 줄의 톡으로 모든 상황이 단숨에 파악되었다. 이 모든 것이 오빠와 은결이 짜고 그녀를 속인 거라는 걸. 서경이 자신의 가방을 들고 방향을 틀었다. 그대로 공항을 빠져나가려던 그녀의 계획은 가방 손잡이를 잡아 그녀를 포획한 은결에 의해 저지되었다.

"놔라."

"지금 타야 돼."

"타긴 뭘 타."

"나 올라타란 말은 안 할 테니까, 기분 좋게 가자고."

"야!"

눈을 흘기며 버럭 소리치는 서경의 입을 막고 은결이 그녀의 귀에 입술을 댔다. 입술이 살짝 닿는 바람에 서경이 흠칫했다. 그 틈을 빌어 은결이 재빨리 말했다.

"이미 돈은 다 지불했고 환불은 절대 불가. 이왕 받은 휴가니까 가서 놀다 오자."

환불이 안 된다는 은결의 말에 서경이 잠시 주춤했다. 은결이 그녀를 제 앞에 돌려 세워 백허그를 하듯 한 팔로 감싸 안았다. 그가 서경의 머리 위에 다른 손을 올려 다른 곳으로 고개를 돌리지 못하게 고정시켰다.

"순순히 따라가지 않으면 들쳐 메고 가는 수가 있다."

"너."

"왜, 내 어깨가 얼마나 넓은지 경험해 보고 싶어?"

그의 얼굴이 서경의 얼굴 옆으로 내려왔다. 볼이 맞닿았다. 맞닿은 볼의 감촉이 부드러웠다. 서경의 입술이 꾹 다물렸다. 그의 입술에서 옅은 바람 소리가 났다. 웃고 있는 모양이다. 그의 입술이 흘려내는 숨결과 작은 웃음소리가 아주 적나라하게 서경의 피부로 스며들었다.

"저쪽으로 가나 보다. 가자."

은결이 그녀의 가방을 낚아채 들고는 옆으로 와 손을 잡았다. 너무도 자연스러운 그 동작에 서경은 아무 대응도 하지 못하고 그대로 끌려갔다. 옆으로 돌아보자 은결의 입꼬리가 매끄러운 곡선을 그리며 올라가 있는 게 보였다. 그녀가 바라보는 것을 아는 듯 그의 입매가 더 짙어졌다.

행여 놓칠세라 꼭 잡은 손을 은결이 다시 깍지를 꼈다. 깍지 낀 손에 주어지는 강한 결속의 힘이 은근한 마음을 실어 전해졌다. 그 손을 뿌리쳐야 한다는 걸 알면서도 서경은 차마 그러지 못했다. 정말 그래야만 하는 걸까? 이 손을 잡으면 안 되는 걸까?

어렴풋이 가슴속 깊은 곳에서 스멀스멀 피어오르는 숨겨둔 감정이 일순간 겉으로 드러났다. 낯선 곳으로의 여행이었다. 게이트를 지나 비행기에 오르면 그들을 알지 못하는 곳으로 자신들을 데려다줄 것이다. 그 순간만이라도 마음껏 은결과 부담 없이 솔직하게 지내고 싶었다.

비행기 좌석에 앉아서도 은결은 그녀의 짐을 대신 챙겼다. 그녀를 창가 쪽에 앉히고 그 옆에 앉아 싱긋이 웃어 보였다. 한껏 들뜬 표정이 꼭 소풍을 떠나기 전날 밤의 아이 같았다. 자신과의 여행이 그렇게 설레고 떨리는 기대감을 갖게 하는 걸까? 그런 생각이 들자 서경이 이내 피식 웃어버렸다.

비단 그 감정들이 그 혼자만의 것이 아님을 창에 비친 제 모습에서 발견했기 때문이었다.

'그래. 놀자. 신나게. 그 누구의 눈치도 볼 필요 없이. 세상의 잣

대 그런 거 생각할 필요 없어. 마냥 즐겁게.'

　비행기가 길게 뻗은 활주로를 따라 활강했다. 땅과 멀어져 하늘의 영역으로 들어서는 그 순간, 서경은 모든 것을 내려놓기로 했다. 창에 시선을 둔 채로 서경이 깍지 낀 손을 맞잡아 지그시 힘을 주었다.

　아무리 그래도 이건 아니었다. 내려놓는다고 하긴 했지만 이런 것까지 다 내려놓을 생각은 없었다. 서경은 모래사장 위에 선 채로 멀어지는 배를 우두커니 바라보았다. 어떻게 이럴 수가 있지? 믿을 수 없는 현실에 계속 같은 말만 웅얼거리는 서경이었다.

　그런 서경을 두고 은결이 짐을 들고 모래사장을 걸었다. 서경의 가방과 자신의 배낭 외에 2인용 텐트가 주어진 생존품의 다였다. 그것들을 들고 기분 좋게 텐트를 칠 자리를 찾아 주변을 살피는 은결의 휘파람 소리가 바람에 실려 서경의 귀까지 들려왔다.

　서경이 고개를 돌려 그를 응시했다. 지금 이 상황이 황당하기보다 신나는 건 그 혼자뿐이었다. 그가 이동한 길을 따라 길게 자욱이 남았다. 텐트의 한쪽을 바닥에 댄 채로 걸어서였다.

　"대체 어떤 여행 패키지를 신청한 거야?"

　서경이 바람에 휘날리는 머리카락을 쓸어 넘기며 물었다. 그가 적당히 평평하고 물이 들어왔던 흔적이 없는 장소를 골라 툭툭 발로 바닥을 점검했다.

"내가 말 안 했나?"

즐거움과 설렘 가득한 여행이 될 거라는 기대감은 안겨줬지만 구체적인 설명은 하지 않았다. 그리고 그 즐거움과 설렘도 은결 혼자만의 것이었다. 서경에겐 황당함과 기막힘, 암담함 같은 것들이 던져졌다.

"단 한 마디도."

"아, 그랬구나."

몰랐다는 듯 말하는 은결의 입이 얄미워 서경의 손이 부르르 떨렸다. 그를 아는지 모르는지 지퍼를 열어 텐트를 꺼내며 은결이 아무렇지 않게 말했다.

"무인도의 생존법칙. 부디 살아남길 바라 시즌 3."

"······뭐?"

"야아. 이거 원터치네. 이거 이렇게 막 편하게 해주면 안 되는 아닌가? 나름 생존게임인데."

터치 한 번에 펼쳐지는 텐트에 감탄하며 은결이 호들갑을 떨었다. 배가 떨구고 간 포인트 그대로 서 있던 서경이 성큼성큼 걸음을 옮겼다. 설마 설마 했었는데. 정말 자신들이 있는 곳이 무인도란다. 한 시간만 돌면 섬 전체를 다 돌아볼 만큼 코딱지만 한 곳이었다. 과연 이곳을 무인도라고 불러도 될까 의심이 들 정도로 작고 작은 섬이었다.

체험하고 말고 할 것도 없고, 생존 그딴 걸 할 수 있을 리도 없었다.

진심으로 진지해지려고 했었다. 둘만 간직할 수 있는 좋은 추억을 많이 만들고 싶었다. 그와 함께 하는 모든 시간들을 깊이깊이 심장에 새겨둘 생각이었다. 두고두고 꺼내 볼 수 있도록.

그런데 그런 그녀의 소박한 꿈을 은결이 모조리 저 차디찬 바닷물 속에 수장시켜 버렸다. 서경은 은결도 함께 수장시켜 버리고 싶은 충동을 느끼며 그에게 다가갔다.

"그 생존 아마 시작도 못할 거야."

"어?"

"넌 내 손에 오늘 죽을 테니까."

서경이 이를 뿌득거리며 내뱉은 말에 은결이 그녀를 쳐다봤다. 그의 멱살을 잡기 위해 서경이 손을 뻗었다. 하지만 그보다 먼저 은결이 그녀의 양팔을 붙잡았다. 멱살잡이를 피한 것까지는 괜찮았다. 그런데 그녀가 덮쳐 오는 가속도와 둘의 무게가 합해지며 은결이 중심을 잃고 비틀거렸다.

"어어어."

찰나의 순간 은결이 서경을 와락 끌어안았다. 둘의 몸이 아래로 떨어졌다. 은결이 원터치라고 좋아했던 하나뿐인 텐트를 무너트리며.

둘은 텐트를 이불 삼아 겹쳐 누운 상태가 되어버렸다. 텐트는 파란색이었다. 그 파랑을 눈에 가득 담고 서경이 마른침을 꿀꺽 삼켰다. 제 밑에 깔린 은결의 입에서 낮은 신음이 흘러나왔다. 아무래도 등이 아픈 모양이었다.

"흐음. 무슨 남자가 이렇게 하체가 부실해."

서경이 괜한 소리를 하며 그의 몸에 닿지 않게 바닥을 짚었다. 꿈틀거리며 상체를 일으키는 서경의 팔을 은결이 잡아당겼다. 풀썩. 조금 전 맞닿았던 은결의 몸 위로 서경의 몸이 다시 내려앉았다. 서경이 더욱 또렷해진 텐트의 파란 빛깔을 멍하니 바라보았다. 이게 왜 여기 있지?

"이 텐트 용도가 이런 거였구나. 좋네. 하늘도 바로 볼 수 있고."

그의 목소리가 서경의 귓바퀴를 맴돌며 듣기 좋게 울렸다. 맞닿은 몸에서 온기가 전해졌다. 두근두근 설레는 심장 소리도 함께. 누구의 것인지는 굳이 말하고 싶지 않았다. 솔직한 은결의 심장일 수도 있었고, 은밀한 서경의 것일 수도 있었다.

촤르르. 촤르르.

파도 소리가 시원스레 들려왔다. 어느새 잦아들어 살랑살랑 가벼이 머리카락을 흔드는 바람도 분위기를 돋웠다. 찬란하게 내리비치는 햇살이 모래를 반짝반짝 아름다운 보석처럼 보이게 만들었다. 손에 닿은 모래의 부드러운 감촉을 느끼며 서경이 손가락을 꼼지락거렸다.

뭐, 이런 것도 나름 괜찮네.

서경이 분위기에 조금씩 취해갈 때쯤 은결이 그녀의 머리를 어루만졌다. 손가락 사이로 흐르듯 스치는 머리카락의 감촉이 좋았다. 신경이 머리카락 끝까지 뻗어 있을 리 만무했다. 그런데도 서경은 그의 섬세한 손길을 고스란히 느꼈다.

얼굴과 귓불이 서서히 붉게 달아오르는 것을 감지한 서경이 그대로 굴러 그의 옆에 나란히 누웠다. 벌떡 일어나는 것보단 이게 벗어나기 쉬울 거란 서경의 판단이 옳았다. 이번엔 은결이 그녀를 붙잡지 않았다.

머쓱함이 밀려왔다. 서경이 얌전히 손을 겹쳐 배 위에 올려놓았다. 그리곤 은결이 보고 있는 하늘로 시선을 던졌다. 솜사탕을 닮은 구름이 넓게 퍼져 있었다.

적막함을 견디지 못해 서경이 잘근 입술을 깨물었다. 그냥 일어날 걸 그랬나? 이제라도 일어나 버릴까 고민하는 사이 은결이 입을 열었다.

"심심한데 이야기나 하나 해줄까?"

"……그러든지."

가만히 있는 것보단 실없는 농담이라도 듣는 게 나을 것 같았다.

"넓고 넓은 바다 한가운데 외로운 섬 하나가 있었대."

첫 시작이 그리 개운치 않았다. 자신들이 있는 곳이 섬인데 섬 이야기를 하는 게 수상했다. 서경이 내색하지 않고 입을 꾹 다물었다. 은결이 이야기를 들을 준비가 된 서경을 곁눈질로 보곤 이야기를 이어나갔다.

"유랑을 즐기는 방랑객 하나가 바다를 유영하다 섬을 발견했대."

"흐음."

"섬은 작고 적막했어. 사람이 아무도 살지 않는 무인도였거든. 아, 저기선 사람이 살 수가 없겠구나. 포기하고 그냥 지나치려는데 자꾸만 그 섬이 눈에 밟히더래. 그냥 모른 척 지나치자 했지만 몸이 맘 같지가 않았어. 어느새 조금씩, 조금씩 섬에 다가가고 있었던 거야. 가까이에서 본 섬은 반짝반짝 빛나고 있었어. 무인도답지 않게 아름답고 신비한 빛깔로 살아 숨 쉬고 있었지. 아, 이 섬이라면 내 방랑벽을 깨끗이 없앨 수 있겠구나."

무인도로 여행을 온 것에 대해 서경이 못마땅해할까 봐 은결이 일부러 좋게 말하는 것 같았다. 아름답고 신비한 빛깔로 살아 숨 쉬는 반짝이는 섬이라. 과연 그런 환상적인 섬이 있기는 할까? 비슷하긴 해도 그런 곳은 없을 거라 생각하며 서경이 엷은 미소를 머금었다. 노력 하나는 인정. 이야기 지어내느라 참 고생 많았다.

"이서경."

그가 서경의 이름을 나직하게 불렀다. 서경이 돌아보는데도 그의 시선은 여전히 하늘에 머물러 있었다.

"너는 내게 바로 그 섬과 같은 존재야. 이 세상에 단 하나뿐인 아름다운 나의 무인도."

은결이 덥석 서경의 손을 잡았다. 그리곤 그 손을 제 왼쪽 가슴 위에 얌전히 올려놓았다. 서경이 의아한 눈빛으로 바라보는 가운데 은결이 은밀하고 요염한 목소리로 말했다.

"바다처럼 드넓은 내 가슴 안에 너라는 섬이 들어찼다."

분위기를 한껏 잡아 말한 거였다. 감격해 포옹이라도 할 줄 알았던 서경은 미동조차 없었다. 그의 말이 너무 오글거려 손발이 오그라들었다. 대체 저런 느끼한 멘트는 어디서 듣고 오는 건지 알 수가 없었다. 얼음처럼 굳어 움직일 수 없는 서경을 은결이 오해했다.

"벅찬 감동은 티 좀 내주고 그래도 괜찮아."

그가 무슨 말이라도 듣길 원하는 듯 귀를 쫑긋 기울였다. 하지만 서경은 아무 말도 할 수 없었다. 얼어붙은 입이 잘 떼어지질 않았다.

굳이 배가 오지 않아도 될 것 같았다. 은결과 있다간 화병으로 골로 가거나, 닭이 돼서 날아가거나 둘 중 하나가 먼저 되지 싶었다. 저런 인간에게 분위기를 바란 게 잘못이다.

'내가 잘못했네. 내가.'

후회의 한숨을 푹 내쉰 서경이 맞잡은 손을 끌어와 있는 힘껏 물었다. 은결의 손등만.

"아아! 야야. 왜 이래."

서경이 손을 입으로 가져갈 때만 해도 은결은 은근한 기대를 했었다. 혹시 손등에 키스라도 하려는 걸까 하는. 그게 헛된 망상이었음을 은결은 손을 통해 전해지는 아픔으로 뼈저리게 깨달았다. 손의 깍지가 풀리고 은결이 벌떡 일어나 앉아 물린 손을 어루만졌다.

자리를 털고 일어난 서경이 아프다고 구시렁거리는 은결을 한껏 노려보았다. 저런 궁상에게 진지와 감성을 바랐다니. 바랄 걸 바라야지, 미친 생각을 잠시 했다. 절레절레 고개를 저은 서경이 드넓게 펼쳐진 바다를 근심 가득한 눈으로 바라보았다. 잔뜩 찡그린 얼굴로 섬으로 시선을 옮겨 훑어보던 서경의 입에서 짙은 한숨이 흘러나왔다.

'대체 여기서 뭘 어쩌겠다는 건지. 도대체가 생각이 없어요, 생각이. 저런 머리로 의산 어떻게 된 거야?'

정글엔 먹을 거라도 있지만, 여긴 코딱지만 한 무인도라 딱히 구해 먹을 것도 없어 보였다. 자신의 가방엔 삼 일 동안 갈아입을 간단한 옷가지만 들어 있었다. 이 모든 걸 계획하고 자신을 끌어

들인 은결의 가방엔 그럼 뭐가 들어 있을까. 서경이 한쪽에 놓인 은결의 가방을 찾았다.

"너 뭐 가지고 온 거 있어?"

"어?"

은결이 주섬주섬 일어서며 옷을 털었다. 무슨 말이냐 묻는 은결에게 그의 가방을 손짓으로 가리켜 보였다. 그가 가방을 돌아보곤 물론이라고 자신 있게 말했다. 저 자신감이 왠지 불안하게 느껴지는 건 왜일까. 서경은 애써 불안감을 지우며 은결에게 믿음이라는 걸 가져보았다.

"내가 또 준비성 하나는 철저하거든."

그가 자신의 가방을 가져와 지퍼를 열었다. 대충 서경과 비슷한 옷가지들이 보였고, 그가 손을 집어넣어 다른 것들을 꺼냈다.

"모기 약. 라이터. 만능 칼. 이거 안에 별의별 것 다 있다."

자질하게 꺼내놓는 물건 중에 먹을 건 딱 하나밖에 없었다. 먹다 남은 생수 한 병. 한마디로 쓸데없는 것들만 한가득이고 정작 필요한 먹을거리는 제대로 준비도 하지 않았다.

"작살이나 그물은?"

"어?"

"네가 입수해서 잡아올 거 아니야?"

서경이 턱으로 바다를 가리켰다.

"그래서 아예 먹을 건 안 가져온 거 아니냐고."

처음엔 무슨 소린가 하고 바다와 서경을 번갈아 보던 은결이 자신만만한 표정으로 휴대폰을 꺼내 들었다.

"난 또 무슨 소리라고. 그게 걱정돼서 그랬구나. 걱정 마. 이 오라버니가 너 절대 안 굶겨 죽일 테니까. 이 오빠만 믿어."

"방법 있어?"

미심쩍었지만 믿어보기로 했다. 그래도 두뇌 회전은 서경보다 은결이 훨씬 나을 테니까. 그가 화면을 손으로 두드리며 상큼하게 말했다.

"IT 강국의 나라에선 이거 하나로 안 되는 게 없지."

서경은 정말 뭔가가 있나 보다 했다. 그래서 살짝 마음을 놓으려고 했다. 그런데 그가 다음으로 내뱉은 말에 머리가 띵해졌다.

"우리에겐 배달의 백성이 있잖아. 뭐 먹고 싶어? 이 오빠가 쏠게. 말만 해."

진정으로. 진심으로 서경은 티끌 하나 없이 순수하게 웃고 있는 그의 입을 쭉 찢어놓고 싶었다. 인간아, 차라리 입 다물고 그냥 있지 그랬니. 말할 때마다 실망에 실망만 더한 꼴이 되어버리잖아.

"여보세요. 여기 무인도 6호인데요. 저희가 요기를 좀 했으면 해서요. 네. 텐트도 망가져서 하나 더 있었으면 하는데. 네. 네. 알겠습니다."

정말 어딘가와 통화를 하는 것처럼 자연스러운 은결의 연기에 서경이 절레절레 고개를 저었다. 혹시 119나 해상구조대에 구조 신청을 하면 될까? 아니면 여행사에 전화해서 다시 데리러 오라고 하면 안 되나? 섬을 빠져나갈 온갖 방법을 고심하던 서경의 어깨를 은결이 톡톡 두드렸다. 눈빛이 고울 리 없었다. 서경이 눈을 치켜떴다. 뜨끔할 만도 한데 은결은 그 눈빛을 보고도 태연했다.

"섬 뒤쪽으로 온다는데?"

은결이 뒤쪽을 가리키며 짐을 챙겨 들었다. 서경이 사는 동네 크기만 한 작은 섬이었다. 뒤쪽으로 가는 데 30분 정도밖에 걸리지 않을 것 같았다. 가는 거야 상관없지만 그의 말을 믿기는 어려웠다. 앞쪽이나 뒤쪽이나 배달이 불가능한 건 마찬가지였다. 사람이 살지 않는 바다 한가운데 이름 없는 무인도로 헬기나 배를 타고 '짜장면 시키신 분.' 하며 와줄 음식점이 있을 리 만무했다. 음식 값의 몇천 배는 넘는 배달 비용이 들 테니까.

앞서 터벅터벅 걸음을 옮기는 은결을 보며 서경은 어차피 밑져야 본전이란 생각을 했다. 한곳에 그대로 있는다고 해서 뾰족한 방법이 나오는 것도 아니었다. 여행사 연락처도 은결이 알고 있었다. 가서도 은결이 자신을 속인 거라면 그때 놈을 쥐 잡듯이 잡고 여행사에 연락을 취하면 될 것이다.

그를 따라 모래사장 위를 걷던 서경의 시야에 뭔가가 포착된 건

섬을 반 정도 돌고 나서였다. 원래 있던 자리의 뒤편, 은결이 말한 곳에 글램핑용 텐트와 다른 것들이 구비되어 있었다. 서경이 걱정했던 모든 것들이 그곳에 보란 듯이 자리하고 있었다.

"무인도 생존 게임이라더니. 저것들은 다 뭐야?"

"앞쪽은 무인도 자가 생존. 뒤쪽은 낭만적의 섬 글램핑 여행."

싱긋이 웃는 은결의 얼굴을 보다 서경은 그를 스쳐 지나 테이블 쪽으로 다가갔다. 테이블 위 아이스박스를 열자 여러 가지 음료와 함께 맥주도 있었다. 서경은 주저할 틈도 없이 맥주를 집어 들었다. 두 개를 들어 하나는 뒤쪽의 은결에게 던졌다.

"나이스 캐치."

가볍게 맥주를 받아 든 은결이 상큼하게 말했다. 둘은 누가 먼저랄 것도 없이 맥주를 따 한 모금 들이켰다. 그리곤 테이블 옆에 나란히 놓여 있는 의자에 털썩 주저앉았다.

"바다 표면이 잔잔할 때 그 아래는 수없이 많은 생명들이 삶을 위해 분주하게 움직이지."

맥주를 들이켜며 은결이 바다를 응시했다. 은결을 따라 햇살이 부딪쳐 보석처럼 아름답게 반짝이는 수면으로 시선을 옮긴 서경이 고개를 끄덕였다. 오랜만에 바다를 보니 고향 생각도 나고 부모님 생각도 나서 조금 감성적이 되었다. 코끝이 찡해지고 가슴이 뭉클해졌다. 서경은 덤덤한 척 맥주를 들이켜며 울적해진 마음을 숨겼다.

"폭풍이 몰아치고 해일이 일면 수면은 광폭해지지. 하지만 그 아래는 너무도 고요해. 수면 위 세상이 어떻든 상관하지 않고 일상을 이어나가는 거지."

아까와는 다른 이야기. 그가 하려는 말이 뭘까? 서경이 고개를 돌려 그를 응시했다. 그가 맥주를 머금었다. 그의 입가에 엷은 미소가 번지고 있었다. 그가 불쑥 그녀를 돌아봤다. 시선이 마주치자 은결이 그윽한 눈빛으로 그녀를 깊이 진지하게 바라보았다. 세심히 그녀의 얼굴을 더듬어 내리던 은결이 손을 뻗었다.

그가 자분자분 서경의 머리를 어루만졌다. 그의 입술이 움직였다. 나직하고 감미로운 목소리가 그 입술을 통해 흘러나왔다.

"너도 그랬으면 좋겠어. 세상이 너를 혼란스럽고 힘들게 만들어도 네 안은 언제나 평온하고 굳건하기를. 흔들림 없이 네 삶을 이어가기를. 네가 행복하기를. 진심으로 바라."

장난기 많은 평소의 그와는 다른 모습이었다. 자신을 바라보던 수많은 눈빛들 중 가장 따스하고 안타까운 눈빛을 하고 있었다. 그래서 그랬나 보다. 그래서…… 가슴 한 켠이 찌릿하게 저려왔나 보다.

그녀가 예감하고 있던 대로 은결은 서경의 고민을 너무나도 잘 알고 있었다.

Hot Place

에 필 로 그 4

샤워를 하고 나온 서경이 마른 수건으로 머리를 닦다가 멈칫했다. 그녀가 손을 들어 입술을 가만히 눌렀다. 아직도 키스의 여운이 그대로 남아 있는 것처럼 기분이 야릇했다.

"져주는 게 아닌데."

가는 한숨을 푹 내쉰 서경이 손으로 입술을 쓸어내며 쓰게 웃었다. 은결의 허리를 맞게 한 것도 미안하고, 기를 쓰고 이기려고 하는 그가 측은해, 옜다 짱 먹어라 하는 심정으로 일부러 져준 것이다. 평소와 다름없이 소원권을 커피 마시는 것에 쓰겠거니 하고.

"사람이 일관성이 있어야지 말이야. 그렇게 갑자기 용도변경을 하는 게 어디 있어."

서경은 누가 듣는 것도 아닌데 괜스레 툴툴거렸다. 살그머니 달아오른 볼을 수건으로 감싼 서경이 거칠게 머리를 닦아냈다. 머리를 대충 털고 화장대 앞에 앉은 그녀가 서랍을 열었다. 드라이기를 꺼내 코드를 꽂고 버튼을 눌렀다.

위잉. 웅.

짧은 작별인사를 힘없이 전하고 드라이기가 꺼져 버렸다. 톡톡 손바닥으로 드라이기를 두드렸다가 버튼을 껐다 켰다. 드라이기에서 서경은 더 이상 온기를 느낄 수가 없었다.

"고작 6년을 뜨겁게 살다가 가는 거냐? 아직 한참 더 뜨거웠다 차가워져도 되는데."

드라이기를 뽑아 코드를 돌돌 말아 한 켠에 내려두었다. 서경은 내일 서비스 센터에 가보고 드라이기의 향방을 결정할 생각이다. 고치는 것보다 사는 게 더 싸게 먹히면 미련 없이 드라이기를 놓아줄 생각이다.

수건을 다시 들어 덜 마른 머리에서 물기를 닦아냈다. 문득 거울을 보다 시선이 자신의 입술에 닿았다. 조금 부어오른 건가? 손이 저절로 입술로 향했다. 검지로 살짝 아랫입술을 눌러봤다. 부은 것도 같고 아닌 것도 같고.

'확인해 보자고.'

'우리가 정말 연인으로 발전할 가능성이 있는지 없는지.'

키스를 제안하며 은결이 했던 말이 서경의 머릿속에서 아릿하게 울려댔다. 서경의 혀가 습관처럼 입술 위를 훑고 지나갔다. 남의 입술을 핥는 것처럼 느낌이 묘했다. 은결의 입술이 남긴 여운 때문인가?

'난 간다. 끝까지. 너랑 사귈 거야.'

두근두근두근. 서경의 심장이 그때의 감정을 불러일으켰다.

'각오 단단히 해. 난 무조건 너랑 사귈 테니까.'

하아. 벅차게 숨이 차올랐다. 그의 말이 달콤한 유혹을 흘리며 서경의 머릿속에서 반복재생을 하고 있었다.

"사귀긴 누가. 그렇게 김칫국만 엄청 들이켜다가 사레나 콱 걸려 버려라."

저주를 하듯 말을 쏟아냈지만, 거울 속 서경의 얼굴엔 홍조가 깃들고 있었다. 볼의 화끈거림을 잊으려 서경이 미스트를 들어 마구 뿌려댔다. 차가운 미스트가 얼굴에 닿자마자 뜨거운 열기에 증발해 버리는 것 같았다.

「키스가 사람의 심장에 미치는 영향이요? 그걸 왜 저한테 물으시죠? 근래에 키스를 한 적이 있을 것 같아서라고요? 아니, 뭘 보고 그렇게 단정 지으세요? 키스라는 단어를 듣자마자 볼이 빨갛게 달아올랐다고요? 제가요? 에이, 잘못 보신 거죠. 키스 그게 뭐라고 얼굴을 붉히고 그러겠어요. 은결이 입술이 어떠냐고요? 부드럽고 달콤하고 감미롭고 맛있고……. 네? 입술로 본 건강상태를 물은 거라고요?

후우. 아니, 이 양반들이 지금 입술 가지고 장난치나. 그래요. 했어요. 왜요. 맛났어요. 정신이 혼미해질 만큼. 됐어요?」

—2015년 은결의 키스와 고백에 연타를 맞고 정신이 혼미해진 서경의 인터뷰 중.

5. 찰떡궁합

낯선 곳에서의 여행은 그동안 몰랐던 전혀 새로운 것을 알게 하기도 한다. 서경은 모닥불을 피우는 은결의 능숙한 모습에 속으로 무척 놀라워했다.

평소의 그는 장난꾸러기 남동생 이미지가 강했다. 어장관리에 미숙해서 가끔씩 무서운 언니들을 정리하는 걸 도와주기도 해야 했고, 귀찮게 졸라대는 통에 피곤한 몸을 이끌고 운동도 함께 해 줘야 했다. 누가 오빠고 누가 동생인지 모르게 손이 참 많이 간다고 투덜거리곤 했었는데, 지금은 어쩐지 믿음직스럽게 느껴졌다.

"어때? 야외에서 보니까 야성적인 매력이 철철 넘치지?"

"그러네. 이런 거 하나도 못할 줄 알았는데 의외야."

"오, 뭐야. 너무 순순히 인정하는 거 아니야?"

은결이 서경을 홱 돌아보며 위아래로 훑었다. 방금 전 말을 한 사람이 정말 서경이 맞는지 확인하는 눈치였다. 하긴, 늘 말꼬리를 잡고 티격태격 싸우기만 했지 서로를 말로 인정한 건 손에 꼽을 정도로 희박했다. 그러니 당장 의심이 들 수밖에.

"나 엄청 쿨한 여자거든? 인정할 건 인정해."

"정말? 이상하네. 왜 예전엔 몰랐지?"

"분위기상 띄워주면 그냥 좀 떠 있지? 올라가자마자 끌려 내려오고 싶지 않으면?"

"좋아서 그렇지."

"뭐?"

"네가 좋아서 그렇다고."

느닷없이 훅 밀고 들어오는 고백에 서경이 우뚝 움직임을 멈췄다. 그런 서경을 향해 은결이 싱긋이 부드러운 미소를 지어 보였다. 그가 불 상태를 체크하곤 자리에서 일어섰다.

"불은 이 정도면 됐고. 호일이 어디 있더라?"

그가 아무 일도 없었다는 듯 비품이 들어 있는 박스를 뒤적였다. 호일을 찾아 쇠망에 두르곤 그것을 불 위에 올려놓았다. 제가 만든 것이 마음에 들었던 듯 은결은 빈틈없는 쇠망을 이리저리 돌려보며 흡족해했다.

"퍼펙트. 완벽해."

숯불 위에 안착하는 쇠망을 본 서경이 아이스박스에서 고기를
꺼냈다. 테이블로 걸어오는 은결에게 고기를 내밀자 그가 엄지를
척 세워 보이며 그것을 받아갔다. 척하면 척. 알아서 챙겨주는 그
녀의 센스를 추켜세운 것이다.

"땡큐."

고기를 받아가며 은결이 서경의 손을 겹쳐 잡았다. 손등을 쓸어
내는 은결의 손길에 서경이 움찔하고 손을 떨었다. 손가락 끝까지
그의 손이 닿았다. 긴 여운을 남기며 멀어진 은결의 손을 서경이
멍하니 바라보았다.

한순간 멀어지는 그의 손을 잡으려고 움찔했던 자신의 손에 서
경은 속으로 놀라움을 금치 못했다. 찌릿한 기운이 감도는 손등을
다른 손으로 감싸 감추며 서경이 낮은 한숨을 천천히 내쉬었다.
손끝을 타고 흐른 숨길 수 없는 감정이 심장으로 퍼져 설렘을 일
게 만들었다.

"원래 야외에 나오면 돼지고기와 소시지가 주인공인 거 알지?
바다가 눈앞에 펼쳐져 있고 드높은 하늘이 그 경계와 맞닿아 있는
이런 한가하기 짝이 없는 풍경을 언제 느긋하게 즐겨보겠어. 우리
가 비록 무인도에 있지만 그와 상관없이 그렇고 그런 캠핑을 즐겨
보자고."

지글지글 맛있는 소리를 내며 익어가기 시작한 고기를 뒤집으며 은결이 상황 설명을 곁들였다. 어딘지 뭘 하러 가는지도 모르고 끌려오긴 했지만 이런 식의 뜬금없는 캠핑 여행도 나름 매력은 있었다. 피식 웃으며 서경이 일어나 테이블 위를 정리했다.

"동작 그만."

갑자기 은결이 그녀의 행동을 저지했다. 의아해 돌아보는 서경에게 은결이 집게로 금방 그녀가 일어났던 의자를 가리켰다.

"싯 다운 플리즈, 레이디?"

"훗. 젠틀맨 흉내 내기야? 됐어. 댁은 고기나 구우세요. 여긴 내가 알아서 할 테니까."

서경이 손을 내저었다. 그런 배려와 친절은 다른 여자를 위해 아껴두라는 말은 생략했다. 따로 정리하고 할 것도 그다지 없었다. 수저와 그릇을 놓고 양념장을 그릇에 담는 정도였다.

작은 그릇에 과일을 덜어놓는 서경의 손 위로 다른 손이 겹쳐졌다. 서경이 제 뒤로 감싸듯 서 있는 은결을 돌아봤다. 그의 얼굴이 바로 앞에 있었다. 순간 저도 모르게 숨을 참고 말았다. 느릿하게 눈을 깜빡거린 서경을 다정하게 바라보며 은결이 속삭이듯 말했다.

"얌전히 앉아 있으시죠? 나도 기분 좀 내보게?"

그가 서경의 손에서 그릇과 수저를 차례로 빼냈다. 그리곤 그녀의 손을 곱게 잡아 얌전히 조금 전 그녀가 앉아 있던 자리에 앉혔다. 그녀의 앞쪽에 자세를 낮춰 앉은 은결이 지그시 그녀를 올려다보며 싱긋이 입매를 끌어 올렸다.

"가끔은 받는 것에도 익숙해져 봐."

서경의 손등을 부드럽게 쓸며 그가 눈빛을 그윽하게 만들었다.

"남한테 해주려고만 하지 말고."

톡톡. 가볍게 두드리는 손길에서 그러니 내 말 좀 들어주라 하는 부탁이 느껴졌다. 서경이 자신을 곧게 응시한 은결의 눈을 들여다보며 작게 고개를 끄덕였다. 순순한 그녀의 반응에 그의 입매가 더 짙은 미소를 머금었다.

그가 자리에서 일어났다. 느긋해 보이던 것도 잠시, 날 듯이 고기 앞으로 달려가 재빨리 뒤집었다. 지지직거리며 기름이 불에 튀는 소리가 났다. 피어오르는 연기를 손으로 흩어놓으며 그가 다시 호들갑스러운 모드로 돌아가 고기 굽기에 열중했다.

"콜록. 콜록. 그사이를 못 참고 이렇게 불타오르면 곤란한데. 콜록."

피식. 기침을 콜록거리며 집게로 고기의 상태를 열심히 확인하는 은결을 보자 웃음이 나왔다. 그의 이런 모습들이 서경에게 새삼스럽게 다가왔다. 자신이 알고 있던 그가 맞는데 조금은 다른 느낌이었다. 생소함과 익숙함의 경계. 그게 어렴풋이 그녀의 마음에 작은 불씨를 피워 올리고 있음을 서경은 직감했다.

"여기, 무인도에서 가장 맛있는 고기 대령이요."

은결이 고기를 접시에 담아 테이블 위에 내려놓았다. 그리곤 아이스박스에서 뭔가를 뒤적이더니 이번엔 맥주가 아닌 와인을 꺼냈다. 와인 잔도 어디선가 찾아내 함께 세팅했다. 그가 테이블을 가만히 둘러보더니 만족스럽지 못한 듯 턱을 쓸었다.

"뭔가 부족한데."

고개를 이리저리 기울이다 문득 시선을 서경 뒤쪽으로 옮겼다. 그의 입술 한쪽이 사르르 말려 올라갔다. 그가 성큼성큼 서경에게 다가왔다. 서경이 의아해 제 앞을 스쳐 지나는 그를 돌아봤다. 서경의 뒤쪽으로 걸어간 그가 나무로 손을 뻗었다. 그의 손을 따라 서경의 시선도 나무를 향했다. 2미터 높이의 나무엔 붉은빛의 꽃들이 피어 있었다.

"동백이네?"

서경이 꽃을 알아보고 말했다. 다른 것들에 가려 거기에 동백나무가 있는 것도 몰랐었다. 그가 꽃 세 개를 따서 가져왔다. 3, 4월에 피는 게 보통인데 지금은 6월이었다. 이미 졌거나, 시들해질 만도 한데 아직 싱그러운 게 신기했다.

"11월에서 12월에 피는 게 동백이고 3월에서 4월 사이에 피는 게 춘백. 6월 초에 핀 이놈은 정체가 뭔지 모르겠네. 어쨌든 소중한 데코레이션이 되어주는 것에 대해선 감사."

무인도가 주는 판타스틱하고 신비로운 분위기에 걸맞게 꽃도 계절 감각을 잃어버렸나 보다. 내내 꽃구경 타령이더니 정말 여기서 봄꽃을 보게 될 줄은 몰랐다.

은결은 테이블 중앙에 머그컵을 놓고 그 안에 꽃을 꽂았다. 허접해 보이긴 해도 꽤 운치는 있었다. 산중의 해가 빨리 진다고 하지만 바닷가의 해도 그에 못지않았다. 날이 어둑해지자 은결이 야외용 등을 켜 적당한 자리에 두었다.

굳이 그러지 않아도 그가 미리 피워놓은 모닥불이 주변을 은은하게 밝히고 있었다. 그래도 식사는 밝은 곳에서 하는 게 좋을 것 같아 등을 켠 것이다. 둘은 테이블에 마주 앉아 고기와 함께 와인을 마셨다. 디저트로 과일을 먹고 난 후 서경은 은결에게 떠밀려 모닥불 앞으로 옮겨갔다.

정말 아무것도 못하게 할 생각인 듯 그가 손수 주변을 정리했다. 테이블을 치운 은결이 와인이 든 잔을 들고 서경의 곁으로 다가왔다. 서경이 그가 내민 잔을 받아 들었다.

"고마워."

"천만에."

둘은 나란히 모닥불을 보고 앉아 와인을 마셨다. 타닥타닥 장작이 타는 소리가 듣기 좋았다. 음미하듯 와인을 한 모금 머금자 향긋함이 입안으로 은은하게 번져 갔다. 분위기에 취한다는 말이 무슨 말인지 알 것 같았다.

평소의 그녀 주량이라면 와인 정도로 취하는 일은 없을 터였다. 와인 서너 잔에 나른해지고 가슴이 뛰는 건 분위기가 어느 정도 작용해서일 것이다. 더불어 옆에 앉은 은결이 자꾸만 신경 쓰이고 그에게 촉각이 곤두서 있는 것도 모두 그래서라고 서경은 생각했다.

"먼저 씻을래?"

와인 잔을 입으로 가져가던 서경의 손이 움찔 멈췄다. 그녀가 눈동자만 굴려 은결을 봤다. 대체 무슨 뜻으로 저런 말을 아무렇지 않게 하는 걸까? 물론 씻긴 씻어야 했다. 잠을 자려면. 하지만 그 말이 주는 파장은 생각보다 컸다. 서경의 심장 박동을 빠르게 뛰게 할 만큼.

"뭘 그렇게 놀란 토끼 눈을 하고 쳐다봐? 너 안 씻을 거야?"

"……아니, 씻어야지."

너무도 태연하고 자연스러운 은결의 말에 서경이 한 박자 늦게 고개를 끄덕였다. 은결이 글램핑 텐트를 턱으로 가리켰다. 서경이 돌아보자 그가 말했다.

"안쪽에 샤워실 있을 거야."

"정말?"

놀라운 사실이었다. 단 한 번도 글램핑이란 것을 가보지 못한지라 그런 것이 있다는 것만 알았지 샤워 시설까지 겸비하고 있는 줄은 몰랐다. 그저 캠핑의 또 다른 형태거니 여겼는데 엄청난 업그레이드 버전이 놀라울 따름이었다.

"그것 말고 다른 것도 있거든? 샤워실 가기 전에 놀라 자빠지진 말고."

또 뭐가 있기에? 궁금증에 서경이 자리에서 일어났다. 은결이 손을 뻗어 그녀의 와인 잔을 받아주었다. 사박사박 멀어지는 그녀의 발걸음 소리가 등 뒤에서 들렸다. 발걸음에 깃든 기대감을 은결을 읽을 수 있었다. 절로 웃음이 머금어졌다.

"이 나이 되도록 우린 대체 뭘 한 거냐? 캠핑 한번 못해보고."

조금 더 일찍 데려올 걸 하는 후회는 거뒀다. 앞으로 더 많이 함께 못해본 것들을 해주어야겠다고 은결은 다짐했다.

"좋네. 함께라는 말."

와인을 마저 비우며 은결이 슬쩍 서경이 들어간 텐트 쪽을 바라보았다. 그는 신세계를 경험 중인 그녀도 자신과 함께여서 즐겁고 행복하길 바랐다.

서경의 눈앞에 있는 텐트는 보통 그녀가 알던 것들보다도 훨씬 컸다. 군인들의 야전 텐트가 이것과 비슷한가 하는 엉뚱한 생각을 하며 서경이 입구로 한발 다가서 안을 들여다봤다. 그녀의 눈이 동그랗게 커졌다. 그녀가 터벅터벅 안으로 들어섰다. 건성으로 외형만 봤을 때는 그냥 큰 텐트인가 보다 했었다. 간이침대 정도는 있겠거니 했는데 그보다 더한 것이 중앙에 떡하니 자리를 잡고 있었다.

퀸 사이즈의 침대가 하나, 소파와 테이블, 미니 냉장고와 벽난로 모형의 히터까지. 불편함 없이 캠핑을 즐길 수 있는 모든 것이 구비되어 있었다. 샤워실로 보이는 곳엔 따로 문까지 달려 있다. 그 옆에는 작은 주방까지 있었다.

"와아."

그 모든 걸 보고 내뱉은 감상은 짧은 감탄사가 전부였다. 하지만 그 안에 놀라움도 감격도 모두 담겨 있었다. 서경이 샤워실로 들어가 샤워기를 틀어 온도를 확인했다. 처음 찬물이 나오고 얼마 있지 않아 온수가 나왔다. 퍼펙트. 집으로 사용해도 전혀 손색이 없을 정도로 텐트 안의 모든 것이 완벽했다.

물 온도는 맞춰졌다. 이제 샤워만 하면 되는데 자꾸만 텐트 밖 은결이 신경 쓰였다. 설마, 뻔히 샤워하는 걸 알면서 들어오진 않겠지. 은결이 그런 파렴치한은 아님을 알기에 서경은 마음을 굳히고 옷을 벗기 시작했다.

샤워를 마친 서경은 샤워기를 끄면서 자신의 실책을 깨달았다.

갈아입을 옷을 미리 챙겨놓지 않은 것이다. 다행히 샤워실 안에 큰 수건이 구비되어 있었다. 대충 몸을 닦고 수건을 몸에 두른 서경이 조심히 문을 열었다.

아무런 인기척도 느낄 수 없었던 텐트 안에는 예상대로 아무도 없었다. 그래도 서경은 발소리를 죽이며 걸었다. 아까 대충 둘러봤을 때 테이블 옆에 짐들이 놓여 있었다. 은결이 미리 텐트 안에 둔 것이었다.

자신의 가방 앞에 쪼그려 앉은 서경이 지퍼를 열어 속옷을 찾았다. 잠을 자야 하니 좀 편한 옷으로 갈아입기도 해야 했다. 옷가지를 고르던 서경의 귀에 바스락거리는 소리가 들렸다. 텐트 밖이 아닌 안에서 나는 소리였다. 순간 흠칫하며 동작을 멈춘 서경이 천천히 고개를 돌렸다.

어디서 나타난 건지 테이블 위에 그녀의 손바닥만 한 크기의 곱등이가 서경을 쳐다보고 있었다. 저렇게 큰 곱등이는 처음이었다. 생긴 것도 꼭 괴물처럼 흉측했다. 저걸 어떻게 쫓아버릴까 생각하며 속옷을 꽉 움켜쥔 서경에게로 곱등이가 뛰어들었다.

"으악!"

텐트 안에서 단말마의 처절한 비명이 들려왔다. 은결이 자리에서 벌떡 일어나 텐트 쪽을 돌아봤다. 바닥에 넘어져 허우적거리는 사람의 그림자가 보였다. 혼자뿐인 텐트 안에서 대체 무슨 일이 벌어지고 있는 것인지. 서경의 움직임이 꽤 절박해 보였다.

"기, 김은결!"

자신의 이름이 들림과 동시에 은결이 텐트로 달려 들어갔다. 서경이 침대 옆 바닥에 앉아 파르르 떨고 있었다. 그가 다가가자 그녀가 진저리를 치며 자신의 다리를 가리켰다.

"저거. 저것 좀."

그녀의 다리에 괴상한 벌레 하나가 앉아 더듬이를 가다듬고 있었다. 은결이 눈을 깜빡거리며 꿀꺽 마른침을 삼켰다. 차라리 메스를 들고 수술을 하라면 하겠다. 그런데 벌레라는 이름도 가소로울 정도로 엄청난 크기의 흉측한 놈을 해치우라는 건 도저히 흔쾌히 나설 수가 없었다.

"으으. 빨리. 빨리."

서경의 재촉에 은결의 몸이 저절로 움직였다. 은결이 주변을 휘둘러보다 곱등이를 처리하기 딱 좋은 물건을 발견하고 집어 들었다. 오목하게 들어간 부분으로 곱등이를 낚아채 번개보다 빠른 속도로 뛰어나가 미친 듯이 그것을 휘저었다. 뭔가가 튀어나가고 무게가 가벼워진 게 느껴졌을 때에야 은결이 안도의 한숨을 내쉬었다.

"하아."

안으로 들어선 은결이 아직도 넋을 놓고 앉아 있는 서경에게 다가서며 말했다.

"방충망은 쳐놓지 그랬어."

곁에 내려앉는 은결을 서경이 말없이 물끄러미 응시했다. 여전히 표정이 굳어 있는 서경이 걱정스러웠다. 자신의 말을 잔소리로 알아들었나 싶어 은결이 부연 설명을 했다.

"여긴 숲이 있어서 벌레들이 많다고 했거든. 내가 미리 얘기했어야 하는데 미안해."

사과까지 했는데도 서경의 표정은 풀리지 않았다. 눈의 초점도 맞지 않는 것 같았다. 자신을 봐야 하는데 그녀의 시선은 다른 곳을 향해 있었다. 은결이 그녀의 시선을 따라 눈을 돌렸다. 제 손을 내려다보던 은결이 갸웃하며 손에 들고 있던 것을 들어 올렸다. 그것을 양손으로 잡아 펼치자 전혀 생각지도 못한 물건이 적나라하게 드러났다.

"……흐음. 혹시, 이거…… 네 거야?"

상당히 곤란한 물건이었다. 서경이 들고 보여줘도 그렇고 자신이 들고 있는 건 더 이상했다. 은결이 제 손에 들린 아이보리색의 브래지어를 얌전히 모아 접었다. 그리곤 그것을 서경 앞에 내밀었다. 브래지어가 다가올수록 서경의 표정이 어두워졌다.

"잘 썼어."

그 말밖에는 달리 할 말이 없었다. 그런데 서경이 브래지어를 냉큼 받지 않고 머뭇거렸다. 쭈뼛거리는 서경의 손과 꿈틀거리는 그녀의 미간을 확인한 은결이 쩝 하고 입맛을 다셨다. 자신이 그냥 들고 있기도 뭣한 물건이었다. 서경의 주저가 제 손이 닿아 그런 것이라면 이걸 어떻게 해야 하나 은결의 머릿속이 복잡해졌다.

"저기 내가 일부러 그런 게 아니라."

"저리 치워."

"어?"

"버리라고."

말문이 막혔다. 징그러운 것을 보는 것처럼 혐오스러운 눈빛으로 서경이 제 브래지어를 꺼렸다. 정말 자신이 손을 대서 그런 거라면, 그게 그렇게 혐오스럽다면, 이건 문제가 심각했다.

"버리라고?"

은결의 표정이 굳어졌다. 그가 침잠한 목소리로 물었다. 서경이 고개를 격하게 끄덕였다. 그에 은결의 심장이 무겁게 아래로 떨어져 내렸다. 깊은 한숨을 속으로 삼키고 은결이 브래지어를 든 채로 어정쩡하게 돌아섰다.

이걸 어디다가 버리란 거야.

서경의 말대로 버리기도 자신이 가지고 있기도 애매했다. 쓸데없는 물건이면 모르겠는데 속옷이었다. 함부로 버릴 수가 없어 들고 있다가 치한이라고 오해라도 받으면…….

안 그래도 지금 서경의 말과 행동이 비수가 되어 은결의 가슴을 찔러대는 중이었다. 거기다가 치한이라니. 은결이 저도 모르게 손에 불끈 힘을 주었다. 그러다 와이어의 딱딱한 감촉에 움찔했다.

흐음.

서경의 가슴을 만진 것도 아닌데 은결의 얼굴이 화끈거렸다. 물끄러미 제 손에 들린 브래지어를 내려다보며 은결이 꿀꺽 마른침을 삼켰다. 그러니까 이게 서경이 가슴을…… 이렇게 가리고. 흐음.

은결의 얼굴에 엷은 홍조가 깃들었다. 그러고 보니, 지금 서경의 차림이 좀, 아니, 많이 야했다. 속옷을 제대로 갖춰 입지 않고 수건으로 몸을 감싼 채였다. 곱등이 때문에 놀라고 제가 들었던 게 브래지어라 두 번 놀라고, 서경 때문에 상처를 입어 미처 깨닫지 못했던 것들이 서서히 현실로 다가왔다.

어찌할 바를 몰라 서성거리던 움직임이 멈추고 가만히 서 있던 은결이 천천히 고개를 돌렸다. 정말 일부러 그런 것은 아니었다. 그저 자신이 본 것이 사실이 맞는지 확인차 저도 모르게 고개가 돌아간 것이었다.

"넌 왜 벌레를 그걸로 잡고 그래."

벌레 하나에 놀라 호들갑을 떤 게 민망했던지 서경이 괜스레 툴툴거리며 자리에서 일어났다. 그런 그녀를 은결이 말없이 가만히 지켜보기만 했다. 서경은 은결의 곁을 지나치며 그가 들고 있던 브래지어를 잡았다. 생각해 보니, 벌레 퇴치도 모자라 그에게 속옷 처리까지 맡긴 건 심한 것 같았다. 그래서 가져가려 했는데 그게 쉽게 딸려오질 않았다. 서경이 시선을 내려 브래지어를 확인했다. 은결이 브래지어를 잡은 손에 힘을 풀지 않고 있었다. 서경이 그를 올려다보았다.

"이것 좀."

놓으라고 말하려고 했다. 그런데 말을 이어 할 수가 없었다. 은결이 그녀의 팔을 그대로 당겨 서경을 와락 끌어안았다. 그의 손길이 서경의 허리와 등 쪽에서 느껴졌다.

툭. 은결이 놓은 브래지어가 서경의 손에서 힘없이 떨어져 내렸다. 은결이 그윽한 눈길로 서경을 바라보았다. 차마 그 눈빛을 마주하지 못하고 서경이 그의 가슴께에서 시선을 멈췄다.

"머리 좀 잘 말리지. 야외라 감기 걸릴 수 있는데."

서경의 머리로 손을 옮긴 은결이 그녀의 머리카락 몇 올을 손가락으로 어루만지며 다감하게 말했다. 뭐라 말을 하려고 입술을 떼던 서경이 다시 입을 다물었다. 입술이 떨리고 있었다. 제 심장의 떨림을 고스란히 담아내고서.

"드라이기가 어디 있을 텐데."

그렇게 말을 하면서도 은결은 서경을 품에서 놓아주지 않았다. 머리카락을 어루만지던 손길이 서경의 볼에 닿았다. 조심스럽게 자신의 볼을 쓰다듬는 은결의 손길에 서경의 볼이 화르르 달아올랐다.

다른 때 같았으면 이게 무슨 짓이냐며 그를 발로 걷어차고 응징을 가했을 서경이었다. 그런 그녀가 고개도 들지 못하고 수줍음이 가득한 얼굴로 볼을 붉히고 있었다. 은결의 손길을 얌전히 받아들이면서. 허락의 의미일까?

허리를 휘감은 은결의 손에 은근한 힘이 가해졌다. 그녀를 더 바짝 끌어안은 은결이 서경의 반듯한 이마에서부터 짙고 검은 눈썹과 그 아래 말간 눈동자를 담고 있는 눈을 차례로 바라보았다. 나이에 비해 어려 보이는 동안의 얼굴이 오늘따라 유독 귀엽게 느껴졌다. 시선이 세밀히 담아내고 지나간 길을 따라 그의 손이 조심조심 그녀의 얼굴을 더듬었다.

은결의 손이 가는 떨림을 고스란히 드러내고 있었다. 그 떨림이 서경의 심장까지 전해져 떨림에 떨림을 더했다.

"하아……."

낮고 깊은 떨림의 숨결이 서경의 입술 사이로 흘러나왔다. 은결이 손끝으로 그녀의 입술을 어루만졌다. 그의 손이 닿자 불에 덴 듯 입술이 뜨거워졌다. 살며시 내려뜬 은결의 두 눈에 열정이 담겼다. 그가 숨을 깊게 들이쉬었다. 잘근 아랫입술을 깨물었다 놓으며 머뭇거리던 말을 흘려냈다.

"키스해도 돼?"

그가 말하는 키스라는 단어가 색다른 느낌으로 그녀에게 다가왔다. 서경이 고개를 들었다. 그와 조심스럽게 눈을 맞추었다. 서경의 두 눈에 설렘과 기대, 약간의 부끄러움이 담겨 있었다. 그 눈빛이 그 얼굴이 저를 담아낸 그녀의 두 눈동자가 미치게 사랑스러웠다.

서경의 고개가 살며시 아래로 내려갔다 올라오는 찰나의 순간. 은결이 그녀의 입술을 집어삼키듯 머금었다. 은결이 강렬하게 입술을 취하며 저돌적으로 밀어붙이는 통에 서경의 몸이 뒤로 기울었다. 넘어질 듯 휘청거리던 서경의 몸이 그대로 침대 위로 풀썩 눕혀졌다.

은결의 부드러운 리드와 철저한 계산이 그 속에 작용하고 있었음을 서경은 미처 깨닫지 못했다. 그저 지금 자신에게 일어나고 있는 이 모든 낯선 감정의 소용돌이가 와인 때문이라고 그녀는 책임을 전가시켰다. 평소에 즐기지 않던 와인을 마셔서 분위기에 취하고 술에 취해 자신 같지 않은 행동을 하게 된 거라고 서경은 그렇게 속으로 우겨댔다.

거칠게 입술을 탐하던 것이 부드러운 솜사탕을 먹듯 달콤해졌다. 타액으로 번들거리는 서경의 입술에 숨 쉴 틈을 만들어주며 은결이 그녀의 윗입술을 핥았다.

"으음."

옅은 숨을 흘려내며 서경이 입술을 달싹였다. 그녀의 입술이 은결의 입술을 찾아 빈틈없이 틀어 맞추었다. 겹쳐진 입술이 다시 열정적으로 서로를 탐했다. 머뭇거림도 수줍음도 사라진 서경의 키스는 은결의 머릿속을 새하얗게 물들였다.

그의 손이 서경의 뒷머리를 파고들었다. 짧은 머리카락 사이 여린 살을 어루만지며 은결이 더 깊이 그녀의 입술을 빨아들였다. 벌어진 입술 안으로 들이친 혀가 탐욕스럽게 서로의 입을 오갔다. 타액으로 물들어 질척이는 혀와 입술의 소리가 무척 자극적이었다. 그동안 감추고 꼭꼭 눌러왔던 몸의 모든 감각을 일깨울 만큼.

"하아……."

거친 숨을 몰아쉬며 은결이 그녀의 입술을 놓아주었다. 달뜬 표정으로 몽롱하게 자신을 바라보는 서경의 어여쁜 얼굴에 그가 입술을 지그시 눌렀다. 이마에서 눈꺼풀 위로 콧등과 홍조로 물든 볼 위로 그의 입술이 자신의 영역을 표시하듯 차례로 내려앉았다.

미끄러지듯 귀로 내려앉은 은결의 입술이 붉게 물든 서경의 귓불을 자분거렸다. 서경이 나른한 숨결을 흘려내며 몸을 뒤챘다. 그녀의 발끝이 안으로 오므라들었다. 온몸을 관통하는 찌릿함에 견딜 수가 없었다.

뜨거운 피가 흐르는 서경의 가느다란 목의 혈관 위에 입술을 누르고 은결이 나직하게 속삭였다.

"이서경. 나 너 아니면 안 될 것 같다. 나랑 사귀자. 응?"

그의 감미로운 고백이 서경의 혈관을 따라 심장으로 흘러들었다. 그것은 벅찬 떨림으로 이어졌다. 섣불리 답을 못하고 깊게 숨만 내쉬는 서경을 은결이 졸라댔다. 그가 그녀의 목 언저리를 빼곡하게 제 입술로 채워 넣고 있었다. 마치 답을 할 때까지 키스를 계속 이어가겠다는 듯이.

서경이 손을 뻗어 그의 머리를 어루만졌다. 손가락 끝으로부터 손바닥 전체로 느껴지는 감촉이 놀라울 정도로 부드럽고 달콤했다. 은결에게서 이런 느낌을 받을 수 있으리라고는 생각지도 못했다. 그저 욕심내면 안 되는 그런 사람이라고, 친구로 있는 것만으로도 감사해야 한다고 체념했었다.

그런데 욕심이 났다. 그를 갖고 싶었다.

무인도라는 낯선 공간이. 평소 같지 않던 행동들이. 이 세상에 단둘만 있는 것 같은 착각이 그녀로 하여금 감춘 속내를 들춰내게 만들었다.

술에 취하고 분위기에 취해 그런 거니까 오늘 밤은 일탈을 해도 무방하지 않을까. 모두가 눈감아주었으면 좋겠다. 그와 자신이 지금부터 할 모든 사랑이라는 것으로 무장한 행위 전부를 말없이 그저 지켜봐 주기를.

"……응."

서경은 살아온 동안의 모든 용기를 다 쥐어짜 세상에서 가장 어려운 단어를 흘려냈다. 떨리는 목소리로 겨우 내뱉은 그녀의 말에 은결의 심장이 미친 듯이 뛰어댔다. 그가 와락 서경을 껴안고 사랑을 담아 격렬하게 키스를 퍼부었다.

"진심으로 너를 사랑해 줄게. 내 온 마음을 다 바쳐서."

입술 안으로 스며드는 그의 말에 서경이 미소를 머금었다. 사르르 감기는 눈에서 또르르 눈물 한 방울이 떨어져 내렸다. 고맙고 감사하고 너무도 기뻐서. 그 마음을 담은 눈물이 절로 흘러나온 것이다.

뇌쇄적인 쇄골을 은결이 손끝으로 곱게 쓸어내렸다. 그녀의 가슴 언저리로 미끄러져 내린 은결의 손이 봉긋하게 솟은 가슴 위 절반 이상을 가리고 있던 수건의 위쪽을 더듬었다. 매듭을 찾아낸 은결이 잠시 동작을 멈추고 고개를 들어 그녀를 바라보았다. 지그시 감긴 그녀의 눈 아래 속눈썹이 파르르 떨리고 있었다. 그것만 보아도 지금 서경이 많이 긴장하고 있음을 알 수 있었다.

은결이 그녀의 눈꺼풀 위에 입술을 살며시 내려놓고 조심스럽게 물었다.

"괜찮아?"

서경의 눈이 가늘게 떠올려졌다. 그와 시선을 맞춘 서경이 엷은 미소를 지어 보였다. 수줍고 두려운 긴장감을 숨기지 않은 채 서경이 그의 손에 제 손을 겹쳤다. 그의 손을 타고 올라가 그녀가 직접 매듭을 툭 풀었다. 흘러내린 수건의 한쪽이 시트 위로 떨어졌다.

"물론이야."

싱긋이 웃으며 서경이 평소와 다름없는 시크함으로 답했다. 그에 은결의 입가에도 미소가 번졌다. 그가 서경의 몸을 휘감고 있는 수건을 우아한 손동작으로 껍질을 벗기듯 풀어냈다. 야릇한 눈빛으로 그녀를 응시하며 은결이 장난스럽게 말했다.

"그럼 우리 이제 즐겁고 신나게 게임 한 판 시작해 볼까?"

더 이상 망설일 이유가 없었다. 오늘은 자신을 둘러싼 모든 무게를 벗어던지고 오로지 은결에게만 집중하기로 했다. 그래서 서경은 편안하게 웃을 수 있었다. 그녀가 손을 뻗어 대범하게 그의 옷깃을 잡아당겼다. 가까이 다가온 은결의 얼굴을 뜨겁게 직시하며 서경이 도도하게 말했다.

"각오해야 할 거야. 난 오늘 풀타임으로 경기에 임할 거니까."

서경의 도전에 은결의 입가에 주체할 수 없는 기쁨의 미소가 떠올랐다.

"바라던 바야."

그가 마지막으로 그녀의 은밀한 부위를 덮고 있던 수건을 걷어냈다. 그와 동시에 서경이 그의 몸을 안고 굴렀다. 순식간에 그의 위를 차지한 서경이 한쪽 입가를 비스듬히 끌어 올리며 그의 티 안쪽으로 손을 밀어 넣었다. 그녀의 눈이 은밀하고 농염한 빛을 띠며 반짝였다.

"레디 고!"

서경이 단숨에 그의 티를 머리 위로 끌어 올렸다. 벗겨진 티가 허공을 날아 텐트 바닥으로 툭 떨어졌다. 그 위로 차곡차곡 은결의 옷들이 쌓였다.

은결의 입술에 제 입술을 겹친 서경이 손으로 그의 얼굴을 섬세하게 더듬어 내렸다. 뜨거운 열기가 느껴지는 귓불과 여자와 다른 두꺼운 목, 그와 이어진 쇄골로 서경이 손을 나긋하게 움직였다.

가만가만 쇄골을 쓰다듬는 서경의 손길에 은결의 가슴이 크게 부풀어 올랐다. 그다음으로 이어질 손의 행보에 대한 기대감이 그의 가슴을 들뜨게 했다. 손끝이 부리는 마법에 그가 점점 빠져들고 있었다.

톡톡. 서경이 쇄골에서 손을 내려 곧장 그의 가슴 위 돌기를 자극했다. 은결의 입술을 놓아주고 서경이 그의 가슴을 가만히 내려다보았다. 가벼운 터치에 돌기가 꼿꼿하게 몸을 일으켰다. 은결의 유두는 조그마한 원두를 닮았다. 저걸 먹으면 어떤 맛이 날까? 문득 궁금해진 서경이 혀로 그것을 핥았다.

"아아. 음."

은결이 서경의 척추를 따라 움직이던 손길을 멈추고 그녀를 꽉 끌어안았다. 나른한 숨결이 그의 입술에서 새어 나왔다. 전혀 예상치 못한 반격이었다. 서경이 섹스에 관해서도 이렇게 화끈하고 대범한 여자인 줄은 알지 못했다. 색다른 경험에 은결의 머리끝에서 발끝까지 짜릿한 전율이 흘렀다.

그녀의 입술이 은결의 유두를 덮쳤다. 딱딱해진 유두를 빨았다가 이로 살짝 깨물기도 했다. 자그마한 녀석이 자극에 일일이 반응하는 게 신기한 모양이었다. 은결이 깊게 숨을 들이쉬며 서경의 머리 위로 손을 내려 부드럽게 쓸었다. 손가락 사이사이로 흘러내리는 머리카락의 감촉이 야릇한 감성을 불러일으켰다. 온몸의 감각이 예민하게 살아났다. 서경이 주는 아찔한 자극으로 인해서.

더 이상 참을 수가 없었다. 은결이 그녀의 몸을 안아 뒹굴었다. 순식간에 그녀가 은결의 아래에 깔렸다. 서경이 눈을 몽롱하게 내려뜨고 그를 응시했다. 그녀의 눈동자가 조금은 도발적이고 섹시한 빛깔로 반짝거렸다. 야릇하고 몽환적인 신비로움이 서경의 여체에서 느껴졌다.

그가 서경의 이마에 입을 맞추고 입술을 부드럽게 머금었다.

"사랑해."

서경의 입술 안으로 감미로운 속삭임을 흘려낸 그가 환한 미소

를 머금었다. 사랑이라는 말로 부족한 이루 말할 수 없는 감정이
그의 심장 속에서 벅차게 소용돌이 쳤다.

아래로 몸을 물린 은결이 그녀의 매끈한 다리 위에 입술을 눌렀
다. 꽃잎을 따다 그녀의 몸에 꽃물을 들이듯 붉은 입술로 그가 그
녀의 몸 곳곳에 도장을 찍었다. 다리를 점점이 물들인 은결의 입
술이 그녀의 허벅지 위에 내려앉자 서경이 몸을 움찔 떨었다.

"괜찮아."

그가 부드럽게 그녀의 다리를 쓸며 다독거렸다. 긴장으로 굳어
진 서경의 몸을 위해 은결이 은밀한 부위를 두고 위로 올라왔다.
그가 그녀의 가슴을 예고도 없이 덥석 머금었다. 혹여 그가 자신
의 은밀한 부위에 입술을 대지는 않을지 신경을 곤두세우고 있던
서경이 순간 당황해 그의 어깨를 꽉 붙잡았다.

"앗."

달콤한 아이스크림을 먹듯이 은결이 그녀의 가슴을 핥았다. 서
경의 가슴은 세상 그 어떤 아이스크림보다 부드럽고 맛있었다. 소
프트한 느낌이 입술을 붙들고 놓아주질 않았다. 그 안에서 존재감
을 어필하며 꼿꼿이 일어선 서경의 유두가 은결의 입안을 톡톡 건
드렸다.

그 발칙한 유두를 은결이 혀로 말아 휘감았다. 한껏 입술을 모
아 빨다가 이로 살짝 깨물었다. 서경이 제 것을 그랬듯이. 아찔한

자극에 서경이 몸을 꿈틀거렸다. 그 몸을 지그시 누르며 은결이 손으로 다른 가슴을 덥석 쥐었다. 은결의 큰 손 가득 서경의 가슴이 잡혔다. 주무르는 대로 서경의 가슴이 짓이겨졌다.

시트를 쥔 서경의 손이 꽉 움켜쥐어졌다. 은결이 그 틈에 손을 아래로 내렸다. 서경의 거뭇한 수풀을 어루만지자 다리가 반사적으로 모아지려 했다. 은결이 그녀의 다리 사이에 제 다리를 넣어 벌려놓았다. 미끄러지듯 둔덕을 타고 흐른 손이 갈라진 부위를 파고들어 그녀의 클리토리스를 부드럽게 쓸었다.

"자, 잠깐만."

서경이 손을 뻗어 그의 어깨를 잡고 밀었다. 은결이 움직임을 멈추고 서경을 응시했다. 서경이 달뜬 얼굴로 입술을 살짝 벌려 거친 숨을 몰아쉬었다.

"하아. 하아."

그녀의 몽환적인 눈동자가 그의 얼굴을 담아냈다. 깊게 심호흡을 한 뒤 서경이 그의 어깨에서 손을 거뒀다. 그녀의 손이 그의 머리카락 사이를 파고들었다. 부드럽게 어루만지는 손길에 은결의 입가에 미소가 피어올랐다.

"고마워."

음핵이 은결의 손끝에 닿았다. 조심조심 그것을 가볍게 터치하며 자극하자 서경이 허리를 꿈틀거리며 몸을 뒤챘다. 다리 안쪽

예민한 서경의 살이 파르르 떨렸다.

은결이 상체를 세워 앉으며 그녀의 무릎을 잡아 부드럽게 벌렸다. 그 사이를 파고들며 은결이 뜨거운 눈빛으로 서경을 응시했다. 서경이 잘근 아랫입술을 깨물었다. 그가 뭘 하려는지 알 것 같아서였다.

그가 입술을 그녀의 은밀한 부위 위에 내려놓았다. 수풀과 함께 두툼한 둔덕을 한입 머금었다. 그리곤 그 사이로 혀를 넣어 클리토리스를 할짝거렸다. 움찔움찔. 본능적으로 서경의 무릎이 모아지려 했다. 그가 서경의 한쪽 허벅지 위에 손을 내리고 살며시 눌렀다. 절로 그녀의 다리가 벌어졌다.

은밀한 꽃잎 사이사이를 헤집고 들어간 혀가 음핵과 그 안쪽 여린 살을 세심하게 핥으며 파고들었다. 혀가 들어오자 질 안쪽에서 울컥하고 뭔가가 흘러내리는 게 느껴졌다.

애액이 흘러 그의 혀에 닿았다 그것을 맛본 은결의 입술이 매끄럽게 올라갔다. 그가 더 깊이 그녀의 꽃잎 안쪽을 탐했다. 그가 주는 자극에 울컥이며 연신 애액이 흘러넘쳤다.

촉촉이 젖은 꽃잎에 흡족한 미소를 머금은 은결이 이미 단단해질 대로 단단해져 아프기까지 한 자신의 중심을 그녀의 꽃잎 입구에 댔다. 페니스에 서경의 애액이 묻었다. 그가 자신의 페니스를 그녀의 예민하고 은밀한 부위에 대고 문질렀다.

"아아. 으으음."

서경의 솔직한 신음에 그가 조심스럽게 자신의 페니스를 질 속에 밀어 넣었다. 서두르지 않고 천천히 그가 페니스를 움직였다. 낯선 것에 대한 경계심을 보이며 그녀의 질이 그의 페니스를 조여왔다.

그가 그녀의 귀에 입술을 대고 귓바퀴를 혀로 핥았다. 그의 나른한 신음이 뜨거운 숨결과 함께 서경의 귓속을 파고들었다.

"괜찮아. 긴장하지 마. 서경아. 응? 나 좀 받아줄래?"

어르고 달래는 은결의 달콤한 부탁에 서경의 다리가 긴장을 서서히 풀어냈다. 좁디좁은 질이 조금은 느슨하게 풀어진다고 느껴지자 은결이 페니스를 쑥 밀어 넣었다.

"아윽."

"아파?"

"조금. 하아. 괜찮아. 아니. 괜찮은 거 같아."

서경이 고개를 끄덕여 그를 안심시켰다. 계속해도 좋다는 뜻을 담아 서경이 부드럽게 그의 등을 어루만졌다. 그가 아주 천천히 허리와 엉덩이를 움직였다. 그녀에게 최대한 부담이 덜 가도록 인내하고 인내하며 완급을 조절했다.

얼마 안 가 그녀의 안에서 꿀물이 넘쳐흘러 그의 페니스를 흠뻑 적셔놓았다. 그가 완벽한 결합으로 부드러워진 그곳을 손으로 더 들었다. 손끝에 촉촉하게 애액이 묻어났다. 번들거리는 그것을 은결이 혀로 핥았다.

지켜보던 서경의 볼이 화끈 달아올랐다. 그런 서경을 사랑스럽게 내려 보며 은결이 그녀의 입술을 머금었다. 묘한 맛이 은결의 입술을 통해 서경의 입안을 물들였다. 은결의 허리 놀림이 빨라질수록 둘의 호흡도 격해졌다. 절정으로 치닫는 몸의 열정에 온몸에서 불꽃이 일었다.

서경이 바들거리며 몸을 뒤챘다. 엉덩이가 높이 들렸다가 움찔거리더니 풀썩 아래로 처졌다. 환희와 열락이 그녀의 몸을 물들였다.

"하아. 하아."

"흐음. 하아."

거친 숨소리가 난무한 가운데 은결이 질끈 눈을 감고 그녀의 몸을 힘껏 끌어안았다. 한차례 은결의 몸이 부르르 떨렸다. 그녀가 먼저 절정을 맞이하고 그가 만족스럽게 섹스의 끝을 장식했다.

"좋다. 너랑 하는 섹스. 하아."

"미 투."

은결의 만족스런 나른한 목소리에 서경도 웃으며 동조했다.

3박 4일 그들에게 주어진 단둘만의 시간 동안 아마도 이와 같은 밤과 낮이 계속 이어질 것만 같았다. 도시의 밤보다 더 아름답게 별이 빛나는 하늘과 신비로움을 간직한 바다가 그들의 사랑을 한층 더 뜨겁고 열정적으로 만들어줄 것이다.

　휴가를 마치고 며칠 만에 정우의 가게를 찾았다. 정우는 서경을 보자 환한 미소로 그녀를 반겼다.

　"휴가 다녀오셨다면서요."

　"네. 어쩌다 보니 그렇게 됐어요. 잘 지내셨죠?"

　"아니요."

　서경의 인사에 정우가 웬일로 불퉁하게 답했다. 원래 이런 사람이 아닌데 왜 이럴까 하며 서경이 고개를 갸웃했다. 서경이 걱정스럽게 바라보자 정우가 피식 웃으며 표정을 풀었다.

　"최고 거래처가 쉬는 바람에 4일 동안 파리 날렸어요. 불퉁할 만하죠?"

　"아이코 이런. 오빠가 미리 말 안 했나 봐요."

　서경이 미안함을 담아 말했다. 그에 정우가 손을 내저었다.

　"아니에요. 말했어요. 그냥 서경 씨를 며칠 못 봐서 서운한 마음에 그런 거예요. 농담이에요. 농담."

　"에? 사장님도 그런 농담 할 줄 아세요?"

　"왜요? 전 농담하면 안 되나요?"

　"아니. 그게 아니라."

서경이 머리를 긁적이며 배시시 웃었다. 정우도 피식 웃으며 미리 준비했던 박스를 내밀었다.

"나 원래 실없는 농담 잘하고 그래요."

"아, 그렇구나."

"거래 오래할 건데. 오빠랑 친구도 먹었는데. 너무 무관심한 거 아니에요?"

"그랬네요. 인정. 앞으로는 신경 쓰도록 하겠습니다."

깍듯이 제 잘못을 인정하며 서경이 휴대폰을 꺼내 메모를 했다.

"하정우 사장님. 생각보다 뒤끝 김. 아재 개그를 실없는 농담이라고 우김."

메모를 입으로 하는 서경을 보며 정우가 멀뚱히 눈을 깜빡거렸다. 그러다 고개를 들고 히죽 웃는 서경에 저도 웃음을 터트렸다. 역시 이런 식의 말장난은 서경 남매가 자신보다 한 수 위였다.

"어디 가시나 봐요?"

가게 문이 닫힌 걸 보고 서경이 물었다. 가게 앞 좌판에도 물건이 하나도 없었다. 서경네 것 말고는 꺼내놓은 게 애초에 없는 것 같았다.

"아, 오늘 누굴 좀 만나러 가거든요."

"일도 접고 어디를 가실까? 애인 생겼어요? 데이트?"

서경의 물음에 정우가 어깨를 으쓱했다. 웃는 얼굴이 어딘지 모르게 쓸쓸해 보였다. 만나러 가는 사람이 애인은 아닌 모양이었다. 괜히 머쓱해진 서경이 볼을 붉혔었다. 정우가 자신을 너무 빤히 쳐다보고 있었다.

한참을 말없이 서경의 얼굴을 바라보던 정우가 문득 입을 열어 물었다.

"혹시 시간 되면 같이 가줄 수 있어요?"

"네? 제가요?"

"바빠서 곤란한가?"

이런 식의 부탁을 단 한 번도 한 적이 없던 정우였다. 그대로 거절하기가 미안해 서경이 시간을 확인했다.

"오래 걸리나요?"

"괜찮아요. 못 들은 걸로 해요. 제가 괜한 소릴 했어요."

"아니에요. 가요. 두 시간 정도는 뺄 수 있어요. 그 안에 되면 같이 가도 좋아요."

손을 내저으며 괜찮다고 말하는 정우의 손을 서경이 덥석 붙잡았다. 어쩐지 오늘은 그와 잠시라도 같이 있어줘야 할 것 같았다. 그녀의 걱정스런 눈빛에 정우가 매끄럽게 입가를 끌어 올렸다.

"고마워요. 한 시간 정도면 충분할 거예요."

둘은 박스를 챙겨 들고 그의 트럭으로 함께 걸어갔다. 오빠 친구에 거래처 사장. 가게의 단골손님이 될 그를 이대로 외면하면 안 될 것 같아 서경은 그의 부탁을 들어주기로 했다.

차에 오르자 정우가 시동을 걸며 말했다.

"내 동생 보러 가려고요. 천사 동생."

천사라는 단어가 이렇게 슬프고 쓸쓸하게 느껴지는 건 처음이었다. 싸한 슬픔이 그녀의 가슴을 파고들었다. 이런 예감은 별로 좋지 않았다.

"5년 전에 동생이 사고로 세상을 떠났어요. 아이들 가르치는 게 좋아서 유치원 선생님이 됐었는데, 자기 반 애를 구하려다가 유치원 차에 치였죠. 크게 다친 게 아닐 거라고 생각했어요. 차가 속도를 많이 내지 않은 데다가 외상도 크지 않아서. 차에 부딪쳐 바닥에 머리를 부딪치긴 했는데 곧 정신을 차려서 괜찮을 거라 생각했죠."

"저런."

차를 몰며 정우가 자신의 동생에 대한 이야기를 풀어냈다. 룸미러에 매달린 사진이 가볍게 흔들렸다. 사진 속 그와 함께 찍힌 여동생은 환한 미소를 머금고 있었다. 청순하고 어여쁜 아가씨였다. 안타까웠다 저렇게 고운 사람이 그런 일을 당했다는 게.

정우의 말이 주는 불안감이 서경은 제발 기우이기를 바랐다. 그가 차를 멈춘 곳은 바다를 닮은 호수였다. 차에서 내리며 그가 뭔가를 챙겨 들었다. 뒷좌석에 두었던 꽃이었다. 새하얀 국화 대신 정우는 노란 장미를 준비했다.

호숫가에 멈춰 선 정우가 노란 장미 하나를 빼내 물 위로 던졌다.

"머릿속 혈관이 터진 걸 몰랐어요. 일상생활을 하는 데 아무런 지장이 없어서 생각조차 못했죠. 그러다 그 일이 생겼어요. 두통 때문에 몸을 가눌 수 없었던 동생이 유치원 옥상에서 이불을 널다 발을 헛디뎠죠. 비틀거리다 넘어졌는데 일어나질 못했어요. 그렇게 쓰러져 병원으로 실려 갔고 때를 놓쳐 수술조차 못하고 숨을 거뒀죠. 그때가 스물다섯이 되던 해였어요."

슬픈 예감은 언제나 이런 식으로 사람을 아프게 만든다. 서경은 가슴이 묵직하게 내려앉는 것을 느꼈다. 처음 동생의 사진을 볼 때부터 뭔가 사연이 있겠구나 싶었었다. 서경이 깊은 한숨을 내셨다. 그녀의 죽음이 안타까웠고, 그런 동생을 아끼고 사랑했을 정우의 마음이 안쓰러웠다.

"그 아이 이름은 엠마. 세례명이에요. 유모, 사랑받는 자라는 뜻이죠."

"참 예쁜 이름이네요."

"그 애한테 딱 어울리는 이름이었죠."

노란 장미가 하나둘 호수 위로 떠올랐다. 서경이 그에게 조심스럽게 손을 내밀었다.

"저도 하나 보내줘도 괜찮을까요?"

"물론이죠."

정우가 장미 한 송이를 건넸다. 서경이 마음을 담아 꽃을 수면 위로 던졌다. 먼 곳에서도 행복하기를 기도하며 둘은 그곳에 한참을 머물러 있었다.

"이거 마셔요."

정우가 자판기에서 음료를 빼와 서경에게 건넸다. 호수 근처 벤치에 앉아 있던 서경이 고맙다며 음료를 받아 들었다.

"궁금하죠?"

음료를 따며 정우가 뜬금없이 물었다. 서경이 그를 돌아보며 반문했다.

"네? 뭐가요?"

"내가 서경 씨 여기로 데려온 이유요."

"아."

조금 의아하긴 했었다. 왜 이런 곳에 자신을 데려왔을까. 선뜻 이해가 가지 않았던 것도 사실이었다. 사람은 누구나 자신의 아픔을 쉽게 드러내지 않는다. 특히나 가족에 관한 것은 긴밀한 사이가 아니면 절대 꺼내놓지 않는 게 사람들의 특징이었다. 그런데 오늘 정우는 가슴 깊이 묻어두었던 아픔의 파편 한 조각을 그녀에게 내비쳤다.

자신을 그만큼 신뢰한다는 뜻일까? 한경 오빠의 동생이라서? 친구의 동생이니 자신의 동생처럼 느껴졌을 수도 있었다. 더불어 그녀로 인해 엠마가 떠오르고 보고 싶어졌을지도 몰랐다.

서경은 사람에게 섣불리 측은지심을 가지지 않았다. 자신이 불쌍하게 보이는 걸 원하는 사람은 그리 많지 않으니까. 오히려 불쾌하게 생각할 수도 있었다. 그래서 정우에게도 그런 마음을 갖지 않으려 했다.

사람은 누구나 죽지만 그 대상이 자신과 가까운 사람일 때는 쉽게 그 말을 할 수가 없었다. 그는 불쌍하지 않았다. 하지만 슬펐다. 서경은 아련해지는 마음을 애써 진정시키며 평정심을 유지하려 했다. 그의 말을 듣기 전까지는 그랬다.

"보여주고 싶었어요. 엠마에게. 나 이제는 더 이상 외롭지 않다고. 내가 좋아하고 나를 좋게 봐주는 사람들이 함께 있으니 걱정하지 말라고."

"……."

"좋아해요, 서경 씨."

"저기. 사장. 아니, 정우 씨."

"제 말에 부담 갖지 마세요. 사람이 좋다는 거지, 서경 씨를 사랑한다는 건 아니니까."

"아, 죄송해요. 제가 혼자 김칫국을 원샷했네요."

"얼마든지. 그런 김칫국은 마셔도 괜찮아요."

서경이 엷게 웃으며 음료를 땄다. 그녀가 정말 음료수를 원샷으로 비워냈다. 정우가 그런 서경을 따스하게 바라보다 제 음료를 머금었다.

김칫국이 아니었다. 좋아하는 감정이 어느 순간 사랑으로 바뀔 수도 있는 거니까. 지금 자신이 서경에게 가지고 있는 호감이 이성으로서의 호감이라는 건 분명했다. 하지만 정우는 섣불리 마음을 드러내지 않았다. 서경의 표정으로 보아 그녀는 자신을 그렇게 여기지 않고 있음이 분명했다.

천천히 친해지다 보면 자연스레 감정이 생기겠지.

정우는 그렇게 생각했다. 한경에게 듣기로 지금 서경에겐 애인이 없었다. 스며들 듯 부담 없이 다가서 어느 순간 자신을 보게 하는 것 그게 정우의 작전이었다.

'엠마. 오빠 응원해 줄 거지?'

보석처럼 반짝이는 수면을 보며 정우가 마음속으로 엠마에게 말을 걸었다. 잔잔한 호숫가 위로 찬란한 햇살이 고요히 내리비치고 있었다. 그의 차분한 마음처럼.

늘 만남을 요구하는 건 오빠인 은결이 아니라 자신이었다. 그런데 오늘은 어쩐 일인지 은결이 볼일이 있다며 약속을 잡았다. 은주는 살다 보니 별일도 다 있다는 생각은 했지만 그렇게 이상하게 여기진 않았다. 평소처럼 맛있는 거나 얻어먹고 와야겠다는 가벼운 생각으로 은주가 극장을 나섰다.

9시가 조금 지난 시간이었음에도 극장 앞은 사람들로 북적거렸다. 은주가 흡족한 미소를 띠며 주차장으로 향했다. 약속 장소는 은결과 몇 번 가본 적이 있는 어묵 카페였다. 자신도 잘 알고 있던 현준 오빠의 와이프 친구가 한다는 곳이었다. 관계 설명이 조금 복잡하긴 했지만 그 친구가 지금은 오빠 친구이기도 했다.

이서경이라고 했던가? 은주와는 세 살 차이가 나는 언니였다. 언뜻 보기엔 미소년처럼 보이긴 했지만 자세히 보면 무척 곱게 생긴 아가씨였다. 은주는 서경의 털털하고 시원시원한 성격이 꽤 맘에 들었다. 그래서 몇 번인가 회사 동료들과 개인적으로 들른 적도 있었다.

서경은 물론이고 오빠인 한경도 단번에 그녀를 알아보고 살뜰하게 잘 챙겨주었다. 그래서 더 자주 가고 싶은 그런 곳이었다.

차를 오! 땡! 달구지 근처에 주차시키고 내리는데 익숙한 차가 그 옆에 멈춰 섰다. 은결의 차였다.

"언제부터 이렇게 정확했데? 시간 딱 맞춰서 왔네?"

은결이 차에서 내리며 손을 들어 인사를 대신했다.

"네가 이 오빠를 잘 몰라서 그러는데, 내가 원래 시간개념 하나는 아주 철저한 사람이거든."

"아유. 그러세요? 그래서 매번 10분은 기본으로 늦었구나. 난 또 일부러 늦게 오나 했더니, 오빠의 시계가 10분 느리게 흐르는 거였네."

"그랬지. 그런데 누가 고쳐 줬어. 다른 사람 시계랑 딱 맞게."

둘이 나란히 가게를 향해 걸어갔다. 은주가 그것 참 신통한 사람이라며 어떻게 고쳤냐고 물었다. 은결이 피식 웃으며 은주의 뒤통수를 살짝 때렸다.

"뭐지? 이 기분 나쁜 후려침은?"

은주가 미간을 곱게 찌푸리며 그를 흘겼다. 은결이 금방 은주의 뒤통수를 때렸던 손을 흔들어 보이며 능청스럽게 말했다.

"어떻게 고쳤냐고 물었잖아. 네 머리 친 거에 한 열 배는 더 강한 스매싱으로 고쳤다. 눈앞에 별이 아우. 정신이 확 들더라고. 너도 제대로 한번 경험해 볼래?"

"난 사절할게. 맞으면 배로 돌려주는 스타일이라."

"고대로 갚아주겠다고?"

"그러고 싶은데. 그럼 내 손이 아작 날 것 같아서."

은주가 가늘고 고운 손을 들어 우아하게 허공에서 흔들었다. 미간을 살짝 찌푸린 은결이 은주를 곱지 않은 시선으로 돌아봤다.

"그 뜻은."

"오빠 머리가 돌이라는 뜻."

"미안하다. 그 돌이 다이아라서."

화를 낼 줄 알았는데 은결이 여유롭게 받아쳤다. 은주가 느긋하게 문으로 손을 뻗는 그를 보며 낮게 휘파람을 불었다.

"야아. 우리 오빠 안 본 사이에 정신이 더 업그레이드 됐는데? 누구래? 대체 그 약발 죽여주는 손의 주인이?"

은결이 문을 열며 야릇하게 입가를 끌어 올렸다. 시끌벅적한 사람들의 목소리가 들려오고 맛있는 냄새가 확 풍겨왔다. 절로 입안에 군침이 돌 정도였다. 알싸한 알코올 냄새는 덤이었다.

은주의 눈이 반짝 빛났다. 오랜만에 공짜로 포식도 하고 술도 마시고 횡재했다. 기대감으로 부푼 가슴을 안고 안으로 발을 들이는 은주의 귀로 반가운 인사가 들려왔다.

"은주 씨? 오랜만이네요?"

"여어, 오늘은 남매가 같이 왔네. 반가워요."

언제 들어도 좋은 서경 남매의 목소리에 은주가 신나게 손을 흔들었다.

"언니, 오빠 잘 지내셨죠?"

그들에게로 다가서는 은주를 제치고 성큼성큼 걸어간 은결이 덥석 서경을 부둥켜안았다. 반가움의 표현이 참 격하다고 느낀 건 비단 은주만은 아니었던 듯하다. 서경이 미간을 좁힌 채 그를 밀어냈다. 한경은 둘의 모습에 옅은 미소를 터트리며 고개를 절레절레 흔들었다. 저러다 또 맞지 하는 표정을 짓고 있었다.

"이그. 오빠 꼭 사람을 그렇게 괴롭히면서 애정표현을 하고 그러더라. 좋아하면 좋아한다고 말을 하면 되지."

은경이 둘 앞으로 다가오며 은결에게 핀잔을 줬다. 그럼에도 은결은 서경을 옆구리에 바짝 당겨 안으며 그녀의 머리를 장난스럽게 부스스 헝클었다. 서경이 한숨을 푹 내쉬는 게 보였다. 정말 서경의 표정이 말하듯이 저러다 맞겠다 싶어 은주가 말리려 할 때였다.

"여기 있네. 내 인생의 다크호스."

은결이 서경을 사랑스러운 눈길로 바라보며 말했다.

"어?"

은주의 반문에 은결이 환한 미소를 띠었다. 그가 서경의 손을 잡아 올려 흔들었다.

"이 손이 바로 그 손이라고."

자신의 뒤통수와 서경의 손을 번갈아 가리키며 은결이 약발이라고 입모양으로 말했다. 그제야 은주는 그의 말이 무슨 뜻인지 알아챘다. 은결의 뒤통수를 쳐서 정신이 번쩍 들게 만든 사람이 바로 서경이었다.

"역시. 그럴 줄 알았어. 오빠가 친구 하나는 기가 막히게 잘 만났다니까."

은주가 서경을 향해 엄지를 척 내밀었다. 영문을 모르는 서경이 의아해하며 은주와 은결을 돌아보았다. 은결이 그녀의 귀에 입술을 대고 낮게 소곤소곤 귓속말을 했다. 은결이 무슨 말을 했는지 서경이 훗 하고 가볍게 웃었다. 그녀가 은결에게 손을 뻗자 그가 머리를 낮춰주었다.

"필요하면 말해. 언제든지 풀 스윙으로 때려줄라니까."

은결의 뒷머리를 어루만지며 서경이 말했다. 과격한 말과 달리 말투와 손길은 상당히 부드러웠다. 그 모습을 보며 은주는 뭔가 이상한 느낌을 받았다. 예전과 뭔가가 달라졌는데 그게 뭔지 알 것도 같고 모를 것도 같고. 기분이 묘했다.

"우리 여기 앉을게."

은결이 한경의 바로 앞에 자리를 잡았다. 은주를 앉히고 그가 직접 냉장고로 가 소주와 잔을 챙겨왔다. 그리곤 한경에게 부탁하지도 않고 그릇을 들어 어묵을 골라 담았다. 하는 폼이 자기 가게 같았다. 친구니까 그럴 수도 있지. 은주는 그렇게 생각하고 넘겼다.

술자리는 가게가 파한 후에도 계속 이어졌다.

가게 문을 닫고 넷만 단란하게 남았다. 테이블 하나에 둘러앉아 한경의 특제 어묵탕을 가운데 두고 술을 주거니 받거니 했다. 화기애애한 분위기가 이어졌다. 소소한 이야기들이 술과 함께 오고 갔다.

"아참. 오빠 나한테 할 말 있다고 하지 않았어?"

뒤늦게 오늘 만난 이유가 생각난 은주가 은결을 돌아보며 물었다. 은결이 술잔을 기울이다 한 모금을 머금고 내려놓았다. 그가 은주에게로 고개를 돌렸다.

"맞아. 그랬어."

"그런데 왜 아무 말도 안 해?"

"내가 안 했나?"

"응. 아무 말도 안 했는데."

남매의 대화에 끼어들지 않으려 서경과 한경은 계속 안주와 술을 들었다. 한경이 반 이상 비워진 어묵탕을 보며 자리에서 일어났다. 다른 안주거리를 마련해 오기 위해서였다. 이제 본격적인 주제가 나온 걸 보니 아무래도 이야기가 길어질 것 같았다.

"했는데. 왜 못 들었다고 하지?"

"응? 언제?"

"아까. 내가 서경이를 이렇게 껴안고 말했는데."

은결이 서경의 허리를 감싸 바짝 끌어당겼다. 그리곤 그녀를 두 팔로 힘껏 껴안았다.

"윽."

단말마의 신음이 서경에게서 새어 나왔다. 그녀의 손에 들려 있던 잔이 출렁거리는 틈에 술이 손으로 흘러내렸다. 서경이 급히 술잔을 입으로 가져가 술을 비워냈다. 아까운 술 버릴 뻔했다. 그녀가 잔을 내려놓는 사이에도 은결은 애정표현을 서슴지 않았다. 그녀의 머리에 제 얼굴을 올려놓고 껴안은 몸을 흔들었다. 좋아 죽겠다는 몸짓이 확연했다.

"뭐지? 이 괴상망측한 포즈와 얼굴은?"

어묵탕으로 향하던 숟가락을 허공에 둔 채로 은주가 믿을 수 없다는 듯 말했다. 가던 발길을 멈춘 한경의 표정도 그와 다르지 않았다. 술이 많이 취했나? 한경은 은결의 주사가 어땠나를 떠올렸다. 보통은 해롱거리며 말을 많이 하다 그대로 푹 쓰러져 자곤 했다. 전에 없던 새로운 형태의 주사였다.

"어묵탕이 잘못됐나?"

술이 아니면 먹은 것이 이상한 건데, 같이 먹은 다른 사람이 괜찮은 걸 보면 그것도 아닌 것 같고. 대체 뭘까? 뭐가 저놈을 저렇게 실성 모드로 만들어놓은 걸까? 테이블 쪽으로 돌아선 한경이 팔을 올려 턱을 괴곤 은결의 행태를 관찰했다.

일단 재미는 있었다. 그리고 신기했다. 서경이 놈을 가만히 두고 있다는 사실이.

'호오. 저것들. 뭐가 있는데?'

3박 4일의 휴가를 보내고 돌아왔을 때 둘의 기분은 무척 좋아 보였다. 정말 푹 쉬고 온 모양이라고 생각했지만 서경은 그날 하루 종일 잠만 잤다. 그토록 열정적으로 임하던 장사는 신경도 쓰지 않고. 아니, 신경을 쓸 정신이 없었을 것이다. 한경이 전화를 해도 받지 않고 잠만 잤으니까. 혹시 무슨 일이 있나 하고 집으로 찾아갔을 때, 죽은 듯 널브러져 코를 골고 있는 서경을 발견했다. 대체 뭘 하고 왔기에 아무리 깨워도 모르고 잠만 자는지 의아했었다.

  애인 만들어 오랬더니 다른 사람을 만나는 것 같지도 않았다. 티격태격 초딩처럼 지내던 둘 사이가 더 돈독해진 것 외에는 별다른 것은 없었다. 그래도 우정 하나는 더 깊어졌다 하고 생각했는데. 지금 보니 그 이상이었다. 둘 사이에 감정의 변화가 생긴 게 확실했다.

  "내가 아주 잘했네."

  억지로 휴가를 보낸 자신에게 한경이 기특하다 칭찬을 했다.

  "말했잖아. 이서경이 내 인생의 다크호스라고."

  은결이 만면에 미소를 띠우며 은주를 향해 단정적으로 말했다. 그 의미심장한 말에 은주가 작게 휘파람을 불었다. 천하의 바람둥이라고 소문난 김은결이었다. 사실은 아직 진정한 사랑을 못 만나 안주하고픈 마음이 없어 그런 것인데 사람들은 간혹 착각을 하곤 했다. 물론, 위트 넘치고 능글맞은 그의 성격이 그에 한몫을 하기도 했다. 여러 여자에게 친절한 그의 잘못도 있었다. 여자들을 착각하게 만들었으니까.

"인생 참 피곤하게 되셨네요."

측은한 눈빛을 하고 한숨을 푹 내쉬며 은주가 서경에게 말했다. 축하한다는 말 따위는 어울리지 않았다. 철부지 오빠를 부탁한다는 멘트도 필요 없었다. 이 순간 가장 중요한 건 김은결에게 낚인 서경의 인생이었다. 어쩌다 저런 놈에게 낚이셨냐는 말이 목구멍까지 튀어나왔지만 은주는 꾹 눌러 참았다. 그 말을 했다간 극장 최고의 멤버십 회원인 은결을 잃을 수도 있었다. 은주는 계산에 능한 커리어 우먼이었다.

"아, 그게. 어쩌다 보니."

제 머리 위에 올려진 은결의 얼굴을 치우기 위해 고군분투하던 서경이 어색한 미소를 지어 보였다. 그냥 친구 동생으로 볼 때와 지금의 은주는 좀 달랐다. 어떻게 대해야 하나 조금 고민이 되었다.

"말이 이상하다? 그거 아니잖아. '언니, 축하해요.' '아가씨, 고마워요.' 이거지."

둘의 대화에 불만을 제기하며 은결이 불퉁거렸다. 서경이 은결의 머리를 밀어냈다. 새침한 표정으로 다시 기대려는 은결의 머리를 검지로 막아내며 서경이 눈에 힘을 줬다.

"닳는다. 그만 좀 해."

"그동안 못했던 거 다 할 거야."

"보는 눈 많다."

"어디. 우리 빼고 네 개밖에 없는데? 보면 더 좋은 눈들이고."

능글맞고 뻔뻔스러운 은결의 말에 서경과 은주가 절레절레 고개를 저었다. 한경은 피식 웃음을 터트렸다. 사랑을 하면 유치해진다더니. 그게 은결의 경우엔 조금 더한 것 같았다. 떼쟁이 아이같이 구는 은결의 행동에 웃음이 나면서도 아이러니하게 믿음도 생겼다. 저놈이라면 우리 서경이 맡겨도 되겠구나 하는.

대리를 불러 은주가 먼저 자리를 떴다. 서경과 은결은 걸어서 간다며 길을 나섰다. 명목은 술을 깨기 위해서라는데 얼핏 봐도 다른 의도가 있음을 알 수 있었다. 서경을 데려다주며 둘만의 데이트를 즐기려는 모양이었다.

"자식들 솔직하게 말해도 되는데 말이야."

홀로 남은 한경이 밤하늘을 올려다보며 팔짱을 꼈다. 내일 비가 올 거라는 일기예보가 거짓말인 것처럼 별들이 참 많이도 반짝거렸다. 이런 날은 담배가 간절히 떠올랐다. 담배를 끊은 지가 언젠데.

요식업을 시작하면서부터 그는 담배를 끊었다. 음식을 만드는 사람의 몸에서 담배 냄새가 나면 안 된다는 확고한 생각에 그 어렵다는 금연을 단칼에 해냈다. 물론, 그것 때문에 살이 찌긴 했다. 살짝보다는 조금 많이. 한동안 살을 뺀다고 또 무던히 노력을 했었다. 노력이 아까워서라도 절대 담배는 다시 피지 않을 거라 한경은 다짐했다.

"아휴. 오늘따라 유독 그놈이 그립네. 좋은 의미로다가."

서경이 왜 남자를 사귀지 않았는지 한경은 잘 알고 있었다. 자신이 결혼에 실패하지 않았다면 아마도 서경은 벌써 사랑을 하고 그녀의 바람처럼 아이도 낳았을 것이다. 축구팀을 결성할 만큼.

한경의 사랑이 아픔으로 남겨진 건 서로의 사랑이 부족해서가 아니었다. 그저 양가의 견해 차이와 살아온 삶의 환경이 너무나 달라서였다. 그의 아내는 대기업 회장의 고명딸이었다. 그는 그 회사의 경호팀을 진두지휘하던 경호실장이었다. 어디로 튈지 모르는 철부지 딸을 공항에서 집까지 얌전히 데려오라는 지시를 받고 한경이 몸소 그녀를 마중 나갔다. 5년의 긴 유학 생활을 끝내고 귀국하는 길이었다. 한국 생활이 그리웠을 테고 친구들과의 재회도 간절했을 것이다.

공항에서의 만남은 실패했다. 집에서 누군가를 보냈을 거라 예상한 그녀가 변장을 하고 공항을 빠져나가 버렸다. 그녀를 찾기 위해 한경은 퇴근도 마다하고 매달렸다. 3일 만에 그녀의 위치를 알아냈다.

카드가 실시간으로 긁히고 있었는데 주로 클럽들이 밀집한 유흥가에서 결제가 이뤄지고 있었다. 시끄러운 소음이 난무하는 클럽 안에서 한경은 그녀를 단박에 포착했다. 무대 위 단독 조명을 받으며 춤을 추고 있는 그녀의 얼굴이 그의 눈에 들어온 것이다. 지겹도록 사진을 봤다. 어디서든 한눈에 알아볼 수 있도록 다양한 각도 화장에 따라 변하는 얼굴. 수없이 많은 사진을 보고 또 봤다. 나중에는 마치 그녀가 눈앞에 있는 것처럼 사진의 이미지가 또렷이 각인되었다.

무대로 다가가 손을 내밀었다. 최대한 정중히. 그 손을 내려다보며 그녀가 야릇한 미소를 지어 보였다. 그녀의 시선이 그의 온몸을 훑어 내렸다. 머리끝에서 발끝까지 천천히 세밀하게. '마침 지겨웠는데. 잘됐네. 가자.' 그녀가 그의 손을 잡았다. 내려오기 쉽게 리드를 해줄 요량으로 내민 손을 잡고 그녀가 그를 끌어당겼다.

다른 손이 그의 목을 휘감았다. 그리곤 다음 순간 그녀가 그의 입술을 덮쳤다. 과감하고 발칙하게. 도둑키스를 한 그녀가 그의 어깨에 두 팔을 올렸다. 한경의 예리한 눈빛을 도도하게 마주하고 그녀가 싱긋이 웃었다. 그녀가 말했다. '당신, 나랑 연애할래?' 왜 그랬을까? 지금 생각해도 한경은 자신의 행동을 이해할 수 없었다. 그녀를 번쩍 안아 바닥에 얌전히 내려두고 그가 그녀의 손목을 붙잡았다.

'그러자. 연애해.'

아주 가볍게 그런 말을 하곤 그녀를 품에 안고 클럽을 빠져나왔다. 그 뒤로 둘의 사랑은 거짓말처럼 이어졌다. 둘은 영화나 드라마처럼 정말 드라마틱한 사랑을 했고 어렵게 결혼도 했다. 이 사람 아니면 죽을 거라는 딸의 협박에 못 이겨 그녀의 부모가 반강제로 허락을 했었다.

하지만 결혼과 연애는 달랐다. 결혼 생활이 계속될수록 부딪치는 일이 많았다. 사람을 부리는 것에 익숙한 집안이었다. 태어나 설거지 한 번을 해본 적이 없던 딸이 혹여 시댁에 가서 허드렛일을 할까 봐 그녀의 친정에선 늘 사람을 붙여 감시 아닌 감시를 했다. 한경은 다른 건 다 참을 수 있었지만, 자신의 가족을 무시하는 듯한 발언과 대우는 도저히 참을 수가 없었다.

그래서 그가 먼저 헤어지자고 했다. 자신의 사랑에 가족의 희생이 밑바탕이 되는 일은 결코 있어선 안 되었다. 아내의 부모가 했던 말처럼 고작 몸으로 먹고사는 천한 인생인 주제에, 성에 사는 공주님을 함부로 탐하면 안 되는 거였다.

그녀를 놓아준 것에 대해 후회는 없었다. 그녀는 변함없이 고혹적이고 도도하며 아름다웠다. 그래야만 사는 여자였다. 자신이 있는 곳에선 절대 행복할 수 없는 그런 공주님이었다. 이한경의 그녀는.

"모두가 똑같은 건 아니니까. 그렇지? 김은결?"

멘탈이 강한 녀석이었다. 그만큼 자립심도 강하고. 무엇보다 자신의 여자를 행복하게 해줄 수 있는 그런 녀석이었다. 그가 봐온 김은결은.

한경이 기지개를 크게 켜며 찌뿌둥한 몸을 풀었다. 담배를 끊는다는 명목으로 마구잡이로 음식을 먹었던 건 어쩌면 자신을 망가트리고 싶은 마음 때문이었을 것이다. 몸 관리 하나는 철저했던 그가 살이 찌기 위해선 자신을 놓는 수밖에 없었다.

참 튼튼한 줄 알았다. 몸도 마음도. 그런데 둘 다 그를 배신했다. 그중 마음이 가장 큰 배신을 했다.

부디, 서경만은 자신과 같은 아픔을 겪지 않기를. 한경은 가게로 들어서며 하늘 가득 반짝이는 별에게 기도했다.

Hot Place

에필로그 5

"그러니까, 글램핑장 뒤쪽에 내려달라는 말씀이시죠?"

여행사 직원이 의아한 눈빛으로 되물었다. 왜 굳이 30여 분을 걸어야 하는 곳에 내려달라는 건지 의도를 알 수가 없었다. 여행 상품의 컨셉은 '무인도. 그리고 연인과의 달콤한 하룻밤'이었다. 그런데 지금 이 고객은 사서 고생 코스를 마련해 달라고 요구 중이었다.

등장부터 심상찮더니 역시나 말하는 거나 행동도 요상했다.

실내에서 선글라스를 끼는 건 그래 멋이라고 치자, 여름의 길목에 선 더운 날씨에 바바리코트를 입고 목깃을 세운 건 좀 오버였다. 게다가, 간단히 예약을 확인하러 온 자리에 007 가방까지 등장시키는 건 굉장한 오버였다.

영화가 사람 하나를 바보로 만들었네그려.

속으로 어떤 생각을 하든 여행사 직원의 얼굴에 장착된 영업용 미소는 지워지지 않았다. 그가 상당한 어투로 다시 물었다.

"벌레가 많은 무인도로 선정해 달라고 하셨는데, 이것도 맞으신가요?"

"네. 가능하면 보고 기겁할 정도로 큰 벌레가 등장하면 좋겠네요."

"아, 네."

별 희한한 요구사항을 다 들어봤지만 이런 케이스는 또 처음이었다. 걱정스러운 마음에 직원이 주의사항을 되새겨 주었다.

"요구하신 조건으로 인해서 불가피한 상황이 발생할 경우 고객님께서 전적으로 책임을 지셔야 하는데. 이건 숙지하고 계신가요?"

혹여 그런 일이 생기면 자신들에겐 책임이 없다는 조항을 재차 확인시키는 직원을 은결이 빤히 응시했다. 그가 뭔가를 고심하는 듯하더니 은밀한 목소리로 말했다.

"물려도 죽지 않는 벌레로 부탁드립니다."

여행 당일. 은결의 부탁대로 그들은 원래의 목적지의 반대편 모래사장에 내려졌다. 보트 운전기사가 미러로 넋을 놓고 바다 쪽을 보고 있는 서경을 확인했다. 누가 보면 꼭 팔려온 거라 오해할 정도로 낯빛이 참담했다.

반면, 글램핑용 텐트 근처에는 은밀하게 침투해 잠복 중인 여행사 직원이 숨어 있었다. 은결의 부탁대로 손바닥만 한 크기의 끔찍하게 생긴 곰등이를 채집 상자에 담아둔 채로.

"아우. 다리 저려. 언제 오는 거야?"

쪼그려 앉아 있다 보니 다리가 저렸다. 직원이 코에 침을 바르며 견디는 사이 누군가 텐트 안으로 들어서는 소리가 났다. 그가 빠르게 핸드폰 화면을 두드렸다.

「사랑의 오작교— 지금 할까요?」

「의뢰인— 아직. 제가 지금! 이라고 하면 투입하세요.」

그 지금이 언제냐고! 돌아온 답변에 직원이 가슴을 치며 속으로 불만을 토로했다. 샤워기의 물줄기 소리가 들렸다. 누군가 샤워를 하는 모양이었다. 소리에 집중하는 사이 그의 휴대폰이 몸을 떨었다.

「의뢰인— 지금!」

"오케이. 작전 실행."

직원이 자리에서 일어나려다 입을 틀어막으며 다시 주저앉았다. 오래 앉아 있다가 갑자기 일어나는 통에 다리에 쥐가 났다. 그가 아픔을 참으며 입술을 꽉 깨물었다.

'이 작전에서 가장 중요한 건 뭐다? 타이밍. 꼭 그 타이밍을 지켜주셔야 합니다.'

고객만족이 최우선이라 생각하는 그였다. 직원은 다리를 질질 끌며 텐트 안으로 들어섰다. 최고의 포인트에 얌전히 곱등이를 올려놓고 급하게 후퇴했다. 곧 샤워실 문이 열리는 소리가 들렸다.

자박자박 하는 발소리에 텐트 벽에 바짝 붙어선 직원의 몸이 굳었다. 숨소리마저 죽인 채로 살금살금 그곳을 빠져나온 직원이 곧장 고무보트를 묶어놓은 곳으로 갔다.

이 고무보트에는 모터가 없었다. 조용한 침투를 위해 노를 저어야 이동이 가능한 것으로 골랐다. 보트에 올라 한숨을 푹 내쉰 직원이 힘차게 노를 저었다.

밤은 깊어가고 육지는 가까워질 생각을 하지 않고. 무인도에선 벌써 까마득히 멀어졌고. 의도치 않게 바다 고아가 되어버렸다.

찰박찰박. 힘없이 노를 저으며 직원이 바다를 향해 외쳤다.

"저기요. 거기 누구 없어요? 저기요!"

「진상. 진상. 그런 진상 고객은 여행사 근무 10년 만에 처음입니다. 갑질도 그런 갑질이 없어요. 여행상품의 두 배를 지불하면 뭐 하냐고요. 사람을 그렇게 생고생을 시켜놓고. 그때 지나가던 여객선이 절 발견 못했으면 저 그냥 바다를 떠도는 유령이 됐을지도 모른다고요. 다시는 그런 고객은 안 받을 거예요. 맹세코. 덕분에 제 좌우명까지 바뀌었어요. '미친놈이 날뛴다고 같이 날뛰지 말자. 명줄 준다.' 제가 그 사람 이름을 여행사 블랙리스트에 딱 올려놓을 거예요. 진짜로요. 흑흑.」

—2015년. 은결의 이벤트 최고의 피해자인 어느 여행사 직원의 인터뷰 중.

6. 핫 플레이스

걸은 지 얼마 되지도 않았는데 벌써 서경의 원룸 앞에 도착했다. 아쉬움 가득한 얼굴로 은결이 바닥을 툭툭 가볍게 걷어찼다. 여자랑 손잡는 거 그다지 좋아하지 않는다던 은결은 틈만 나면 서경의 손을 잡아 깍지를 꼈다. 지금도 그랬다. 절대 놓지 않겠다는 듯 꽉 움켜잡은 손을 놓지 않고 살짝 흔들어댔다. 마치 아이가 뭘 사달라고 조르듯이.

"이제 그만 가."

서경이 손을 놓기 위해 깍지를 풀었다. 제 손을 빠져나가는 서경의 손을 그가 재빨리 다시 붙잡았다. 그것도 모자라 다른 손으론 그녀의 뒷머리를 감쌌다. 그리곤 한 발 한 발 앞으로 전진했다.

춤을 추는 것처럼 서경이 뒤로 물러서게 되었다. 그녀의 등에 문이 닿았다.

"왜 이래?"

동그랗고 말간 눈으로 서경이 은결을 응시했다. 그가 그 눈을 지그시 마주 보며 입꼬리를 야릇하게 말아 올렸다. 그의 얼굴이 각도를 달리해 그녀의 얼굴 가까이 다가왔다. 아슬아슬한 위치에서 그가 달콤하고 농염하게 입술을 달싹였다.

"왜 이럴까? 내가?"

"제발 주변 좀 의식하고 행동해. 사람들이 보면 어쩌려고."

그렇게 말하는 서경의 눈은 그의 입술에 고정된 채였다. 그의 입술이 서경의 입술에 살며시 내려앉았다. 그가 입술을 붙인 채로 미소를 지었다. 그 움직임이 서경의 입술에 고스란히 전해졌다.

"보라고 그러는 거야. 너 이제 내 거니까. 혹시, 눈독 들이고 있었으면 포기하라고."

"립 서비스는 하여튼 알아줘야 해."

"말이 나와서 하는 말인데. 내 립 서비스의 종류가 아주 다양하게 구비되어 있거든. 궁금하지 않아?"

"이미 많이 경험해 봐서요, 그렇게 막 궁금하고 그렇진 않네요."

"아유. 경험해 본 것들은 아주 일부에 지나지 않지. 네가 생각하는 것보다 훨씬 무궁무진하다니까."

머리를 감싸고 있던 은결의 손이 아래로 내려가 그녀의 목을 나른하게 쓸었다. 그 손이 발칙하게도 서경의 가슴 언저리를 쓸고는 곧장 배로 향했다가 허리를 스쳐 등에 안착했다. 그의 손이 움직일 때마다 서경의 숨이 멎었다가 내쉬어졌다. 그에 은결의 미소도 깊어졌다.

"너, 지금 무슨 생각 하는 거야?"

그의 손이 허리 안쪽을 침범하며 바지 속 여린 살과 팬티라인을 건드렸다. 서경이 눈을 동그랗게 뜨고 빠르게 말했다. 아무도 보지 못해서 다행스러운 부위이긴 했지만, 그의 은밀한 손놀림이 갈수록 대범해져 서경을 당혹스럽게 만들었다.

은결이 서경의 입술을 혀로 핥았다. 더 커질 수 없을 것처럼 부릅떠진 서경의 눈을 사랑스럽게 바라보며 은결이 도어락의 비밀번호를 눌렀다. 잠금이 풀리는 소리가 들리자마자 그가 손잡이를 돌려 문을 열었다.

서경의 입술을 삼키며 은결이 은밀하게 속삭였다. 그녀의 입속에.

"지금 네가 생각하는 그거."

문 안쪽으로 들어서 문이 자동으로 닫히기도 전에 은결이 서경의 티 속으로 손을 밀어 넣었다. 급하게 옷을 벗기는 은결의 능숙한 솜씨에 서경이 피식 웃음을 흘렸다. 그가 서경을 번쩍 들어 올려 엉덩이를 한 손으로 받쳤다. 그리곤 그녀의 운동화를 벗겨 툭툭 바닥에 내려놓았다.

"내가 무슨 생각을 했다고 이래?"

웃음기가 묻어나는 목소리로 그녀가 물었다. 그 입술을 지분거리며 은결이 단정적으로 말했다.

"야한 생각."

"쿡."

지나치게 솔직한 은결의 발언에 서경이 웃음을 터트렸다. 그녀의 손길에 은결의 벗겨진 재킷이 바닥으로 떨어졌다. 그의 셔츠 단추를 매만지며 서경이 잠깐 엉뚱한 상상을 했다. 그의 말대로 야하디야한 상상이었다.

이걸 확 뜯어서 벗겨 버려? 엄청 와일드하게?

그럼 셔츠를 다시 입긴 힘들었다. 그래도 이 집을 나설 때는 멀쩡한 모습이어야 하기에 서경은 새록새록 피어나는 욕구를 참기로 했다.

원룸의 좋은 점은 현관을 들어서면 곧장 침대가 보인다는 것이었다. 서경을 침대에 눕히고 은결이 그녀의 옷을 마저 벗겨냈다. 운동으로 다져진 서경의 매끈한 몸이 매혹적인 자태를 뽐냈다.

서경의 손이 근육으로 잘 다져진 은결의 상체를 더듬고 있었다.

흐르듯 근육 사이를 매끄럽게 이동한 서경의 손이 배꼽 부위를 맴돌았다.

"아아. 너."

알고 그러는 건지 모르고 그러는 건지. 그녀의 손끝이 강아지풀처럼 은결의 배꼽 주변을 맴돌 때마다 그의 아랫도리가 묵직해졌다. 그가 미간을 찡그린 채 아랫입술을 깨물었다. 그녀의 손이 조금 더 아래로 움직였다. 그에 은결이 움찔움찔거렸다. 그녀의 손이 바지 버클에 닿았다.

툭. 단순하게 버클을 푸는 소리가 꽤 자극적으로 들렸다. 은결이 낮게 웃으며 그녀의 입술을 집어삼켰다. 그가 강렬함과 부드러움을 오가는 격정적인 키스를 퍼부었다. 그의 키스를 받으며 서경이 바지런히 손을 움직였다.

"벗기는 솜씨가 예술이십니다."

"원래 여자들이 벗기는 데 일간견이 있지. 어릴 때부터 놀이를 통해 배우거든."

"응?"

"인형놀이."

"아."

가벼운 농담에 분위기가 훨씬 부드러워졌다. 그윽한 눈길로 서경을 내려다보던 은결이 그녀의 이마에 입술을 내렸다. 소중하고 귀한 것을 대하듯 은결이 가만가만 그녀의 눈꺼풀과 콧등에 입을 맞췄다.

입술에 깊고 진하게 키스를 하고 그 아래 목덜미에 자잘한 입맞춤을 했다. 곱게 오르락내리락거리는 가슴의 중심에 조심히 입술을 내리고 그가 나직하게 속삭였다.

"오늘도 사랑해."

그가 진실하게 흘려낸 말들이 그녀의 여린 피부를 뚫고 심장을 저격했다. 두근두근. 심장의 박동이 격정적으로 뛰어댔다. 자신의 몸을 어루만지는 조심스럽고 섬세한 은결의 손길에 서경은 자신이 사랑받고 있음을 느꼈다. 서경이 그의 머리로 손을 올려 가만히 머리카락을 매만졌다.

"미 투."

투박하지만 떨리는 마음을 느낄 수 있는 목소리로 서경이 말했다. 그에 은결의 만면에 환한 미소가 떠올랐다. 그의 커다란 손이 서경의 가슴을 감췄다. 여리고 부드러운 살결이 손 안에서 간질거렸다. 세상 그 어떤 것보다 달콤하고 아찔한 감촉이었다. 주무르는 손길에 따라 착착 감기는 가슴에서 은결은 목마름을 느꼈다.

그가 손을 거두고 그녀의 가슴을 한입 가득 머금었다. 서경이 억눌린 신음성을 흘리며 허리를 휘었다. 지분거리는 입술의 적나라한 소리와 전신을 관통하는 아찔한 느낌에 서경은 발끝을 한껏 오므렸다. 은결의 손은 거침이 없었다. 그녀의 허리 척추를 따라 흐르듯이 아래에서 위로 움직이다 허리 아래 골 사이로 미끄러져 내렸다.

움찔. 서경이 몸을 굳혔다. 숨이 절로 멎는 순간이 지나고 그의 손이 그녀의 허벅지를 어루만지며 다리를 위로 끌어 올렸다. 순순히 벌어지지 않는 다리 사이로 그가 파고들었다. 가슴을 머금던 입술이 아래로 움직였다. 서경의 매끈한 배 위로 은결의 혀와 입술이 닿았다.

"김…… 은결."

그의 이름을 부르며 서경이 질끈 눈을 감았다. 저릿한 아찔함이 저 깊은 곳으로부터 서서히 밀려왔다. 그의 입술이 허벅지 위에 안착했다. 입술이 닿은 부위에 불길이 일었다. 그녀가 움찔거리며 다리를 모으려 했다. 은결이 그녀의 무릎 위에 손을 올려 살며시 힘을 가했다. 무지막지하게 가해지는 그의 입맞춤에 그녀의 여린 살이 속수무책으로 당하고 있었다. 파르르 다리가 떨렸다. 꽃잎 안쪽에서 울컥울컥 꿀이 샘솟았다.

서경의 반항을 무의미하게 만든 은결이 그녀의 은밀한 숲 위로 손을 내렸다. 부드럽게 둔덕을 쓸자 엉덩이가 들썩였다. 그 틈을 타 은결이 서경의 엉덩이 아래로 손을 넣었다. 내려가지 못하게 엉덩이를 받치고 그가 숲을 맛보기 시작했다. 입술이 닿자 그녀의 몸이 반응했다. 수풀 속에는 신비로운 꽃잎이 존재했다. 그 꽃잎을 혀로 핥아 음미하며 은결이 조심조심 꿀물이 잘 흐를 수 있도록 자극했다.

나비가 꽃을 찾는 건 꿀을 얻기 위해서였다. 그러니 많은 꿀이 흐를수록 좋은 것이다. 충분한 양의 꿀이 꽃잎 안에서 흘러나오기 시작하자 은결이 그제야 수풀을 벗어났다. 그가 고개를 들기 무섭게 서경이 그의 목을 끌어안아 올렸다. 그리곤 다급하게 그의 입술을 취했다.

허락 없이 남의 꿀을 탐했으면 대가를 치러야지.

서경이 그의 허리에 다리를 휘감았다. 그의 중심이 절로 그녀의 꽃잎 위에 겹쳐졌다. 이미 단단히 화가 나 있던 그것이 꿀을 맛보자 불뚝 성질을 냈다. 어서 먹고 싶다고.

"어림도 없는 소리."

그녀가 달뜬 음성으로 그의 입안에 속삭였다. 혀를 밀어 넣어 그의 입안 곳곳을 탐하며 그녀가 거만하게 말했다.

"먹는 건 나야."

서경의 손이 그의 중심을 잡아 제 꽃잎 안으로 천천히 밀어 넣었다. 뭐든 급히 먹으면 체하는 법이다. 맛있는 것일수록 천천히 오래오래 음미하며 즐겨야 한다.

그들의 뜨거운 밤은 이제부터가 시작이었다. 그녀와 그의 허리가 같은 리듬을 타며 부드럽게 움직였다.

"우린 합이 너무 좋은 것 같아."

은결이 나른한 신음과 함께 서경의 귀에 속삭였다. 그녀의 입가에 흡족한 미소가 떠올랐다. 은결이 그녀의 몸을 조심히 돌려 앉혔다. 벽으로 그녀의 상체가 밀착됐다. 그녀의 팔을 타고 올라 은결이 한 손으로 그녀의 양손을 결박하듯 움켜쥐었다. 다른 손을 그녀의 배 밑으로 넣어 받쳤다. 엉덩이를 들기 쉬운 자세로 만들기 위해서였다. 그녀의 탄력 있는 엉덩이와 그의 하체가 밀착되었다. 그가 자신의 페니스를 다시 그녀의 은밀한 질 속으로 밀어 넣었다.

크기와 굵기에 질이 움찔하며 아픔을 드러냈다. 하지만 곧 페니스를 반기며 깊이 빨아들였다. 절대 놓아주지 않겠다는 듯이. 그가 허리를 움직이며 그녀의 매끈한 등에 입을 맞췄다. 그의 움직임에 따라 그녀의 가슴이 벽에 짓눌렸다.

찰박찰박찰박.

요란하고 음탕한 소리를 내며 그들의 섹스가 절정으로 치달았다. 그녀가 오르가슴을 먼저 느낄 수 있도록 은결은 최대한 그녀를 배려했다. 격하게 요동치다 부르르 몸을 떨며 그녀가 거친 숨을 몰아쉬었다. 그제야 은결은 제 욕심을 채우기 위해 하체를 격하게 몰아붙였다.

울컥울컥. 꽃잎 깊숙한 곳에 그가 자신의 일부를 쏟아냈다. 무너지듯 그녀의 몸 위로 쓰러진 은결이 서경의 등줄기를 타고 흐르는 땀을 혀로 핥았다. 서경의 몸을 돌려 품에 안고 그가 가만가만 머리를 쓸어주었다.

은결의 입술을 찾아 서경이 키스를 했다.

"사랑해 줘서 고마워."

"천만에, 내 사랑을 받아줘서 내가 더 고마워."

둘의 눈꺼풀이 무겁게 내려앉았다. 눈을 감은 채로 둘은 밀어를 속삭였다. 그 밀어마저 잦아들자 고른 숨소리가 들렸다. 섹스 뒤에 나른해진 몸을 충전하기 위해 둘은 서로의 체온을 느끼며 잠을 청했다.

벌써 세 잔째 마시는 커피였다. 자판기 커피는 감질 맛이 나서 아예 카페에서 제일 큰 사이즈로 커피를 공수해 마셨다. 그래도 피곤이 가시질 않았다. 은결은 뻐근한 몸을 이리저리 움직여 피로를 덜어내려 했다.

에스컬레이터에 오른 그의 어깨를 누군가 덥석 붙잡았다. 무겁게 내려앉는 눈을 억지로 뜬 채로 그가 손의 주인을 돌아봤다.

"송장이 걸어다니다니 신기한 일이군."

무뚝뚝함의 결정체 현준이 무심한 눈길로 은결을 쓱 보곤 무미

건조하게 말했다. 그에 은결이 한쪽 입가를 끌어 올리며 씨익 웃었다. 그 웃음이 뭔가 꺼림칙해 현준이 눈썹을 꿈틀거렸다. 그런 현준을 향해 은결이 의미심장한 눈빛을 보내며 입을 열었다.

"이 송장이 꽤 눈에 익지 않나요?"

"눈에 익다니?"

"우리 과장님 신혼 때 자주 출몰하던, 아니지, 지금도 곧잘 이런 모습으로 나타나곤 하죠. 뜨거운 사랑의 증거라고나 할까."

은결의 어깨에 올려진 현준의 손에 은근한 힘이 가해졌다. 은결이 아프다고 호들갑을 떨며 현준의 손을 떼어냈다. 섹스는 사랑하는 사람들에겐 일상적인 것이었다. 물론 간혹 너무 많은 사랑을 나누다 보니 다크가 짙게 드리울 때는 있었다. 현준은 신혼 때 평생 흘릴 일 없을 것 같던 코피도 흘려봤다. 그만큼 아내에 대한 사랑이 깊다는 증거였다. 그런 걸 왜 은결이 거론하는지 의도가 의심스러웠던 것도 잠시, 현준이 설마하며 그를 직시했다.

"너 또."

"어허이. 아무 근거 없는 유언비어는 사절이에요."

"근거가 있어 보이는데?"

현준이 그의 퀭한 눈 밑을 가리키며 말했다. 고개를 절레절레 흔들어 현준의 말이 틀렸음을 인지시킨 은결이 잘못된 부분을 수정해 주었다.

"그 '또'에 포함된 다수의 여자들이라는 말은 오해의 소지가 있다는 거죠. 전 단 한 번도 여자들과 '또'라는 말이 들어갈 만한 일을 한 적이 없어요. 제가 말하는 섹스가 여자들과 연관이 되어 있다면요."

"여자들이 아니면 뭐. 남자랑 하나?"

"아니, 이 양반이 정말. 남의 애인 성별을 막 그렇게 바꾸고 그럼 안 되죠."

"대상이 여자긴 하다는 거야?"

3층 소아청소년과에 도착해서도 그들의 대화는 끝나지 않았다. 간호사들이 인사를 건네자 말을 하는 와중에 일일이 받아주었다. 현준의 진료실 앞까지 따라간 은결이 그의 귀 가까이 입술을 내렸다. 현준이 못마땅한 눈빛으로 미간을 좁혔다. 그 미간을 손으로 쓱쓱 펴주곤 은결이 그의 귀에 은밀하게 속삭였다.

"내 애인은 당연히 여자지. 아주 미치게 사랑스러운."

"그럼 다행이군."

"여기서 핵심은 내가 애인이라고 지칭한 그 여자가 과장님도 잘 아는 사람이란 거죠."

문손잡이를 돌려 문을 열던 손을 멈칫하며 현준이 미심쩍은 눈빛으로 은결을 돌아봤다. 현준의 눈에 떠오른 의문을 읽은 은결이 자신만만한 얼굴로 고개를 끄덕였다. 세상에서 현준이 개인적으

로 아는 여자는 한정적이었다. 게다가 은결과 겹쳐지는 공통분모
는 더 희박했다.

은결이 애인을 병원 식구로 두지 않았다는 것은 확실했다. 일과
사랑은 확실하게 분리해야 한다는 묘한 철학을 갖고 있는 그였다.
그러니 병원은 제외시켜야 했다. 그럼 딱 하나가 남는다.

"서경 씨 건드렸어?"

한순간에 날카로워진 현준을 황당한 눈빛으로 쳐다보며 은결이
단호하게 말했다.

"어허. 건드리다니. 애인이라고요. 애인. 서로 사랑하고 그래서
같이 섹스도 할 수 있는."

"미쳤네."

"에? 누가. 내가?"

"아니. 서경 씨."

"왜?"

이해가 가지 않는 현준의 발언에 은결이 반문했다. 서경이 왜
미쳤다는 건지 이유가 궁금했다. 현준이 문을 열고 안으로 들어서
며 시니컬하게 말했다.

"너란 놈을 뭘 믿고 애인 자리를 내줘. 미치지 않고선 불가능한
일이지."

"그거 무슨 근거로 하는 말이야? 내가 왜 믿음이 안 가? 얼마나

믿음직스러운 남잔데? 지금 겪어나 보고 하는 말이세요?"

"너 군침 흘리는 여자들 많잖아. 그런데 그 모든 걸 알고 있는 서경 씨가 너랑 연애를 한다고? 말이 되는 소리를 해. 서경 씨 똑 부러지는 사람이야. 너란 놈에겐 아깝다고."

"뭐지. 칭찬인데 엄청 기분 나빠."

은결이 고개를 갸웃하며 뚱하게 말했다. 안으로 기운 은결의 머리를 밀어내 문을 닫으며 현준이 기분 나쁜 이유를 일깨워 주었다.

"서경 씨에 대한 칭찬이니까. 너는 깎아내리는 거고."

"아."

멍청하게 고개를 끄덕이며 은결이 현준의 말을 수긍했다. 둘만 놓고 봤을 때 확실히 서경이 더 손해였다. 남자에 대한 기대심리가 그다지 없던 서경은 누군가를 깊이 사겨본 적이 없었다. 그에 반해 은결의 연애 역사는 꽤 화려했다. 학창시절부터 내내 그를 따라다니는 카사노바라는 별명답게 누가 사귀자면 사귀고 헤어지자면 깔끔하게 헤어지는 그의 성격 탓이었다. 모두에게 친절한 그를 착각해서 다가왔다가 나중에는 무감각한 그에게 질려 떠나갔다.

사랑이란 감정이 무턱대고 생겨나는 게 아니니 은결은 그 모든 게 자신의 잘못은 아니라고 생각했다. 좋아한다고 해서 좋아하라고 한 게 다였다. 그게 죄가 될 순 없지 않나? 차인 것도 은결이고 사람들의 입에 오르내리는 것도 은결이었다. 은결은 그걸로 그녀들에 대한 미안함은 갚은 거라고 생각했다.

배경은 엄청 좋은 개또라이. 그런 은결에게 잘못 걸려 마음고생만 진탕 해버린 여자들은 측은지심을 불러일으켜 오히려 다 잘 풀렸다. 꼬인 건 은결의 인생이었고 저주 받은 건 그의 연애사였다.

"그래도 마음의 순결은 내가 또 엄청 잘 지키고 살았거든."

그거 하나는 자신했다. 유일하게 마음을 주고 사랑을 느낀 여자는 이서경 단 하나뿐이라는 거.

"오후 진료 시작해도 될까요, 선생님?"

닫힌 문을 바라보며 혼자 중얼거리고 있는 은결에게 최 간호사가 조심스럽게 물었다. 은결이 히죽 웃으며 오케이 사인을 보냈다. 그가 진료실로 들어서고 얼마 안 있어 환자들이 줄을 이어 진료를 받았다.

환절기는 온갖 바이러스들이 침투하기 쉬운 때였다. 이때 독감도 많이 돌고 장염도 잘 생기곤 했다. 위생을 철저히 한다고 해도 워낙에 약해지기 쉬운 때라 쉽게 바이러스가 옮겨 다니곤 했다.

"다행히 독감은 아니네요. 목감기가 심하게 왔는데, 편도도 부었고. 어디 보자. 숨소리는 아직 괜찮으니까. 약만 잘 챙겨주시면 될 것 같아요."

감기 환자의 진료를 마친 은결이 처방전을 작성했다. 그러다 문득 전날 너무 무리했을 서경이 떠올랐다. 점심시간이 지났으니 평소라면 이때쯤 눈을 뜰 시간이었다. 전화를 할까 하다가 노크를 하는 소리에 문으로 시선을 던졌다.

"선생님 다음 복통 환잡니다."

"네."

최 간호사가 다음 환자를 들여보냈다. 은결이 환하게 웃으며 어린 환자를 맞았다. 전화는 아무래도 진료를 모두 마친 다음에 해야 할 것 같았다.

시장으로 가는 버스 안에서 서경은 잠시 갈등했다. 은결이 있는 병원에 들렀다가 갈까 하고. 하지만 곧 생각을 고쳐먹었다. 지금 시간엔 오후 진료를 하고 있을 그였다. 환절기에 병원은 특히 바빴다. 괜히 자신까지 전화해 그를 번거롭게 만들지 말자 싶었다.

시장 입구에 버스가 멈췄다. 버스에서 내린 서경이 정우의 가게로 걸어갔다. 늘 그렇듯 변함없는 모습으로 정우가 서경을 반겼다.

"오늘도 좋은 하루."

정우가 가까이 다가선 서경의 얼굴을 보곤 이어질 말을 꿀꺽 삼켰다. 서경의 눈 밑에 다크써클이 짙게 드리워져 있었다.

"하암. 안녕하세요."

길게 하품을 하며 서경이 무기력하게 인사를 했다. 어제는 다른 날보다 손님이 많았었나 보다. 그러니 저렇게 피곤이 덕지덕지 묻어 있는 얼굴을 하고 있지.

"잠시만요."

정우가 가게 안으로 들어가 냉장고에서 뭔가를 꺼냈다. 다시 밖으로 나온 그가 직접 뚜껑을 따 서경에게 음료를 내밀었다. 타우린 성분이 들어간 피로회복제였다.

"마셔요."

"아이쿠. 감사합니다."

넙죽 음료를 받아 든 서경이 그것을 단숨에 비워냈다. 빈병을 받아 들며 정우가 조심히 물었다.

"괜찮아요?"

"네. 조금 피곤했는데 사장님 덕분에 원기회복 했어요."

"훗. 피로회복제 하나가 꽤 큰일을 해냈네요."

"어우. 작다고 얕보면 안 되거든요."

서경이 너스레를 떨며 싱긋이 웃었다. 그 모습이 보기 좋았다. 피곤해 보이긴 해도 혈색도 좋고 기분도 꽤 괜찮아 보였다. 요 근래 많이 힘들어 보이고 수심이 가득한 것 같아 걱정스러웠는데 그래도 다행이었다.

"이 박스예요?"

미리 싸놓은 박스를 단번에 알아본 서경이 손짓으로 박스를 가리켰다. 정우가 고개를 끄덕이자 서경이 박스를 열어 안을 확인했다. 서경이 엄지를 척 들어 보이며 퍼펙트라고 말했다. 서경의 미소에 정우도 부드럽게 입매를 끌어 올렸다.

"오늘은 제가 가게까지 실어다 드릴게요."

정우가 가게 문을 닫고 나섰다. 서경이 손을 내저으며 거절하는 것을 깔끔히 무시하며 그가 그녀의 손에서 박스를 빼냈다.

"일부러 가는 거 아니고 볼일 있어서 근처에 가면서 실어드리는 거니까 부담 갖지 마세요."

"아, 그럼 감사하고요."

흔쾌히 자신의 호의를 받아들이는 서경을 정우가 만족스럽게 돌아봤다. 정우가 자신의 차가 있는 곳으로 서경과 나란히 보조를 맞춰 걸어갔다. 그가 막 자신의 트럭에 박스를 실었을 때 누군가 서경의 이름을 불렀다. 둘이 익숙한 목소리가 들린 곳으로 시선을 돌렸다.

"하 사장님, 그거 제가 가져가도 될까요?"

한경이었다. 그가 자전거를 타고 나타났다. 차는 몰지 않는다더니 짐칸이 있는 자전거를 타고 온 모양이었다. 서경이 한경에게 다가갔다.

"뭐야?"

"뭐긴 뭐야. 피곤할 것 같은 동생 대신해서 물건 가지러 왔지. 넌 왜 휴대폰도 안 받고 그래. 내가 얼마나 전화를 많이 했는데."

"휴대폰?"

서경이 제 옷 주머니를 뒤졌다. 분명히 주머니에 넣었다고 생각 했었는데 휴대폰이 없었다. 집에 두고 왔거나 어디서 빠진 것 같 은데 생각이 나질 않았다.

"어디 갔지?"

"어이고, 이 정신머리로 물건을 용케 찾으러 왔네."

"습관이 무서운 거거든."

남매의 대화를 들으며 정우가 엷은 미소를 머금었다. 둘은 언제 봐도 유쾌하고 다정했다. 부러울 만큼 돈독한 남매 사이였다.

"내가 그쪽에 볼일이 있어서 가는 길에 태워주려고 했는데."

정우의 말에 한경이 그를 돌아봤다.

"한발 늦었으면 길이 어긋날 뻔했네. 물건은 이리 주고 편하게 일 봐. 항상 우리 털털이 동생 챙겨줘서 내가 늘 땡큐하다."

진심이 담긴 말이었다. 그런데 어쩐지 정우는 그 말이 일정한 선을 긋는 것처럼 들렸다. 별스럽지 않은 말을 자신이 너무 민감 하게 받아들인 것 같아 정우가 금방 털어버렸다.

"별말씀을. 서로 돕고 사는 게 당연한 거지."

"도와줄 일 있으면 언제든지 부탁해. 내가 흔쾌히 들어줄 테니까."

"말만 들어도 고맙네."

한경이 박스를 옮기려고 정우의 트럭으로 다가갔다. 그의 손을 저지하며 정우가 말했다.

"그냥 둬. 이건 내가 가게 앞에 둘 테니까 두 분이서 오붓하게 자전거 데이트나 즐기세요. 날도 좋은데. 언제 또 여동생이랑 같이 자전거 타보겠어."

"흐음. 듣고 보니 그러네. 그럼 부탁 좀 드리겠습니다."

정답게 말을 주고받더니 정우가 트럭에 올라 먼저 출발했다. 한경이 빈손으로 자전거와 서경이 서 있는 곳으로 돌아왔다. 서경이 의아해하며 물었다.

"짐은?"

"실어다 준다네."

"응?"

"너랑 다정하게 데이트 좀 하고 오래. 자전거 타고."

"무슨 그런 닭살 돋는 발언을."

"그렇지?"

"그런 건 연인들이나 하는 거지. 우리가 그럼 그림이 좀 그렇지 않나?"

"그 이상한 그림 우리가 한번 만들어보지 뭐."

한경이 먼저 자전거에 올라 짐칸을 턱으로 가리키며 껄렁하게 말했다.

"야, 타."

그게 언젯적 멘트냐. 늙다리인 거 티내는 거냐. 무수히 많은 타박이 그녀의 뜨악한 표정에서 전해졌다. 게슴츠레한 눈으로 자신을 바라보는 서경을 한경이 재촉했다. 서경이 절레절레 고개를 흔들며 거부했다. 그러자 한경이 그녀의 팔을 잡아끌었다.

"어릴 때는 곧잘 탔잖아. 이 오빠가 오랜만에 추억 좀 되새김질해 볼라니까. 협조 좀 하지?"

마지못해 타는 것처럼 털썩 서경이 짐칸에 올라탔다. 한경이 서경의 손을 제 허리에 두르고 꽉 잡으라고 말했다.

"이 오빠가 스피드를 또 좀 즐길 줄 알거든. 눈썹 날아갈지도 모르니까 조심하고."

"눈썹이 휘날리기나 하려는지 모르겠네. 일단 달려보쇼."

서경이 말의 배를 차서 출발 신호를 보내듯 한경의 배를 툭툭 두드렸다. 한경이 피식 웃으며 힘껏 페달을 밟았다. 차가움이 가시고 조금은 후덥지근한 바람이 온몸을 스치고 지나갔다. 계절은 어느새 봄을 지나 여름으로 들어서고 있었다. 가는 봄이 아쉬움을 담아 간간이 바람에 꽃향기를 실어 보냈다. 여름은 낙화한 꽃들 위로 푸르른 잎들을 내놓았다.

"조금 있음 엄청 더워지겠네."

"우리에겐 지옥의 계절이 오고 있는 거지."

"그러네. 가게 손님 줄겠다."

어묵 카페는 날씨의 영향을 많이 받는 편이었다. 봄여름가을겨울 중 유일하게 여름엔 장사가 되질 않았다. 더운 날 더운 걸 먹고 싶어 하는 사람은 극히 드물었다. 비가 오면 생각나 찾을 때는 있었지만 장마는 또 달랐다.

"가게 문 닫고 실컷 놀아버릴까?"

한경이 농담처럼 꺼낸 말에 서경이 고개를 끄덕였다.

"이번엔 오빠가 여행 좀 가라. 가서 근사한 여자 낚아서 돌아와."

"그래야겠네. 가망성 제로인 여동생도 남자 제대로 낚아왔는데 나라고 못할 것 없지. 남매의 위대함을 이참에 보여줘 버려?"

"그래 버려."

서경이 맞장구를 치며 한경의 등에 얼굴을 기댔다. 한경의 낮은 웃음소리가 듣기 좋게 울렸다. 한경이 무심히 지나는 투로 말했다.

"오빠는 걱정하지 말고 아주 화끈하게 연애해. 그렇다고 섹스에만 너무 열 올려서 몸 축내지 말고."

"……인간아, 너나 걱정하세요. 오빠 몸에서 곰팡내 나는 건 알아? 조금 더 있음 홀아비 냄새로 변질되거나 사리 나오겠어. 남의 섹스에 신경 쓰지 말고 본인이나 열정적으로 좀 임해보시죠."

"오케이. 너도 걱정 붙들어 매. 이 오빠가 매력 발산 제대로 하면 또 여자들이 깜빡 죽거든."

"그전에 내가 죽겠다."

"어?"

"복장 터져 죽겠어. 너무 느려 터져서."

점점 속도가 준다 싶더니 걸어가는 사람들이 훨씬 빠를 정도로 자전거의 속력이 더뎌졌다. 한경이 거친 숨을 몰아쉬며 히죽 웃었다.

"아이코 이런."

"운동은 하고 있어?"

"팔운동은 열심히 하고 있는데, 하체가 부실해졌네."

"칼질 그만하고 얼른 하체 운동에 열중할 수 있는 걸 찾아보지? 더 쓸모없어지기 전에?"

"쩝. 후우."

서경의 적나라한 지적에 민망해진 한경이 입맛을 다셨다. 그는 자신이 왜 자전거를 끌고 와 이 고생을 사서 하는지 속으로 후회했다. 정우의 호의를 깔끔히 거절하고 짐칸에 서경 대신 박스를 실을걸 하고. 물론, 그 생각을 입 밖으로 꺼낼 순 없었다. 말했다간 제 옷깃을 꽉 움켜쥔 서경의 주먹에 맞을 것 같았다.

옷을 갈아입기 위해 집에 들른 은결은 현관에 놓인 신발을 보고 깊은 한숨을 내쉬었다. 이제는 좀 그만둘 때도 됐지 싶은데 어머니의 급습은 여전했다. 그가 신발을 벗고 안으로 들어섰다.

"번호 바꿀 거예요."

인사도 생략하고 다짜고짜 통보를 하는 아들을 의정이 얄밉게 흘겼다. 소파에 가방을 두고 곧장 드레스 룸으로 걸어가는 은결에게 의정이 물었다.

"누구야?"

드레스 룸 앞에서 은결의 걸음이 우뚝 멈췄다. 그가 잘근 아랫입술을 깨물었다.

'망할 계집애. 그사이에 벌써 말을 다 했단 말이지. 두고 보자, 김은주.'

그가 속으로 동생을 곱씹으며 걸음을 뗐다. 그리곤 시니컬하게 말했다.

"여자요."

"앤 누가 그걸 몰라서 물어?"

시치미를 떼는 건 통하지 않을 게 분명했기에 은결은 솔직해지기로 했다. 서경과 조금 더 사이가 깊어진 다음에 천천히 자신의 가족에 대해 설명하려고 했었다. 그런데 어머니가 먼저 알아버렸으니 큰일이었다. 늘 여자만 사귀라고 본인은 아무 욕심 없다고 말하곤 했지만, 은결은 어머니를 너무 잘 알고 있었다. 사람에 대한 차별이 있다기보단 어머니는 익숙한 것을 좋아했다. 자신과 말이 통하고 함께 뭔가를 할 수 있는. 다시 말해 통속적으로 수준이 맞는다고 하는 그런 사람을 며느리로 들이기를 원했다.

그러니 내미는 사진의 여자들마다 소위 상위계층에 속하는 사람들인 것이다. 물론 어머니는 자신은 그런 걸 전혀 생각해 본 적이 없다고 말할 것이다. 정말 그럴지도 모르고. 사진들은 전부 커플 메이킹 회사들이 건넨 것일 터였다. 어머니가 모르는 것 중 하나가 바로 그 여자들의 사진이 모두 데이터를 통해 선별된 것이라는 거였다.

캐주얼 룩으로 갈아입고 나온 은결이 나무라는 눈빛으로 자신을 바라보고 있는 어머니의 곁으로 다가가 다시 명확하게 말했다.

"제 여자요. 제가 아주 많이 사랑하고 아낄 여자예요."

"결혼 전제로 사귀는 거지?"

이미 은주에게 들어 서경에 대해 대충 알고 있을 것이 분명했다. 어머니가 어떤 생각으로 그런 질문을 하는지는 알 수 없었다. 단순히 떠보기 위함인지, 아니면 뜯어 말리기 위해 묻는 것인지. 하지만 은결의 의지는 확고했다.

그가 재킷에서 지갑과 차 키를 꺼내 챙겼다. 현관으로 직행하는 은결의 등 뒤로 야속한 의정의 눈초리가 뒤따랐다. 그가 신발을 신으며 툭 내뱉었다.

"제가 아주 많이 사랑하고 아낄 여자라니까요. 앞으로 쭉. 죽을 때까지요."

현관문을 열며 은결이 의정을 뒤돌아봤다. 그리곤 싱긋이 입매를 끌어 올렸다. 그가 안녕을 고하며 마지막으로 협박성 발언을 했다.

"제 여자라는 말 무슨 뜻인지 아시죠? 혹시 그 애 찾아가서 엄한 말씀 하시면 저 평생 어머니 안 봅니다."

"얘! 너 어떻게 엄마한테 그런 말을 할 수 있어?"

"서로 자기 여자만 책임지기로 했거든요. 아버지랑 오래전에. 고부갈등 이런 거에 새우 등 취급받으며 터지고 싶진 않아서요. 아버지나 저나."

문이 닫혔다. 더 이상 말을 할 필요가 없다는 듯 제 할 말만 하고 은결이 다시 나가 버렸다. 묻고 싶은 게 얼마나 많았는데. 의정은 냉정한 아들이 미워서 눈시울을 붉혔다.

선 자리에 은결을 끌어들이려 은주를 만나 작당회의를 하려고 했었다. 그런데 은주에게서 뜻밖의 이야기를 듣게 되었다. 은결에게 결혼하고 싶은 여자가 생겼다고 더 이상 선보라고 채근할 필요가 없다고 했다. 너무 기뻐 환호성까지 질렀었다.

하지만 기쁜 건 기쁜 거고 궁금한 건 궁금한 거였다. 그래서 한 달음에 달려왔더니 이놈이 옷만 갈아입고 사람은 본체만체 상대도 제대로 해주지 않고 나가 버렸다.

"나쁜 놈."

은결의 행동을 곱씹던 의정의 눈에 그가 두고 간 재킷과 가방이 보였다. 의정이 현관을 한번 살피곤 재빨리 재킷을 들어 이리저리 뒤적였다. 별다른 것이 나오지 않았다. 가방으로 습격 대상을 바꾼 의정의 눈에 휴대폰이 들어왔다. 그녀가 냉큼 휴대폰을 집어 들었다.

화면을 켰는데 난관에 봉착했다. 패턴이 걸려 있었다. 이걸 어떻게 풀지? 하고 고심하던 의정이 검지를 액정에 대고 움직였다. 곧 틀린 패턴이라는 문구가 떴다. 재도전을 노리고 손가락을 액정으로 가져가던 의정의 손이 대상을 잃고 허공에서 멈췄다.

언제 들어왔는지 은결이 의정의 손에서 휴대폰을 거둬갔다. 너무 패턴 푸는 것에 집중한 나머지 문 여는 소리를 듣지 못했다. 의정이 꿀꺽 마른침을 삼켰다. 화를 낼 줄 알았던 은결이 무표정한 얼굴로 화면을 터치했다. 그리곤 의정의 눈앞에 휴대폰을 내밀었다.

"내 여자 엄청 귀엽죠?"

은결이 보여준 휴대폰 바탕화면에 서경과 함께 찍은 사진이 떠 있었다. 조금 더 자세히 보고 싶은 마음에 의정이 손을 뻗었다. 하지만 아쉽게도 휴대폰은 은결의 손에 의해 그의 주머니로 사라졌다.

"나중에 준비되면 정식으로 소개시켜 드릴게요."

"언제?"

"나중에요."

"그러니까. 그게 언제냐고."

"어머니가 제게서 관심을 끄는 날이요."

그렇게 말하고 은결이 현관을 나섰다. 닫히는 문을 보며 의정이 입을 삐죽거렸다.

"내가 뭐 해코지라도 할 것 같아서 미리 몸 사리는 거야? 날 뭐로 보고? 오히려 넙죽 엎드려 절을 해도 모자랄 판이야, 이놈아. 너 같은 골칫덩어리 만나줘서 고맙다고."

혼자 있는 것에 익숙한 의정이었지만 이제는 정말 은결의 집이 남의 집처럼 불편하게 느껴졌다. 의정이 핸드백을 들곤 자박자박 현관으로 걸어나갔다. 이젠 여기도 불시에 습격하는 건 더 이상 안 되지 싶었다.

한밤의 영화 시사회가 있다며 은주가 은결에게 표를 투척했다. 영화를 무척 좋아하는 서경을 위해 은결이 흔쾌히 표를 접수했다.

그나마 이번엔 좀 싸게 먹혔다. 공짜 시사회 표를 커피와 맞바꾸는 은주의 뻔뻔함에 은결이 두 손 두 발 다 들었다.

은주가 맡고 있는 곳은 VVIP전용관이었다. 주로 좌석이 둘 또는 연인석 두 개가 있는 상영관이 있었다. 은결이 받은 표는 좌석이 둘인 단둘만의 데이트를 위한 상영관이었다. 이런 면에선 센스가 있다며 은결이 속으로 은주를 칭찬했다.

"여기 전에 와본 적 있는데."

상영관 안으로 들어서며 서경이 말했다.

"언제?"

그녀와 나란히 자리에 앉으며 은결이 물었다. 그를 돌아보며 서경이 설명했다.

"전에 왜 이연이랑 데이트할 때 네가 표 줬었잖아."

"아, 그랬다. 이제 생각났어."

처음에 준 건 평범한 일반석 표였고, 그 뒤에 몇 번은 은주를 통해 VVIP표를 구해준 것이 떠올랐다.

"여기 의자 엄청 좋던데. 이거 알아? 이 버튼 누르면."

서경이 테이블 위에 있던 리모컨을 들어 작은 버튼을 눌렀다. 그러자 의자가 스르르 뒤로 눕혀졌다. 싱글 침대처럼 변한 의자에 서경이 흡족한 미소를 지어 보였다. 그녀가 의자를 바로 하는 사이 은결이 제 의자를 눕혔다. 불이 꺼지고 스크린에 영상이 떠올랐다. 은결이 서경의 손을 잡았다. 서경이 돌아보자 그가 자신의 배를 손끝으로 가리켰다.

"응?"

"같이 보자."

"보고 있잖아. 같이."

"여기서."

은결이 톡톡 제 배를 두드렸다. 눈을 깜빡이던 서경의 입가가 부드럽게 말려 올라갔다. 그녀가 자리에서 일어나 은결에게로 다가갔다. 의자는 소파 형태로 꽤 큰 편이었다. 편하게 보라고 만든 것이겠지만 둘이 겹쳐 누워도 될 정도의 크기는 되었다. 그녀가 곁에 눕자 은결이 그녀를 감싸 끌어안았다.

둘은 머리를 맞대고 스크린을 응시했다. 은결은 그녀가 영화를 보는 것을 최대한 방해하지 않으려 애썼다. 하지만 영화가 상영되는 시간이 길어질수록 참을성에 한계가 드러나기 시작했다.

영화가 지루해서가 아니었다. 문제는 영화의 내용이었다. 무삭제 감독판이라는 명판을 달고 나온 영화는 로맨틱 코미디물로 내용이 코믹하면서도 색정적이었다. 솔직하고 화끈한 신세대의 연애가 주된 내용이었다.

"이 녀석은 대체 왜 이런 영화를 보라고 한 거야."

은결이 민망했던지 은주를 들먹이며 투덜거렸다. 서경이 스크린에서 시선을 거둬 그를 올려다봤다. 은결이 시선을 느끼고 그녀를 내려다보았다. 둘의 시선이 맞물렸다. 서경이 그의 입술에 제 입술을 겹쳤다. 본능적으로 키스에 임하는 은결 때문에 웃음이 났다.

멀어지는 입술이 아쉬웠던지 은결이 그녀의 뒷목을 부드럽게 감싸 농도 짙은 키스로 화답했다. 서경의 팔이 그의 허리를 휘감았다. 그녀가 그의 입술에 작게 속삭였다.

"뜨거운 밤을 위한 선물 같은데?"

"홋. 듣고 보니 그런 거 같네. 이 녀석 센스가 아주 죽여주는데?"

영화가 끝나고 나면 아마도 화끈 달아오른 몸을 달래기 위해 곧장 호텔로 향하지 싶었다. 다행스럽게도 이 극장 근처엔 꽤 근사한 룸을 겸비한 호텔이 있었다.

"장소 협찬도 근사하고."

오늘 영화는 아무래도 내용이 잘 기억나지 않을 것 같았다. 영화보다는 함께 자리한 사람에게 더 열중해서.

영화관을 나온 둘은 약속이나 한 듯 호텔로 향했다. 룸은 이미 극장에서 잡아놓은 상태였다. 키를 받아 룸으로 올라가며 둘은 서로를 달콤한 시선으로 바라보았다. 엘리베이터 문이 열리고 둘이 나란히 복도로 나섰다. 어느새 깍지를 낀 손이 발랄한 리듬을 타며 흔들렸다. 맞잡은 손에 은밀한 기대감이 가득했다.

룸으로 들어선 은결이 신발을 벗는 서경의 귀에 감미롭게 속삭였다.

"우리 전에 못해본 거 한 번 해볼까?"

"뭐?"

"같이 씻기."

은결의 말에 서경의 볼이 붉게 달아올랐다. 그렇지만 성격답게 빼거나 하진 않았다. 그녀가 고개를 끄덕이자 은결이 웃음을 참지 못하고 터트렸다. 좋아 죽겠어서 나온 웃음이었다. 그가 욕실로 들어가 풀 욕조를 확인했다. 물이 받아져 있는 욕조 위에 장미 꽃 잎이 떠 있었다. 로맨틱한 분위기를 제대로 연출하고 있었다. 스파도 겸하고 있는 터라 욕조 옆에는 와인과 간단한 카나페가 마련되어 있었다. 욕조와 붙은 한쪽 벽이 통유리로 되어 있어 화려한 밤거리가 마치 사진처럼 아름답게 보여졌다.

은결이 욕실 문을 열고 서경의 손을 잡아 안으로 리드했다. 그의 옷을 서경이 하나하나 정성을 담아 조심스럽게 벗겨주었다. 옷 벗기기에 탁월한 재능을 보이던 서경에게 은결은 자신의 옷을 맡겼다. 순식간에 나신이 된 둘이 손을 잡고 욕조로 들어갔다.

찰박찰박. 다리로부터 전해지는 욕조의 온도가 기분 좋았다. 몸의 피로를 해소하기에 딱 알맞은 온도였다. 은결이 서경의 몸을 뒤에서 끌어안았다. 그리곤 와인을 따라 그녀에게 건넸다. 잔을 가볍게 부딪치며 치얼스를 나직하게 읊조린 둘이 서로의 목을 껴

안으며 와인을 머금었다.

와인의 달콤하고 향긋한 여운이 입안에 남았다. 와인이 반쯤 비었을 때 은결이 제 입안에 와인을 머금고 그녀의 입술을 취했다. 입안으로 스며드는 와인을 서경이 음미하듯 천천히 목으로 넘겼다. 그의 손길이 매끄러운 서경의 어깨선을 쓸었다.

"좋아."

서경이 나른한 말을 숨결과 함께 흘려냈다. 흡족한 미소를 띠며 은결이 그녀의 팔을 어루만졌다. 서경이 팔을 뻗어 그의 머리를 만지작거렸다. 고개를 젖힌 서경이 더 깊게 그의 입술을 탐했다. 신기했다. 그의 입술을 탐하면 탐할수록 갈증이 났다. 그와 섹스를 하면 할수록 즐거웠다. 아, 이래서 사랑이란 걸 하나 보다 싶었다.

"사랑한다. 이서경."

그가 그녀의 몸에 자신의 일부를 내어주며 감미롭게 속삭였다. 다행이었다. 그가 온전한 사랑을 할 수 있는 사람이 생겨서. 그게 서경이어서. 은결은 너무너무 감사하고 행복했다. 그녀가 있는 모든 곳이 그에게는 핫 플레이스였다.

뜨겁게 사랑을 나눌 그곳. 너와 나의 핫 플레이스. 그곳은 언제나 네가 있는 모든 공간이 될 것이다. 지금처럼.

7. 이런 사랑도 꽤 괜찮은 것 같아

한 달이 지나도 감감무소식인 아들의 동태가 궁금해 의정이 직접 그의 병원을 찾았다. 좀체 병원에는 오지 않는 그녀였지만, 이번엔 궁금증에 몸살이 날 지경이라 어쩔 수가 없었다. 은결이 협조를 하지 않으면 현준이나 그의 아내인 이연에게라도 물어볼 요량이었다. 듣자 하니 그들과도 친분이 있다고 했다.

"내가 저 아니면 못 알아낼까 봐?"

흥신소를 통해 신분이며 부수적인 것들을 손쉽게 알아낼 수도 있었다. 하지만 굳이 그렇게 하고 싶지는 않았다. 헛돈을 쓰면서까지 억지로 남의 뒤를 캐고 싶지는 않았다. 나중에 정말 자신의 며느리가 될지도 모르는데 책잡힐 짓을 할 이유는 없었다.

친한 친구라면 세세한 것까지 아주 잘 알 터였다. 이연과 의정은 결혼식 외에 달리 만난 적이 없었다. 이참에 친분을 좀 쌓아둘까 하는 마음으로 편하게 온 길이었다.

"저기, 김은결 선생 진료실에 있나요?"

의정이 소아청소년과의 너스 스테이션으로 다가가 조곤조곤 물었다. 고상한 말투와 품위가 느껴지는 옷차림에 최 간호사와 다른 간호사들이 동시에 의정을 응시했다. 어딘지 상당히 낯이 익은 얼굴이었다. 눈썰미 좋은 최 간호사가 단번에 의정이 누군지 떠올렸다.

"김은결 선생님 어머님 아니세요?"

"어머, 날 기억해요?"

은결이 병원을 옮기고 의정이 찾아와 본 건 고작 손가락에 꼽을 정도였다. 최 간호사는 은결과 일한 지 3년인가 되었는데 단 두 번 정도 본 거 같았다. 그러니 의정의 얼굴을 최 간호사가 기억하는 게 용할 정도였다. 의정이 반색하며 묻자 최 간호사가 미소를 지어 보였다.

"선생님이 어머니를 많이 닮으셔서요. 딱 보니까 알겠더라고요."

"우리 애가 절 많이 닮긴 했죠?"

"네."

잘생긴 은결이 자신을 닮았다고 하니 기분이 좋았다. 최 간호사가 약간 곤란한 얼굴로 은결의 진료실을 가리켰다.

"그런데 선생님 지금 자리에 안 계세요."

"아, 그래요?"

아들이 자리에 없다는데 의정이 오히려 반색하는 눈치였다. 그를 의아해하는 최 간호사 가까이 몸을 기울이며 의정이 은밀한 말투로 물었다.

"혹시 그럼 다른 의사 분들은 계시나요? 장현준 과장이나 강이연 선생이라든지."

"어쩌죠. 지금 두 분도 안 계시는데요."

"아니, 왜요?"

이번엔 아주 아쉬워하며 놀라는 눈치였다. 아들보다 그들이 더 중요하다는 듯이. 이상하긴 했지만 최 간호사는 친절하게 그들의 행선지를 알려주었다.

"지금 내과하고 단체 컨퍼런스 중이시거든요."

"컨퍼런스요?"

"네. 회의 중이세요."

"그게 언제 끝나는데요?"

"예정은 한 시간이구요. 지금 삼십 분쯤 지났어요."

"흐음. 그럼 삼십 분을 더 기다려야 한단 거네요."

"네."

이대로 돌아가는 건 뭔가 아쉬웠다. 궁금해 망설이다가 온 것인데 별 소득 없이 그냥 돌아갈 순 없었다. 의정이 미소 띤 얼굴로 고개를 끄덕였다.

"고마워요. 삼십 분 뒤에 다시 올게요."

"메모 남겨둘까요?"

"그래 주시겠어요? 이왕이면 강이연 선생한테 남겨주시면 좋겠네요."

"강이연 선생님이요?"

아들도 아니고 그 선배도 아닌, 선배의 와이프에게 메모를 남겨달라니 뭔가 의아했지만 용건이 있겠거니 싶었다. 최 간호사가 의정에게 전화번호를 받아 이연 앞으로 메모를 남겼다. 그것을 이연의 진료실 담당 간호사에게 넘겼다.

의정이 우아하게 인사하며 몸을 돌리려는 찰나였다. 아까부터 대화를 엿듣고 있던 인턴 이지가 냉큼 다가와 의정에게 인사를 했다.

"안녕하세요, 어머님."

사모님도 아니고 이지가 대뜸 어머님이라는 명칭을 골라 썼다. 의정이 이지를 돌아보며 고개를 갸웃했다. 아는 얼굴이 아니었다.

"누구죠? 안면이 없는 것 같은데."

"전 좀 전까지 소아청소년과 인턴으로 있던 정이지라고 해요, 어머니."

"인턴?"

"네. 몇 달 있음 레지던트 과정에 들어가요."

굳이 묻지도 않은 설명을 덧붙이며 이지가 친근하게 말을 걸어 왔다. 그 몇 달이 아직 반 년은 더 남았다는 걸 의정도 어림짐작으로 알고 있었다. 의정이 고개를 끄덕이며 이지를 천천히 훑어 내렸다. 곱게 자란 티가 나는 아가씨였다. 딱 봐도 철이 없어 보였다. 어딘가 자신의 젊은 시절과도 닮아 있었다.

나도 저랬던 적이 있었지. 의정이 그때를 떠올리며 속으로 미소를 머금었다.

"혹시 저희 아버지 아실지 모르겠어요."

"내가 아는 분이신가?"

"정근호 국회의원이신데."

말끝을 흐리며 이지가 의정의 눈치를 살폈다. 보통은 이름 석 자만 들어도 국회의원인 그를 떠올리기 마련이었다. 유명세를 꽤 나 떨친 터라 더욱 그랬다. 더군다나, 상위계층은 사교모임이란 게 있어서 인맥관리를 따로 하니 알고도 남음이 있었다.

"아, 그분 따님이시구나."

의정의 입가에 머문 여릿한 미소의 의미를 이지는 호감으로 받아들였다. 더 바짝 그녀에게 달라붙으며 이지가 보이지 않는 꼬리를 흔들었다. 콧소리가 겸해진 목소리로 이지가 애교를 떨어댔다.

"역시 아시는구나. 저희 아버지도 은결 선생님 부모님 알고 계시더라고요."

"그래요? 스치듯 본 것밖에 없는데 어떻게 아시지?"

자신들에 대해 정 의원이 알고 있다는 것을 의정은 그리 좋게 받아들이지 않았다. 그를 아는지 모르는지 이지가 말을 바꾸며 은밀하게 물었다.

"저기 그런데 어머니, 혹시 그거 아세요?"

"뭘요?"

"은결 선생님 요즘 만나는 여자에 대해서요."

마침 의정이 궁금했던 것을 이지가 꺼내들었다. 의정이 반짝 눈을 빛냈다.

"혹시 알아요? 누군지?"

"알다마다요. 몇 번 만나기도 했는걸요."

이야기가 길어질 것 같았다. 그런데 인턴이라면 눈 코 뜰 새 없이 바쁠 때였다.

"한참 바쁠 텐데 내가 시간을 너무 많이 뺏은 거 아닌가 모르겠네?"

먼저 다가온 건 이지였는데 의정이 떠보듯이 물었다. 이지가 고개를 내저었다.

"아니에요. 저 지금 무지 한가해요."

"과가 어디기에 한가할 수가 있죠?"

"정신의학과요. 선배들이 제가 있는 게 환자에게 오히려 악영향을 끼친다나 뭐라나. 아무튼 그래서 전 환자 상담에서 제외됐거든요."

"그래도 되나? 배워야 할 게 많을 텐데."

"괜찮아요. 어차피 전공으로 할 게 아니라서."

고개는 끄덕이지만 이지의 말에 공감은 할 수 없었다. 의사가 전공이 아니라고 대충 하려는 자세는 정말 아니었다. 뭐 그렇다고 그걸 따지고 들 정도로 의정이 오지랖이 넓은 것도 아니었다. 이런 사람들은 백이 좋아 꼭 의사 자리는 하나라도 꿰찬다. 무슨 수를 써서라도. 그러면서 그 명판을 시집가는 데 이용한다. 물론 실력이 안 되니 수술실 집도의는 될 수가 없다. 그래도 공부는 그런대로 했나 보다 생각하며 의정이 시간이 괜찮냐고 물었다.

"물론이죠, 어머니. 저 시간 많아요."

인턴이 시간이 많은 게 좋은 건가? 이건 본인이 과에서 왕따를 당하고 있다는 걸 제 입으로 인증하는 꼴이었다. 그런데 정작 본인은 그걸 모르는 듯 무척 해맑았다. 아니면 오히려 그걸 즐기는 건가? 하여튼 이지의 오지랖이 넓은 덕분에 의정은 원하는 소식을 전해 들을 수 있어서 좋았다.

"그럼 우리 1층 카페에 가서 얘기 좀 할까요? 내가 궁금한 사람이 있어서."

"그래요, 어머니. 저도 꼭 드릴 말씀이 있어요."

의정에게 찰싹 달라붙어 엘리베이터로 향하는 이지를 간호사들이 뜨악한 눈으로 바라보았다. 정신의학과 병동은 별관 5층에 있었다. 그런데 굳이 소아청소년과가 있는 본관 3층까지 내려와 저러고 있는지 이해가 가지 않았다.

"맞네. 정이지 왕따설."

"쓱. 그래도 나름 닥턴데."

정 간호사가 입을 이죽거리며 이지를 곱씹자 최 간호사가 주의를 주었다. 그러자 정 간호사가 즉시 정정했다.

"맞네요. 정이지 선생님 왕따설."

"음."

그제야 최 간호사가 고개를 끄덕이며 수긍했다.

"우리 은결이 사귀는 사람에 대해서 잘 아나 봐요?"

"잘 안다기보단 척보면 척인 거죠."

음료를 앞에 두고 의정이 넌지시 묻자 이지가 눈을 빛내며 기다렸다는 듯 말을 꺼냈다. 척보면 척인 건 이지도 마찬가지였다. 눈빛과 말투만 봐도 그녀의 의도를 알 수 있었다. 의정에게 그 여자에 대한 미운털을 박아 넣고 싶은 것이다. 이지는 은결이 사귄다는 아가씨에 대해 그다지 호의적이지 않았다. 그래서 험담을 하고 싶어 그녀의 입이 근질근질거리고 있었다. 그걸 감안하고 의정은 일단 이지의 말을 들어보기로 했다.

"어떤 점에서요?"

의정이 우아하게 찻잔을 들어 입으로 가져갔다. 그를 보며 이지가 바짝 그녀에게로 당겨 앉아 입을 나불거렸다.

"그 아가씨가 술집 하는 건 아세요? 그것도 오빠랑 같이 동업이라는데. 그럴듯한 바도 아니고 어묵 같은 거랑 술을 같이 파는 곳인데요. 엄청 허름하고 작고. 고급 바와는 완전 천지 차이예요. 한마디로 격이 떨어지는 곳이죠."

그건 은주에게 들어 알고 있었다. 듣기로는 남매가 어묵 카페를 하고 있다고 했다. 서민적인데다가 온정도 넘쳐 단골이 꽤 많다고 했다. 물론. 맛은 당연히 일품이라는 말까지 곁들이며 은주가 오버스럽게 엄지를 내밀기도 했었다.

의정은 태어나 한 번도 그런 곳을 가본 적이 없었다. 그래서 호기심이 일었다. 언제 한번 가보고 싶다는 생각을 했지 격이 떨어진다는 생각은 해본 적이 없었다. 의정이 묵묵히 고개를 끄덕이며 차를 마시자 자신의 말에 수긍한 의미로 받아들인 이지가 신이 나서 더 떠들어댔다.

"생긴 것도 완전 남자예요, 남자. 전 처음에 형제가 하는 줄 알았다니까요. 그리고 말투도 상스럽고 거친 데다 성격도 얼마나 과격한지. 전 옆에 있다가 겁나서 술도 제대로 못 마셨어요. 그런 사람이 오빠 옆에 있다는 게 너무 끔찍해요. 아참, 제가 개인적으로 선생님을 오빠라고 불러요."

말 중간에 이지가 부끄러운 투로 은결을 오빠라고 했다. 그 오빠라는 말을 은결 앞에선 단 한 번도 해본 적이 없을 거라고 의정은 확신했다. 은결의 성격상 친분이 있는 것도 아닌데 함부로 그런 말을 하게 둘 리 없었다.

거짓말이긴 했지만 그리 불러보고 싶은 바람에서 나온 거라 여기며 의정은 그것도 너그럽게 그냥 넘겨 버렸다. 은결을 뭐라 부르든 의정과는 상관없는 일이었다.

"그리고 또 다른 건요?"

"저요?"

"아니. 그 아가씨."

"아하. 집이 좀. 인천에 본가가 있다는데. 본가라는 말도 무색할 만큼 엄청 가난한가 보더라고요. 어부래요, 부모님이. 배 타고 나가서 고기 잡고 그러는. 일종의 막노동이죠."

"아가씨, 남의 직업을 그렇게 함부로 낮춰 말하는 건 무례한 거예요."

"네?"

의정이 찻잔을 내려놓고 이지를 직시했다. 웃고 있는 얼굴인데 어쩐지 차갑게 느껴졌다. 뭔가 이상함을 느낀 듯 이지의 미소가 어색해졌다. 편안하게 이지를 대하던 것과 달리, 의정이 도도하고 기품이 흐르는 얼굴로 조곤조곤 말했다.

"자기 몸 희생해서 버는 돈이 세상에서 제일 값진 거예요. 그렇게 자식을 키우고 장성시킨 걸로도 충분히 존경받을 만하단 말이죠. 세상의 모든 부모들은."

"아, 네."

이지가 고개를 끄덕이긴 했지만 수긍하는 눈빛은 아니었다. 하긴 날 때부터 직업의 귀천, 신분의 귀천에 대해 교육받아 왔을 테니 쉽게 이해할 수는 없을 터였다. 그렇다고 잘못된 걸 잘못되었다고 바로잡지 않는다면 세상을 더 산 사람으로서의 도리가 아닌 것 같았다. 의정은 어른으로서의 도리를 다했을 뿐이다. 어떻게 받아들이는지는 이지의 몫이었다.

그리고 또 하나.

"겉모습만 보고 사람 판단하는 것도 썩 좋은 건 아니에요. 말은 그 사람의 인품을 담고 있죠. 남에 대해 말할 때는 한 번쯤 더 생각하고. 험담을 하려거든 정확한 정보를 가지고 해야죠. 카더라

통신이 그래서 나쁜 거지. 사람 죽이는 건 줄 모르고 유언비어를 남발하거든."

의정이 웃는 낯으로 하는 말에 이지의 얼굴이 점점 굳어졌다. 자리에서 일어선 의정이 가볍게 고개를 까닥이며 작별을 알렸다.

"그쪽은 시간이 남아돌아서 괜찮겠지만 난 좀 바쁜 몸이라 먼저 일어날게요."

냉정하게 돌아선 의정이 또각또각 힐 소리를 내며 걸어가다 멈췄다. 뭔가 떠오른 듯 그녀가 이지를 돌아보며 말했다.

"아참. 그리고 다른 길 찾아봐요. 의사도 인성을 제대로 갖춰야 되는 직업이거든. 절대, 소아청소년과는 돌아보지도 말고."

멀어지는 의정의 뒷모습을 보며 이지가 인상을 팍 구겼다. 뭐가 제대로 되는 게 하나도 없었다. 그런 여자 말고 국회의원 자식인 자신이 며느릿감으로 어떠냐고 은근히 어필할 작정이었다. 그런 데 의정은 자신이 생각했던 것과는 완전히 다른 사람이었다.

"뭐야. 신명호텔 고명딸이라더니. 콧대가 너무 높은 거 아냐? 왜 사람을 무시하고 난리야? 기막혀."

이지는 자신의 잘못은 모르고 오히려 의정이 도도해서 사람을 깔보는 거라고 생각했다. 역시 이기적인 사람은 뭘 해도 이기적으로밖에 결론이 나지 않는 모양이다.

구제불능 이지를 두고 카페를 나온 의정은 로비에 서서 엘리베이터 쪽을 응시했다. 저걸 타고 올라가서 애초에 계획했던 대로 이연을 만날까 잠시 고민했다. 의정은 이내 시크하게 돌아서 병원 로비를 가로질러 출입문으로 향했다.

사람은 직접 만나 겪어보는 게 제일 좋다는 판단이 조금 전 이지를 만나면서 들었다. 언젠가 은결이 자신에게도 소개시켜 주겠지 하며 의정은 꾹 참아보기로 했다.

"감이 안 좋아, 감이."

일을 마치자마자 참새가 방앗간에 들르듯 은결이 오! 땡! 달구지를 찾았다. 한경의 바로 앞자리에 앉아서 술을 기울이는 은결의 몸은 반쯤 홀을 향해 돌아서 있었다. 그의 시선이 닿은 곳에 정우가 앉아 있었다. 불만 가득한 눈으로 그쪽을 보며 은결이 술을 마시는 중이었다.

"질투 작렬이다?"

한경이 그런 은결의 모습이 귀여운 듯 웃음 띤 얼굴로 말했다. 은결이 불퉁하게 그를 돌아봤다.

"남자의 식감이라는 게 있잖아요. 시상에도 술집 많은데 굳이 여기까지 와서 왜 술을 마시냐고요. 사심이 있어서 그런 거죠. 그것도 아주 많이."

투덜거리며 은결이 정우를 틈틈이 쏘아보았다. 사랑이란 걸 하더니 은결이 드디어 질투라는 것도 덩달아 하는구나. 한경이 흐뭇한 마음으로 은결의 시선을 한 몸에 받고 있는 정우를 봤다. 순박한 얼굴로 서경과 다정히 대화를 나누는 모습이 참 보기 좋았다. 물론, 서경의 남자가 아닌 친구의 입장에서 봤을 때는 그랬다.

"확실히 좋아하는 마음은 있어 보여."

"그렇죠? 유혹의 눈빛을 막 쏜다니까요. 봐요. 눈에서 막 하트가."

오버스럽게 눈에서 뭔가가 나오는 시늉을 하며 은결이 격하게 말했다. 그런 은결의 곁으로 서경이 다가왔다. 그녀가 안쪽 한경에게 주문 받은 것을 말했다.

"3번 테이블 모듬 어묵 하나."

"오케이."

은결이 서경을 바라보며 환한 미소를 머금었다. 그의 손이 엉큼하게 서경의 허리 쪽으로 이동했다. 그 손을 서경이 냉정하게 찰싹 때리며 돌아섰다. 서늘하게 자신을 내려다보는 서경을 향해 은결이 입을 삐죽거렸다.

"야박하게."

"일하는 중이야. 얌전히 기다려. 아니면 집에 먼저 가든가."

"싫어."

"둘 중에 어느 게 싫은 건데?"

"둘 다."

토라진 듯 입을 삐죽이는 은결이 한심해 보였다. 그렇다고 대놓고 그렇게 말했다가는 더 삐칠 게 틀림없었다. 서경이 손을 들어 그의 머리 위에 올려놓았다. 은결이 충견처럼 믿음직한 눈빛으로 그녀를 직시했다. 머리를 가만가만 쓸어주며 서경이 은결을 달랬다.

"내가 좋아 죽겠는 건 알겠는데 그렇다고 사람들 많은 이런 곳에서 너무 진한 애정표현은 좀 그렇잖아? 그런 건 우리 둘만 있을 때. 응? 난 남들이 보는 거 싫어, 은결아."

성격에 맞지 않은 말을 하려니 속에서 부글부글 끓어올랐다. 마음 같아서는 뒤통수를 한번 시원하게 날리고 당장 꺼지라고 하고 싶었지만 사귀는 사이에 그런 건 좀 심하다는 마음 한 켠의 외침 때문에 참았다.

"흐음."

수긍의 의미라기보단 꾹 눌러 참는 듯한 낮은 신음으로 은결이 답을 대신했다. 그가 콩하고 그녀의 가슴에 머리를 기댔다. 그리곤 시무룩하게 입을 열었다.

"나 며칠 만에 온 건데 찬밥신세야. 참기 힘든 거 억지로 참고 있는 중이라고."

"알아. 아니까. 미안해서 오늘 일찍 마친다잖아."

그랬다. 한 삼 일 그는 응급실 당직을 서느라 서경과 만나지 못했다. 그래서 일을 마치자마자 피곤한 것도 잊고 미친 듯이 달려온 것이다. 그런데 그런 그의 눈에 띈 게 정우와 다정하게 말을 주고받는 서경의 모습이었다. 뿔이 안 나려야 안 날 수가 없었다.

"그래서 참고 있잖아. 얌전히."

"후우. 뭐가 문젠데. 뭣 때문에 그렇게 골이 난 건데."

기다리는 것에는 둘 다 이미 익숙했다. 그가 이러는 데에는 분명 다른 이유가 있지 싶었다. 서경의 말에 잠시 말이 없던 은결이 팔을 쭉 뻗어 어느 한곳을 가리켰다. 서경이 팔을 따라 시선을 옮겼다. 손끝에 정우가 있었다.

"자꾸 신경 쓰여."

정우를 가만히 바라보던 서경의 입가에 엷은 미소가 머금어졌다. 은결이 무슨 말을 하는지 알 것 같았다. 그가 정우를 질투하는 것 같았다. 그게 은근히 그녀를 기쁘게 했다.

'아, 내 남자가 질투를 한다는 게 이런 느낌이구나.'

서경도 알고 있었다. 정우가 가게를 찾는 이유를. 거래처 매출을 올려주기 위해서라는 말이 핑계라는 것도 알았다. 겸사겸사 그냥 자신도 보고 대화도 나누고 하는 거라 별스럽지 않게 생각했다. 그런데 서경과 달리 은결은 그게 무척 신경 쓰였나 보다.

"거래처 사람이야."

서경이 웃음을 꾹 눌러 참고 무심한 투로 말했다. 은결이 도리질을 쳤다.

"너한테 흑심 품었어."

"내가 연필도 아니고 무슨 흑심을 품어."

은결의 움직임이 우뚝 멈췄다. 그가 머리를 떼고 가만히 서경을 쳐다봤다. 서경이 무덤덤한 표정으로 그를 마주 봤다. 그가 눈썹을 들썩이며 몸을 부르르 떨었다.

"갑자기 한기가."

순간 서경의 손이 꽉 쥐어졌다. 주먹 쥔 서경의 손을 보며 은결이 그녀의 손에 냉큼 쟁반을 들려주었다.

"헐리 업. 빨리 일해야, 빨리 끝나지."

엉덩이를 팡팡 두드려 내쫓는 은결을 서경이 얄밉게 흘겼다. 한경이 만들어낸 모듬 어묵을 쟁반 위에 올리고 서경이 홀로 걸어갔다. 정우의 테이블로 다가선 서경이 음식을 내려놓고 그에게 뭐라고 말을 걸었다. 정우가 은결 쪽을 돌아봤다. 은근히 그쪽을 신경 쓰고 있던 은결과 시선이 딱 마주쳤다.

엷은 미소를 띤 정우가 고개를 숙여 보였다. 덩달아 고개를 숙인 은결이 갸우뚱했다. 갑자기 웬 인사? 그 이유는 서경이 돌아오면서 알게 되었다.

"네 소개 했어."

"응?"

"내 애인이라고."

무뚝뚝하게 내뱉는 서경의 시선은 한경에게 머물러 있었다. 그녀의 옆얼굴을 보며 은결이 입가를 매끄럽게 끌어 올렸다. 그녀의 볼이 살짝 붉게 달아오른 게 보였다. 말을 하고도 부끄러웠던 모양이다. 하긴, 서경의 성격상 곧 죽어도 그런 말은 낯간지러워서 못했을 것이다. 하지만 언제나 그렇듯 사랑은 사람을 변화시킨다. 부끄러움을 무릅쓰고 자신을 애인이라고 말한 서경이 너무 사랑스러워 견딜 수가 없었다.

"아유. 이 귀여운 것. 이 사랑스러운 것."

와락 예고도 없이 은결이 서경을 껴안았다. 허리를 껴안고 마구 부비부비를 하는 은결 때문에 서경이 놀라 눈을 부릅떴다. 안에서 어묵을 살피던 한경도 멈칫하며 그를 쳐다봤다. 가게 안의 시선이 집중된 건 물론이었다.

잠시의 정적이 흐르고 서경이 들고 있던 빈 쟁반으로 은결의 머리를 내려쳤다. 은결이 아프다고 미간을 찡그리면서도 서경을 놓지 않았다.

"아우, 인간아."

서경의 타박을 들으면서도 은결은 마냥 행복한 표정을 지었다.

뭐 어때, 내 거 내가 좋아서 죽겠다는데. 남들 시선 따위가 무슨 상관이야. 원래 사랑이란 게 숨길 수가 없는 거라고 했다. 그럼 대놓고 표 내면 되는 거 아닌가? 내가 이 사람을 지금 무진장 사랑하고 있다고. 아주 격하게.

　주말이 더 바쁜 서경이었지만 오늘은 가게가 아닌 다른 곳에 나와 있었다. 그것도 눈곱도 채 떨어지지 않은 눈을 하고 아침 일찍부터. 서경이 제 머리에 걸쳐진 것과 손목에 채워진 것을 보며 깊은 한숨을 내셨다.

　"뭐냐? 이게?"

　"낭만과 꿈이 가득한 데이트."

　"그러니까. 이게 뭐냐고."

　서경이 툭툭 머리에 있는 것을 손끝으로 쳤다. 그가 그녀를 돌아보며 싱긋이 눈웃음을 쳤다. 서경에게로 몸을 돌린 그가 그녀의 머리에 올려진 것을 똑바로 다시 가다듬었다. 그리곤 만족스러운 듯 고개를 끄덕였다. 그의 머리 위에도 똑같은 것이 있었다.

　미키 마우스의 귀 모양을 한 머리띠였다. 그녀의 손에 채워진 것은 자유이용권이었으며 그들이 서 있는 곳은 막 개장한 놀이동산 안이었다.

　중학교 이후로 놀이동산을 와본 적이 없었다. 같이 올 사람이 없어서라기보단 유치해서였다. 놀이기구를 타며 비명을 지르고 거기에 쾌감을 느끼는 취미가 서경에겐 없었다. 그런 곳을 은결의 손에 끌려서 오게 된 것이다. 그것도 개장부터 사람으로 넘쳐 나는 주말에.

놀이동산에 오면 이 정도는 기본으로 해줘야 한다며 그가 직접 머리띠를 사서 착용까지 시켜주었다. 서경은 머리띠를 좋아하지 않았다. 쓰고 있으면 머리가 죄어와 꼭 자신이 손오공이 된 것 같은 기분이 들어서였다.

그걸 굳이 은결이 두 개나 사서 커플이면 당연히 해야 한다 우기며 씌워놓았다. 게다가 기구 타는 건 별로라고 했음에도 불구하고 자유이용권을 끊어버렸다. 넌 내 말을 대체 어디로 듣는 거니?

이런 곳에 그가 소원권을 쓸 거라고는 생각도 하지 못했다. 사귀는 중에도 둘은 여전히 내기 게임 한 판의 유혹을 떨치지 못했다. 그리고 그렇게 획득한 소원권으로 전과 달리 사심을 채우기 시작했다. 그것도 꽤 재미가 있었다. 당당히 섹시하고 야하게 놀 수 있는 기회를 갖게 되는 거니까.

그랬는데 뜻밖에도 은결이 이번에 획득한 소원권을 이런 곳에 썼다. 일단 소원권을 발동시키면 거절은 할 수 없었다. 닥치고 실행. 그게 이렇게 배신을 때릴 줄은 몰랐다. 놀이기구에서 들리는 괴성에 벌써부터 서경의 몸이 피로감을 느꼈다.

"가자. 스트레스 해소하러."

"난 왠지 스트레스가 더 쌓일 것 같은데."

그녀의 넋두리는 깔끔히 무시한 채 은결이 손을 잡아당겼다. 서경은 잠시 후, 은결과 함께 기구에 올라타게 되었다. 그의 말에 의하면 아주 스펙트럼하고 환상적인 기구라고 했다. 천천히 시동을 걸던 기구가 동그랗게 맴을 돌며 서서히 상승했다.

어느 정도 위치에 도달하자 기구가 하나씩 아래위로 번갈아가며 움직였다. 기구를 운행하는 기계실에서 음악이 흘러나왔다. 어린이 만화 영화의 주제가였다. 벌도 나오고 꽃도 나오는 그러다 새가 나와 위험에 처하게 되는 그의 말대로 스펙트럼한 노래였다.

"흐음. 이게 그렇게 재밌어?"

서경이 옆에서 환호성을 지르는 은결을 돌아봤다. 은결이 두 팔을 높이 들어 올리며 시원스럽게 웃음을 터트렸다. 그의 팔에 딸려간 서경의 손이 허공에서 흔들렸다. 내가 이런 인간이랑 사랑이란 걸 하고 있다니. 에휴. 내 팔자야.

놀이기구를 전전하면 할수록 서경의 얼굴에 난감함이 서렸다. 그들의 주변엔 어른들보다도 애들이 더 많았다. 은결은 주로 아이들이 타는 놀이기구를 골라 탔다. 들뜸과 행복함은 은결의 담당이었고, 부끄러움과 쪽팔림은 서경의 몫이었다.

꼬박 세 시간을 쉼 없이 놀이동산을 누볐다. 기진맥진해 벤치에 널브러진 서경을 두고 은결이 어딘가로 사라졌다. 잠시 후, 돌아온 그의 손엔 소프트 아이스크림 두 개가 들려 있었다. 그가 천진난만하게 웃으며 아이스크림 하나를 내밀었다. 그것을 받아 들며 서경이 졌다는 듯 고개를 절레절레 저었다.

그녀의 옆에 은결이 나란히 앉았다. 그리고 둘은 아무 말 없이 아이스크림을 먹기 시작했다. 하늘 위로 새들이 떼를 지어 날아갔다. 가을 하늘이 청명하고 맑다면 여름의 하늘은 강렬하고 푸르렀다. 평화로운 하늘을 바라보며 은결이 입가를 부드럽게 말아 올렸다. 서경의 표정도 그와 다르지 않았다.

좋았다. 이런 식의 말도 안 되는 억지 데이트도 사랑하는 사람과 함께라면.

저녁을 먹기 위해 식당을 찾은 둘은 한정식을 시켰다. 분위기 좋은 레스토랑에서의 데이트도 좋지만 둘은 편한 게 제일 좋았다. 격식을 따져야 하는 딱딱한 분위기를 싫어하는 것도 꼭 닮아 있었다.

은결이 서경의 컵에 물을 채워주고 제 컵에도 물을 따랐다. 서경이 고맙다고 말하며 물을 들이켰다. 평소와 다름이 없는 이런 일상적인 만남들이 행복으로 가득하게 된 건 어쩌면 사랑하는 사람이 함께이기 때문일 것이다.

"인천에 한 번 내려가자."

식사가 나오고 서경이 한술을 뜨자 은결이 넌지시 말했다. 서경이 물끄러미 그를 응시했다. 인천은 그전에도 몇 번 함께 간 적이 있었다. 부모님의 일손을 돕기 위해 한경과 서경이 내려가면 꼭 오프를 핑계로 은결이 따라오곤 했다. 그때마다 어찌나 싹싹하고 다정하게 부모님을 대하고 일을 돕는지, 자신의 자식들보다 낫다고 엄마가 입에 침이 마르게 칭찬했었다.

"그래, 그러자."

별스럽지 않게 고개를 끄덕인 서경의 표정이 어두웠다. 부모님은 은결에 대해 어느 정도 알고 계셨다. 그가 어느 집 자식이며 직업이 무엇인지. 엄친아가 여기 있었다며 그를 부추겨 세우는 통에 서경이 아예 아들 삼지 그러냐고 핀잔까지 주었었다.

그때와 지금의 처지는 달랐다. 따라서 대우도 다를 수 있었다. 그가 서경이 떠올린 밥 위에 계란말이를 올려주었다. 서경이 좋아하는 반찬이었다. 서경이 히죽 웃으며 밥을 덥석 물었다. 오물오물거리는 서경의 입에 묻어난 밥풀을 은결이 손끝으로 덜어내 제 입에 넣었다. 그게 너무 자연스러워 원래 그 밥풀이 은결의 것인 줄 알았다.

서경이 눈을 깜빡거리며 그를 쳐다봤다. 은결이 씨익 웃으며 숟가락을 들어 맛깔스럽게 밥을 먹었다. 밥이 어느 정도 비워지자 은결이 대화를 시작했다.

"질문 하나."

"해."

"너 나랑 결혼할래?"

대수롭지 않은 것이라 생각해서 하라고 한 것인데. 은결의 입에서 나온 말에 서경이 수저를 잡은 손을 멈췄다가 고개를 들어 빤히 그를 응시했다. 그가 물을 마시며 부드럽게 미소를 지어 보였다.

"안 할 거야?"

"……."

선뜻 답을 못하는 서경의 목으로 마른침이 넘어가는 걸 은결이 포착했다. 그 말이 그렇게 목에 걸릴 만큼 강한 것이었나? 하긴, 부담스럽긴 하지.

"지금 하잔 말은 아니고 언젠가는 하자는 거지. 이왕 할 거면 나랑 하자고. 그 결혼."

그가 장난스럽게 말하며 다시 식사에 열중했다. 그런 은결을 서경이 무거운 마음으로 바라보았다. 사귄다는 말속에는 결혼이라는 단어가 은연중에 숨어 있었다. 결론이 결혼으로 이어지느냐 아니면 이별로 끝나느냐는 시간이 지나봐야 아는 일이었다. 하지만 명확한 답을 내놓고 시작하고 싶은 마음은 다 똑같을 것이다. 지금 사귀는 사람이 나와 결혼을 할 사람이길 바라는.

"그래, 그러자."

단조롭지 않게 말하며 서경도 마저 수저를 들었다.

"언젠가는."

덧붙인 말에 은결이 희미한 미소를 머금었다. 아직은 시기상조라는 의미였다. 그래도 사귐의 전제가 결혼이란 것에 은결은 만족했다. 각자 결혼에 대한 부담감을 가지고 있는 사람들이었다. 그래서 자신의 인생에서 아예 연애라는 것도 제외시켰었다.

사귀는 것도 참 어렵게 시작했는데 결혼이라니. 앞으로 까마득히 먼 일이 되지 않을까 은결은 은연중에 그런 생각을 했다.

식사를 마치고 나온 은결이 서경에게 척하니 손을 내밀었다. 그 손을 서경이 맞잡았다.

"배도 든든하게 채웠으니 차비 좀 아껴볼까?"

은결이 싱긋이 웃으며 잡은 손을 가볍게 흔들었다. 자연스레 깍지를 끼며 둘이 나란히 거리를 걷기 시작했다. 낮 동안 찬란하게 내리쬐던 늦여름의 태양이 숨어버린 저녁. 운치 가득한 거리 위로 후덥지근함을 달래주려는 듯 옅은 바람이 불었다.

둘은 곧장 집으로 가는 길 대신 여기저기 눈에 밟히는 대로 발길이 닿는 대로 걸었다. 그러다 보니, 익숙했던 거리가 문득문득 낯설음으로 다가오기도 했다. 그게 또 색다른 매력으로 느껴져 좋왔다.

익숙함 사이에 자리한 낯선 느낌. 그건 꼭 사랑과 닮아 있었다.

상대에 대해 모든 것을 다 안다고 생각했는데, 문득 다른 모습이 보여 설레기도 하고 당혹스럽기도 한. 자신의 소유라고 생각했는데 어느 순간 돌아보면 온전히 제 것이 아닌. 사랑은 그런 모순들을 품고 있었다. 그렇게 해서 한순간도 방심해선 안 된다고 은근한 경고를 보낸다. 방심하는 순간, 사랑이 너를 배신할 수도 있음을.

본가에서 호출이 왔다. 그게 무슨 의미인지 은결은 알고 있었다. 사귀는 사람이 있다고 말한 지 한참이 지났다. 기다릴 만큼 기다렸으니 이제 무슨 말이라도 하라는 의미였다. 그래서 사귀는 여자와 결혼을 하겠다는 건지 말겠다는 건지. 소개는 언제 시켜줄 건지까지도.

가족에게 서경을 소개시키는 건 어렵지 않았다. 문제는 그 후였다. 오매불망 아들의 결혼을 바라는 부모님이 또 얼마나 재촉을 해댈지, 서경에게는 어떤 부담을 줄지 걱정스러웠다.

사귀는 것에 대해 반대는 하지 않을 분들이라는 건 알고 있었다. 하지만 결혼은 또 다른 문제였다. 집안과 집안이 묶이는 일인만큼 신중하고 또 신중해야 했다. 서경이 결혼에 대해 부정적인 이유가 그에 기인한다는 것도 은결은 잘 알고 있었다.

서경과 사귀기 전, 한경의 푸념과 걱정을 들은 적이 있었다. 그날은 한경이 꽤 취했었다. 좀체 속마음을 드러내지 않는 그가 그리움 가득한 눈빛으로 사랑했던, 아니, 지금도 여전히 사랑하는 여인에 대해 입을 열었다. 그리고 자신의 결혼이 실패로 끝난 이유와 서경이 왜 그렇게 연애와 결혼을 망설이는지에 대해서도.

모든 사랑이 다 똑같지는 않을 텐데 서경은 미리 모든 것을 단정 짓고 사서 걱정을 했다. 그 마음 한구석엔 오빠에 대한 애잔함도 있었다. 자신이 누군가를 사귀고 행복하게 되면 오빠가 더 쓸쓸해질까 봐. 터무니없는 생각이란 걸 알면서도 속 여린 서경은 그 마음을 차마 쉽게 떨쳐 내지 못했다.

한경이 장난스럽게 제발 좀 어느 정신 나간 놈이 업어가면 좋겠다고 구박을 해도 너나 잘하세요 하며 오히려 그에게 핀잔을 줬다.

은결의 부모님에게는 아픈 손가락이 있었다. 은결과 은주 사이에 있었던 여동생이 그랬다. 그 아이의 이름은 은아. 은아는 별처럼 다섯 살이 되던 해에 하늘나라로 떠나버렸다. 소아암을 앓다가 힘들게 눈을 감았다. 그때 그의 부모님은 깨달았다. 생명은 돈으로 살 수 없는 귀한 것이라는 걸. 아무리 돈이 많아도 죽음 앞에선 속수무책이라는 걸.

그때부터 사람보다 귀한 것은 없다고 믿고 사시는 중이시다. 그 믿음은 은결과 은주에게도 고스란히 이어졌다. 사람이 먼저. 그게 은결 가족의 가훈이었다.

대신 가족을 잃은 만큼 그에 대한 애착도 강했다. 아들 딸 시집 장가보내 가슴으로 닿은 딸과 아들을 얻고 싶어 하셨다. 그들을 세상 사람들은 다른 말로 며느리와 사위라고 불렀다.

물론, 의정이 그의 가족이 될 사람을 선을 통해 고르려고 했던 건 전적으로 결혼에 무심한 은결과 은주 때문이었다. 그로 인해 의정이 며느리로 삼고 싶은 부류가 상류층이라는 오해가 생겼다.

의정의 인맥은 단순했다. 소개를 받은 커플 메이킹 회사도 눈높이가 상류층에 맞춰져 있었다. 집안에 대한 정보가 데이터로 남겨지고 그에 따라 점수가 매겨진다. 그것을 바탕으로 대상을 맞추다 보니 그렇고 그런 사람들과 만나게 되는 것이다.

선 자리에 나간 여자들은 대부분 의정이 사진을 보고 고른 것이다. 기타 다른 정보는 필요치 않았다. 아들의 마음에 들면 그뿐이었다. 그래서 심혈을 기울여 골랐다. 은결과 어울릴 만한 페이스로. 여기에도 오해는 존재했다.

의정은 은결이 여자의 얼굴을 무척 까다롭게 따진다고 알고 있었다. 자신만 보며 자란지라 은결이 여자를 보는 첫 번째 기준이 얼굴이라고 생각했다. 예쁘고 마음씨 좋아 보이는 얼굴로 선별해 어렵게 마련한 선 자리였다. 그런데도 뭐가 마음에 안 들었던지 매번 성사가 이뤄지지 않았다.

그게 의정은 안타까웠다. 제발 은결과 은주가 좋은 인연을 만나 진실된 사랑을 할 수 있기를. 그렇게 해서 하루라도 빨리 손주를 안겨주기를 바랐다. 의정에게 달리 큰 욕심은 없었다.

본가 주차장에 차를 주차시킨 은결이 깊게 숨이 들이쉬곤 마음을 다스렸다. 준비 운동이라고 해야 할까?

벨을 누르자 기다렸다는 듯 의정의 목소리가 들렸다.

[은결이 왔니?]

"네, 저예요."

훗. 하고 웃음이 났다. 어머니의 목소리에서 들뜬 마음이 느껴져서였다. 혹여 서경이 같이 온 건 아닌가 아마도 지금 모니터를 통해 열심히 살피고 있을 터였다. 죄송스럽게도 오늘은 은결 혼자였다.

집안으로 들어서자 현관에서 의정이 기다리고 있었다. 그녀가 은결의 뒤쪽을 응시하며 물었다.

"혼자니?"

"네."

신발을 벗고 들어선 은결이 의정을 스치며 응접실로 향했다. 응접실엔 그의 부친 김철준이 기다리고 있었다. 차를 마시고 있던 철준이 그를 돌아봤다.

"저 왔습니다."

"혼자?"

의정과 똑같은 반응에 은결이 웃음을 머금었다. 어째 정작 본인들이 낳은 아들은 그다지 반기지 않는 눈치였다. 불러놓고 푸대접이다. 소파에 앉는 은결을 보고 철준이 다짜고짜 물었다.

"예쁘냐?"

"네."

"얼마나?"

"제가 매달릴 만큼이요."

"자식."

철준이 눈을 가늘게 내려뜨고 은결을 못마땅하게 쏘아보았다. 그가 코를 씰룩이며 툭 내뱉었다.

"좋겠다."

"풋."

웃음을 참으려고 했지만 부러움 가득한 철준의 말엔 도저히 그럴 수가 없었다. 의정이 은결의 맞은편에 앉으며 제 남편을 흘겼다. 주책없이 왜 그러냐는 타박이 담겨 있었다. 철준이 의정의 매서운 눈빛에 흠흠 헛기침을 하며 슬쩍 시선을 피했다.

이런 철준을 보고 과연 누가 대기업을 쥐락펴락하는 대표라고 생각이나 할까 싶은 모습이었다. 꾸밈없고 솔직한 철준이 은결은 오히려 자랑스러웠다. 물론 의정은 마음에 안 들어하는 것 같았지만.

"소개는 언제 시켜줄 거야? 혹시 아예 그럴 마음이 없는 건 아니지?"

의정이 그러면 용서 못한다는 투로 말했다. 은결이 숨을 깊게 들이쉬곤 부모님을 번갈아 바라봤다. 두 분을 이해시키려면 아무래도 말이 길어질 것 같았다. 그녀의 자라온 환경과 집안 사정, 이념과 주관에 대해서. 그리고 자신도 거기에 동의한다는 것까지.

"드릴 말씀이 있습니다."

분위기를 잡는 은결의 말에 의정의 미간이 좁아졌다.

"또 무슨 말로 우릴 회유하려고?"

"알려 드리려고요. 사전정보라고나 할까?"

"무슨 사전정보?"

"뭐 굳이 제목을 붙이자면 제 애인을 소개합니다, 정도일까요?"

철준이 경청할 자세를 잡았다.

"어디 한번 풀어봐."

"이름은 이서경. 나이는 저보다 한 살 어린데 하는 건 꼭 누나 같아요."

서경에 대해 말하는 아들의 표정을 부부는 유심히 살폈다. 저런 얼굴을 언제 본 적이 있었던가 싶게 무척이나 밝고 온화했다. 진심으로 사랑을 하는구나 하는 게 느껴졌다. 그녀에 대해 듣는 것만으로도 마음이 포근해졌다. 그래서 어서 빨리 더 서경이 보고 싶어졌다.

"아시다시피 처음엔 현준이 형 때문에 알게 되었어요. 형 와이프 절친이거든요. 처음 봤을 때부터 둘이 성격도 잘 맞고 해서 친구로 지내기로 했구요."

은결의 이야기가 길어질수록 의정은 아쉬움을 느꼈다. 서경이 너무 보고 싶었다. 참지 말고 당당하게 내가 김은결이 엄마다 하며 가게로 불시에 습격을 할 것을 잘못했다. 예의를 지키고자 은결이 소개해 줄 때를 기다렸건만 은결에게선 그런 기미가 전혀 보이지 않았다.

의정의 성격상 참 많이 참기도 참았다.

"그래서 두 분이 좀 다정하게 서경이를 감싸 안아주셨으면 좋겠어요."

대략적인 설명을 마치고 은결이 자신의 부모님을 지그시 바라보았다. 철준이 고개를 끄덕이며 긍정적인 반응을 보였다. 의정도 흔쾌히 고개를 끄덕였다. 이야기만 들어도 어서 그녀를 만나보고 싶었다. 이제 어려운 고비는 넘긴 것 같았다. 절대 보여주지 않을 것 같던 서경을 그리 오래지 않은 시간에 볼 수 있을 것 같았다.

서경에 대해 말하며 행복에 겨운 미소를 연신 매달고 있는 은결을 보자 확신이 들었다. 확실히 지금 그 애와 결혼을 하긴 할 모양이라고.

인천 앞바다에 은결이 떴다. 서경은 의사가 이렇게 한가한 직업이었던가 새삼 다시 생각하게 되었다. 본인이 홍길동도 아니고 요즘은 동에 번쩍 서에 번쩍 정신없이 돌아다니는 중이었다.

"여긴 또 어떻게 왔어?"

"한경이 형이 고급정보를 흘려줬거든."

"아 놔. 그 인간 정말 인생에 도움이 안 돼요."

은결이 부모님에게 자신에 대해 말했다는 소릴 듣고 나서 서경은 마음이 복잡해졌다. 언제까지 회피하며 그분들을 만나지 않을 수는 없었다. 예의 없다고 여기시면 어쩌나 하는 마음도 들어 불안하기도 했다. 솔직히 그녀는 자신이 없었다. 은결에 비해 자신이 너무 초라해 보여서. 가진 것이 없는 건 채우면 된다고 생각하며 살아온 서경이었다. 그런데 막상 은결과 사귀고 나니 제 부족함이 그에게 누가 되지 않을까 걱정스러웠다.

그래서 마음이나 정리하자고 내려온 건데 한경이 서경에게 다시 꼬리를 붙여놓았다. 요즘 들어 그녀 혼자 뭔가를 생각할 시간이 없었다. 연애를 하면 다 이런가 싶을 정도로 은결은 시간만 나면 서경을 찾았다.

서로 시간이 많지 않은 관계로 만남이 쉽지 않다는 그의 주장도 맞는 말이긴 했다. 만나서 보내는 시간들이 싫은 것도 아니었다. 단지, 지금 서경은 자신의 마음을 다스리고 결정할 시간이 필요했다.

"나한테는 엄청 도움이 되는 형님인데."

은결이 환하게 웃으며 서경의 어깨에 팔을 둘렀다. 한숨과 함께 그의 팔을 걷어내려는 서경을 오히려 더 힘껏 껴안으며 은결이 그녀의 입술을 머금었다. 움찔하던 서경도 이내 그와의 키스에 열중했다. 그와 사흘 만에 만나는 거였다. 이러니저러니 해도 역시 사랑하는 사람의 애정표현은 가슴을 설레게 하고 기분을 좋게 만들었다.

"우리 딸내미 같은데? 흐음. 뭘 하는 중인고?"

갑자기 들려온 익숙한 목소리에 서경과 은결이 입술을 떼고 슬그머니 고개를 돌렸다. 그들의 앞에 서경의 부모님이 서 있었다. 일을 마치고 돌아오는 중이었던 듯 짐이 한가득이었다. 빤히 바라보는 눈빛에 은결이 서둘러 서경을 놓아주었다.

"안녕하셨어요. 어머님, 아버님."

은결이 급히 허리를 90도로 숙여 인사를 했다. 그의 얼굴이 빨갛게 달아올라 있었다. 여자의 부모님 앞에서 열정적으로 키스하는 걸 들켰으니 그럴 만도 했다. 죽어라 매를 때린 데도 할 말은 없었다. 딸을 둔 부모 입장에서 은결은 도둑놈으로 보일 테니까.

"은결이네?"

"그러네요. 우리 딸 친구라던 그 은결이네요."

"요즘은 친구 사이에 저런 것도 하나 봐?"

"그런가 보죠. 반가움의 인사가 참 격하네. 잘하면 입술 뜯어 먹겠던데요."

농담인지 진담인지 구분이 안 가는 대화를 주고받으며 두 분이 은결을 뚫어져라 응시했다. 은결은 선 자리가 단두대인 양 가슴이 서늘해졌다. 여기서 그냥 있으면 남자가 아니라는 판단이 섰다. 은결이 축축한 시멘트 바닥에 그대로 무릎을 꿇었다.

"아버님, 어머님. 제가."

"죽을죄를 지었나?"

뒷짐을 진 채 한발 다가선 서경의 부친 봉태가 물었다. 꿀꺽. 은결의 목으로 마른침이 넘어갔다. 그가 고개를 숙인 채 가만히 있자 봉태가 마누라인 공숙을 돌아보며 말했다.

"그런가 보네. 죽을죄를 지었나 보네."

"그럼 죽어야지. 진짜 그랬나?"

이번엔 공숙이 은결의 옆으로 바짝 다가와 물었다. 은결이 공숙을 올려다보며 머뭇거렸다. 그 죽을죄라는 게 뭔지 의미가 모호했다. 키스가 죽을죄인지 아닌지 판단이 서지 않을 만큼.

그의 답에 도움을 주고자 공숙이 적나라하게 물었다.

"잤어, 안 잤어."

은결이 눈을 깜빡거렸다. 이번에도 답을 하지 못했다. 그건 정말 죽을죄였고, 이미 그 죽을죄는 저지른 후였다. 은결을 빤히 내려다보던 공숙이 봉태를 돌아보며 말했다.

"잤네, 잤어."

"저기 어머님. 그게 그러니까."

"벌떡 안 일어나고 뭐 하나?"

"예?"

"죽을죄를 지었으면 어떻게 해야 한다고 내가 말한 거 같은데. 여태 가만히 앉아 있으니 하는 말 아닌가."

"아. 네."

공숙의 포스에 바짝 얼은 은결이 자리에서 벌떡 일어났다. 봉태가 그런 은결을 지나 부두 아래 시퍼런 바다를 내려다봤다.

"오늘 물이 차던가?"

"날이 이런데 뭐가 차겠어요. 따뜻하지."

그러면서 두 사람이 동시에 은결을 돌아봤다. 서경은 그런 부모님과 은결을 지켜보며 주머니에 손을 찔러 넣었다. 저 정도면 시트콤을 찍어도 될 정도였다. 괜히 애 겁주지 말고 그만두라고 말하고 싶었지만. 꾹 참았다. 그녀도 지은 죄가 있기에 나설 처지가 못 되었다.

일단은 부모님이 하는 대로 두고 볼 수밖에 없었다. 설마, 정말 죽이기야 하려고 하는 생각으로 지켜보기만 했다.

"내가 먼저 들어가 볼까나?"

"안 됩니다, 아버님!"

바다를 내려다본다고 봉태가 너무 고개를 숙이고 있었다. 그가 걱정되어 은결이 곁으로 달려갔다. 찰나의 순간 봉태가 몸을 세우고 뒤로 한 발짝 물러섰다. 그 옆으로 속도를 줄이지 못한 은결이 허공에서 팔을 허우적거리다 그대로 바다에 떨어졌다.

"어푸푸!"

물을 뱉어내며 은결이 수면 위로 목을 내밀었다. 봉태가 들고 있던 그물을 던졌다. 은결이 그물을 붙잡자 공숙은 물론 서경까지 붙어서 있는 힘껏 끌어당겼다. 물에 빠진 생쥐 꼴이 되어버린 은결이 나오자마자 바닥에 널브러졌다.

"하아. 하아."

"그렇게 있으면 저체온증으로 정말 죽어. 얼른 일어나."

봉태가 축 처져 있는 은결을 부축해 일으켰다. 다른 쪽을 서경이 얼른 붙잡았다. 눈을 가늘게 내려뜬 봉태가 서경을 쏘아보았다. 갑자기 내려온다고 할 때부터 무슨 일이 있나 보다 했지만 이런 대어를 낚아올 거라고는 생각지도 못했다.

남자도 싫다, 연애도 싫다, 결혼은 더 싫다고 진저리를 치던 서경이었다. 그래서 늘 마음 한 켠에 아픔으로 자리했었다. 그 싫음의 원인이 혹여 자신들 때문인가 해서였다. 환경에 맞춰 사람을 만나면 되지 않느냐는 말은 차마 할 수 없었다. 그 말 자체가 또 한경에게 상처가 될 것 같아서였다.

이래저래 고민만 깊어가던 차에 언젠가부터 서경의 친구라며 넉살 좋은 은결이 함께 내려왔었다. 혹시나 하는 마음으로 기대를 가지고 둘을 살폈지만 얼마 전까지만 해도 영락없는 소꿉친구나 다름 없었다. 한마디로 서로에 대한 이성적 호감이 전혀 없어 보였다. 또 틀린 모양이다 포기하고 있었는데 웬걸. 한 놈이 먼저 오고 뒤에 다른 놈이 오더니 애틋하다 못해 열정적으로 키스를 해댔다. 그것도 보는 눈 많은 부둣가에서.

집으로 은결을 들인 후 갈아입을 옷가지와 함께 목욕탕에 밀어 넣었다. 일단은 따뜻한 물로 몸을 씻고 안정을 찾은 다음 녀석을 취조할 생각이었다. 범행 현장을 딱 들켰으니, 이제 빼도 박도 못하는 상황이 되어버렸다.

"이 녀석 잘 걸렸다. 어쩐지 처음 볼 때부터 예사롭지 않다 했어, 내가."

꼭 가족이 될 것 같았다는 말은 입으로 내뱉지 않았다. 그럼 부정을 타게 될까 봐 조심스러운 봉태였다.

"둘이 뭐야?"

저녁 준비를 돕는 서경을 엉덩이로 슬쩍 밀며 공숙이 물었다. 서경이 시큰둥한 표정으로 어깨를 으쓱했다. 반찬을 그릇에 덜어 담는 서경의 손길이 분주했다. 마치 나 일하고 있으니까 건드리지 말라는 듯.

그거야 네 가게에서나 통하는 거고. 여기 내 구역이거든? 어림 반 푼 어치도 없지.

공숙이 서경의 손에서 젓가락을 빼앗았다. 그리곤 그녀를 저를 보게 돌려세웠다. 서경이 체념한 듯 한숨을 푹 내쉈다. 바다처럼 드넓은 마음을 가진 분들이었다. 그만큼 순박하기도 했다. 그래서 몰랐다. 그래서 상처도 많이 받았다. 아이들이 좋다면 그만이지 하던 마음은 오해를 받았다.

분에 넘치는 욕심을 부리는 몹쓸 인간들이란 말로 부모님을 상처 입히던 그들을 서경은 용서할 수 없었다. 없는 사람들에게 뭘 바라겠냐고 그냥 아들만 넘기라는 말을 서슴없이 내뱉던 그들을 서경은 잊을 수가 없었다.

어떻게 같은 자식을 키우는 입장에서 그런 말을 할 수가 있을까. 당시로서는 도저히 이해가 가지 않았다. 오빠는 몰랐다. 그들이 부모님을 어떻게 대하는지. 제 자식이 보는 앞에서는 한없이 착한 사람들로 돌변하니까.

한경이 그 사실을 아는 데에는 꼬박 3년이라는 시간이 걸렸다. 아직 살림에 서툴다는 이유로 딸 부부를 한 집에 껴안고 사는 그 기간 동안 한경은 까마득히 모르고 있었다. 그리고 사실을 알았을 때 그는 죄인이 되어 부모 곁으로 돌아왔다. 불효자라는 죄명을 스스로 붙인 채. 그토록 사랑했던 사람을 두고.

그때는 가족 모두가 아팠다. 그것을 극복하기까지 무던히도 노력했다. 아무렇지 않은 척, 쓸데없는 농담을 하며 서로를 웃기려고 했다. 이제는 일상이 되어버린 그것들이 그때는 참 많이도 가슴을 시리게 만들었었다.

"사람 다 똑같은 거 아니야. 겪어보지도 않고 지레 겁먹고 도망치는 건 세상에서 가장 어리석은 짓이다. 알지?"

공숙이 양념을 넣어 무치던 나물을 맛보며 아무렇지 않게 말했다.

"으음. 역시 내 손맛은 끝내주게 좋아. 맛 좀 볼래?"

나물을 조금 집어 서경의 입에 넣어주며 공숙이 자화자찬을 이어나갔다.

"이거 먹다가 전부 골로 가는 거 아냐? 너무 맛있어서?"

"그 정도는 아니야."

서경이 자가 발전으로 한없이 떠오르는 공숙을 잡아 제자리에 내려놓았다. 공숙이 샐쭉하게 서경을 흘겨봤다. 다시 한 번 나물을 맛보곤 흥 하고 콧방귀를 꼈다.

"맛만 좋네."

"맛은 좋아. 죽을 정돈 아니라는 거지."

식탁에 반찬들을 옮기면서 서경이 엷은 미소를 지어 보였다. 맛은 있단 소리에 공숙의 기분이 좋아졌다. 공숙이 흥얼거리는 콧노래를 들으며 서경이 힐끔 욕실 쪽을 확인했다. 아직 은결은 나오지 않고 있었다. 들어간 지 30분이 넘어가고 있었다. 혹시 뭐가 잘못된 건 아닌지 은근히 걱정이 되기 시작했다.

"엄마, 보일러 틀었어?"

"보일러? 아빠가 튼 거 아니야?"

공숙의 말에 서경이 개수대로 가 물을 틀었다. 처음 찬물이 나오고 계속 손을 대고 온도를 가늠했다. 시간이 지나도 물 온도에는 변함이 없었다. 분명히 온수로 틀었는데도 말이다.

서경이 주방을 나서 성큼성큼 욕실로 향했다. 그녀가 쾅쾅 거칠게 문을 두드렸다. 거실에 앉아 가부좌를 틀고 있던 봉태가 흠칫 놀라 돌아보았다.

"김은결. 너 괜찮아? 얼어 죽은 거 아니지? 야, 문 좀 열어봐."

"왜 그래. 무슨 일인데?"

봉태가 급하게 다가와 물었다.

"보일러 안 틀었죠, 아빠?"

"보일러? 아차차."

날씨가 춥지 않아 아직 보일러를 틀 일이 없어 잠가놓았던 것을 깜박했다. 봉태가 서둘러 안방으로 가 보일러 버튼을 눌러 가동시켰다. 위잉 소리와 함께 보일러가 돌아가기 시작했다. 하지만 여전히 안에서는 아무런 대꾸가 없었다. 문 앞으로 다가온 봉태와 서경의 시선이 맞물렸다.

서경이 귀를 대고 안쪽의 동태를 살폈다. 물소리만 요란하게 들려오고 있었다.

"아빠 동전."

"어. 그래. 여기 있다."

주머니를 뒤져 동전을 꺼낸 봉태가 서경의 손에 그것을 쥐어주었다. 서경이 손잡이의 중앙 틈에 동전을 맞춰 돌렸다. 열쇠 방식이 아니라 동전만으로도 문을 열 수 있는 손잡이였다. 잠금이 풀리는 소리가 들리자마자 서경이 문을 활짝 열어젖혔다.

쏴아아, 하는 시원한 물줄기 소리가 욕실 밖으로 흘러나왔다. 그리고 샤워기를 손에 든 나신의 은결이 서 있었다. 그가 열린 문밖의 서경과 봉태를 돌아보며 눈을 깜빡거렸다. 꿀꺽. 은결의 목으로 마른침이 넘어갔다.

그가 주춤주춤 몸을 반대편으로 돌렸다가 다시 모로 비스듬히 섰다. 이러나저러나 중요 부위와 엉덩이 둘 중 하나는 포기해야 했다. 그가 급하게 수건을 낚아채 하체를 가렸다.

"물이 찬물이 계속 나와서. 그냥 씻을까도 했는데 체온이 더 떨어질 것도 같고 너무 추울 것 같아서."

주절주절 은결은 자신이 아직도 샤워를 마치지 못한 이유에 대해 늘어놓았다. 그런 은결을 여섯 개의 눈동자가 빤히 쳐다보았다. 당황한 기색이 역력한 은결을 위에서 아래로 천천히 훑어 내린 서경이 고개를 끄덕이며 시크하게 말했다.

"보일러 틀었으니까 온수 이제 나올 거야. 씻어."

"어."

은결이 수줍게 고개를 끄덕였다. 다시 문을 닫고 돌아선 서경이 쩝 하고 입맛을 다셨다. 주방에서 머리를 내밀고 쳐다보던 공숙이 의미심장한 표정을 지으며 안으로 들어갔다. 봉태가 툭툭 두툼한 손으로 서경의 어깨를 두드렸다. 서경이 멀뚱히 돌아보자 봉태가 싱긋이 웃었다.

"꽤 큰 걸 낚았구나."

허허 웃으며 거실로 걸어가는 봉태의 입에서 다소 민망한 혼잣말이 흘러나왔다.

"고놈 참 실하네. 허허허. 실해."

서경의 얼굴이 화끈 달아올랐다. 갈팡질팡하며 어디로 가야 할지 몰라 머뭇거리던 서경이 한숨을 푹 내쉬며 자신의 방으로 걸어갔다. 문을 닫고 기대선 서경이 이마를 짚었다. 그녀의 입에서 짙은 한숨이 흘러나왔다.

절레절레 고개를 흔든 서경이 목욕탕에 혼자 남은 은결을 떠올렸다. 그 민망함을 어떻게 견딜까 미안해서 딱 죽고 싶은 심경이었다. 이젠 그를 볼 때마다 부모님이 야릇한 미소를 지을 것 같은 불길한 예감이 들었다.

"하아. 저체온증으로 죽는 게 아니라 쪽팔려서 딱 죽고 싶겠다."

차가운 물이 계속 나오면 말을 해야지. 춥다고 왜 말을 못하니. 친구가 아니라 애인으로 첫 인사를 드리러 온 길이었다. 은결은 본의 아니게 두고두고 기억에 남을 아주 화끈한 신고식을 치렀다.

자신의 모든 것을 꾸밈없이 보여준 은결은 서경의 부모님에게 환대를 받았다. 키스 장면을 들켰을 때만 해도 맞아 죽을 각오를 했는데, 샤워 장면을 들킨 후론 이미 한 가족이 된 듯한 대우를 받았다.

밥을 먹고 도란도란 이야기도 나누고 즐거운 시간을 보낸 후 겨우 둘만 남게 되었다. 서경과 은결은 산책을 하기 위해 집을 나섰다. 손을 맞잡고 가로등이 드문드문 켜진 길을 걸었다.

벌레 소리와 어우러진 파도 소리가 듣기 좋은 음악 같았다. 밤하늘엔 수많은 별들이 반짝거리고 있었고 휘영청 밝은 달도 떠 있었다. 자박자박 둘의 발소리가 맞춘 것처럼 딱 들어맞았다.

"그때 생각난다."

은결이 부드럽게 입매를 끌어 올리며 말했다.

"무인도?"

"오, 너도 똑같은 생각 하고 있었구나."

닮은 미소를 입가에 머금고 서경이 말하자 은결이 반색했다. 그가 잡은 손을 신나게 흔들었다. 출렁출렁 파도가 치듯 팔이 흔들렸다. 드세어진 흔들림에 서경의 몸이 휘청거렸다. 넘어지려는 그녀의 몸을 은결이 제 품에 끌어당겨 안았다. 그리곤 뒤로 그녀의 상체를 기울여 제 입술을 겹쳤다.

순식간에 일어난 일들에 서경은 정신을 차릴 수가 없었다. 넘어진다 싶은 순간 그의 품에 안겼고 어느새 그의 입술이 제 입술을 탐하고 있었다. 서경이 자유로운 한 손을 뻗어 은결의 목을 휘감았다.

깊게 조금 더 깊게.

솔직하게 다가서고 사랑하기.

서경은 마음속 흔들림에 종지부를 찍었다.

지금 이대로도 좋다. 이런 사랑도 꽤 괜찮은 것 같았다.

겁이 나면 어때. 그가 손을 맞잡고 힘껏 응원해 줄 텐데. 함께 걸어가 줄 텐데. 맞서 싸워줄 텐데.

그는 내가 사랑하는 단 한 사람. 김은결이니까.

8. 지구가 둥근 이유

　호텔 레스토랑에 은결의 가족이 모였다. 한국 사람들은 이상한 습성이 있었다. 보고 싶을 때는 꼭 밥이나 같이 먹자며 사람을 불러들인다. 그건 비단 가족에게도 예외는 아니었다.

　"오늘 무슨 날이야?"

　은결이 옆에 앉은 은주에게 소곤거렸다. 은주가 어깨를 으쓱해 저도 모른다는 말을 대신했다. 그들의 맞은편에는 격식을 지나치게 차린 부모님이 앉아 있었다. 예식장도 아니고, 집안 행사가 있는 것도 아닌데 의정이 곱게 한복을 차려입고 있었다.

　"어머닌 그렇다 치고 아버진 왜?"

　"나도 그게 궁금해. 조선시대냐고 타박하실 때는 언제고 웬

한복?"

철준 부부는 남매가 저희들끼리 두 사람의 옷차림에 대해 소곤 거리는 것은 전혀 신경 쓰지 않았다. 그들의 신경은 온통 문 쪽에 머물러 있었다. 옷매무새를 가다듬은 게 벌써 몇 번인지 모르겠다.

아직 약속 시간은 30분이나 남아 있었다. 하지만 의정이 서두르는 바람에 그들은 한 시간 전부터 이곳에 와 있었다. 음식도 시키지 않고 자리만 차지하고 있는 것이 남매는 영 불편했다. 대체 밥은 언제 먹을 건지. 기다리다 지친 은결이 직접 메뉴판을 집어들었다.

"주문부터 할까요?"

"아직 시간 안 됐어. 기다려."

의정이 단호하게 말했다. 그러면서 은결의 손등을 찰싹 때리며 메뉴판을 들고 갔다. 같이 식사나 하자더니 만난 지 30분도 넘었는데 주문도 하지 못하게 하는 건 또 뭔가 싶었다. 말 안 듣는 아들딸을 골탕 먹여보자는 게 아니면 색다른 훈계법인가? 고문을 하려거든 조금 더 획기적인 방법을 찾는 게 어떠냐고 말하려 했다.

똑똑. 조심스러운 노크 소리 후 문이 열렸다.

두 부부의 눈이 반짝 빛났다. 저렇게 종업원을 기다렸으면서 왜 주문을 못하게 해? 피식. 은결이 싱거운 웃음을 터트렸다. 뒤를 돌아보던 은주가 그의 옆구리를 쿡쿡 찔렀다. 은결이 의아해하며 쳐다보자 은주가 뒤쪽을 눈짓으로 가리켰다. 그가 무심히 고개를 돌렸다. 들어온 이를 확인한 그의 눈이 점점 커졌다.

"처음 뵙겠습니다. 이서경이라고 합니다."

긴장감이 살짝 묻어나는 목소리로 서경이 허리 숙여 정중히 인사를 했다.

"오, 그래. 나도 무척 반갑구나. 이리 와서 앉으렴."

철준이 반색하며 반쯤 엉덩이를 들고 일어났다. 그가 자신의 옆자리를 톡톡 두드렸다. 그런 철준을 의정이 다시 의자에 앉혔다.

"체신머리 없이 왜 이래요."

웃는 얼굴로 의정이 낮게 핀잔을 줬다. 자신이 생각해도 너무 들뜬 나머지 오버를 했다 싶었던지 철준이 헛기침을 하며 자세를 바로잡았다. 의정이 철준을 한번 흘기곤 서경을 향해 인사를 건넸다.

"내가 엄청 보고 싶었던 거 알죠? 만나서 반가워요."

"반겨주셔서 감사합니다."

엷게 웃고는 있지만 긴장이 풀리지 않는 듯 서경의 모든 행동이 조심스러웠다. 의정이 조금 더 편하게 만들어주려 부드럽게 미소를 지어 보였다.

"어려워하지 말고 편하게 가족처럼 대해요. 우린 그게 좋아."

"네."

"서 있지 말고 앉아요. 여기 말고 그쪽으로."

의정이 철준의 옆자리 대신 은결의 자리 옆을 가리켰다. 그제야 서경의 입가에 조금 편안한 미소가 떠올랐다. 서경이 앉을 수 있게 의자를 뒤로 빼주며 은결이 물었다.

"웬일이야?"

그의 눈동자가 불안한 빛을 띠었다. 혹시 자신의 부모님이 곤란한 상황을 만든 건 아닌가 하는 불안감에서 비롯된 것이었다. 서경이 그런 은결의 고민을 읽고 고개를 저었다. 걱정 말라는 듯 서경이 그의 손을 가볍게 쓸었다.

"언니, 오랜만이에요."

손을 흔들며 은주가 인사를 했다. 서경도 환하게 웃으며 두 손을 흔들어 보였다. 이런 자리에서 아는 얼굴을 보니 훨씬 마음이 편안해졌다.

"어떻게 된 일이냐니까."

은결이 속삭이듯 낮게 다시 물었다.

"내가 뵙고 싶다고 했어. 감사하게도 흔쾌히 응해주셨고."

"네가?"

의외의 행동에 놀란 듯했다. 서경은 결혼이란 것도 상대의 가족을 만나는 것도 꺼려했었다. 그런데 본인이 직접 은결의 부모님을 초대했다니. 믿을 수 없는 일이었다. 멍한 눈으로 자신을 바라보는 은결에게 미소를 보이며 서경이 속삭였다.

"사랑은 사람을 변화시키거든."

"……아하."

듣기 좋은 말이었다. 그녀의 말속엔 변화를 가져다준 사람이 자신이란 뜻도 담겨 있었다. 은결의 입가에 흡족한 미소가 번졌다. 그가 동의의 의미로 고개를 끄덕였다.

"아우, 나란 남자가 이렇다니까. 어떻게 다들 한번 빠지면 헤어 나오지를 못하지?"

싱긋이 끌어 올린 은결의 입매가 매력적인 미소를 머금었다. 그가 서경의 머리 위에 손을 올려 쓰다듬었다. 대견해 죽겠다는 마음이 손길에 고스란히 담겨 있었다.

"그 발언이 얼마나 위험한 건지 잘 모르나 봐. 아마 두고두고 후회할걸? 내가 그때 왜 그런 헛소리를 했을까 하고."

은주가 이 우둔한 인간아 왜 그랬니? 하는 표정으로 말했다. 숨어 있는 특정 다수의 여자들을 지칭하는 '다들'이란 말 때문이었다. 자신이 카사노바 기질이 다분함을 자랑스럽게 늘어놓다니.

서경의 머리를 쓰다듬던 은결의 손이 멈칫거렸다. 그가 은주를 돌아보았다. 한심한 눈빛으로 저를 바라보고 있는 은주에게 그가 입모양으로 말했다.

'이 도움 안 되는 인간아, 이제 표 거래는 없어.'

깜빡. 깜빡. 은주의 눈이 좀 전과 다른 빛으로 확 바뀌었다. 그녀가 만면에 웃음을 띠며 두 손을 맞잡았다. 빠끔히 고개를 내밀어 서경에게 시선을 맞춘 은주가 업된 톤으로 너스레를 떨었다.

"우리 오빠가 이렇게 배려심이 깊다니까요. 언니 긴장할까 봐 자신을 희생해서 농담하는 거 봐요. 저엉말. 언니를 많이 사랑하나 봐요. 언니 너무 행복하시겠다."

그렇게 말하며 은주가 슬그머니 은결의 눈치를 살폈다. 은결이 작게 고개를 끄덕였다. 그의 입술이 만족스럽게 올라갔다. 오케이. 언제든지 표 넘겨.

"너무 넘쳐서 부담스럽죠. 항상."

자신을 바라보는 서경의 말간 눈빛에 은결이 움찔했다. 예전에 잠깐, 아주 잠깐. 어장이라는 걸 가지고 있긴 했다. 셀프라 들어오고 나가는 게 자유로운 신개념 어장이었다. 하지만 맹세코 그 어장이 망한 지는 한참이나 되었다. 지금은 오로지 이서경 하나뿐이다.

"저기. 그게."

"부모님 계시는데 우리끼리만 말하는 거 조금 그렇잖아? 나중에 얘기해."

"어."

차분한 말투였지만 은결은 어쩐지 등골이 서늘해지는 걸 느꼈다. 그 나중이 오지 않았으면 좋겠다고 그는 생각했다.

종알종알 떠들어대던 것이 한순간에 조용해졌다. 서경의 등장으로 이야기꽃이 활짝 핀 것도 좋았지만, 철준과 의정은 은결이 순한 양처럼 구는 것이 더 신기하고 재미있었다. 유들유들한 것 같지만 은결은 자기주관도 강하고 고집도 셌다. 그래서 늘 결국은 자기 뜻대로 모든 걸 다하곤 했다. 누군가가 하지 말라고 한다고 해서 저렇게 깔끔히 승복하지 않는다. 지금까지는 그랬다. 그런데 눈앞에서 그런 장면을 목격했다. 두 부부의 눈이 흥미진진한 것을 발견했을 때처럼 반짝 빛났다.

꼭 저 아이여야만 했다. 서경이를 며느리로 들여야 한다고 철준과 의정은 무언의 합의를 보았다.

"죄송해요. 저희만 떠들어서."

"아니에요. 이렇게 화기애애한 분위기 정말 좋아요. 보고 듣는 것만으로도 너무 만족스러운걸."

의정의 말에 철준도 맞장구를 치며 고개를 끄덕였다. 그리곤 은근히 희망사항을 실어 말했다.

"앞으로도 쭉 이런 모습 자주 봤으면 좋겠구나."

"네, 그럴게요. 자주 찾아뵙겠습니다. 은결…… 씨랑 같이."

"그래, 그래."

두 부부의 만면에 흡족한 미소가 떠올랐다. 그를 보며 은결과 은주도 기분 좋게 웃었다.

똑똑. 노크 소리가 들리고 문이 열리며 종업원이 들어왔다.

"실례하겠습니다. 주문하신 음식 나왔습니다."

종업원의 말이 끝나기가 무섭게 뒤이어 줄줄이 음식이 들어왔다.

"어, 미리 주문해 놓으셨어요?"

은결이 철준을 돌아봤다. 음식을 주문한 사람이 부친일 거라 생각해서였다. 하지만 답은 그의 옆에서 들려왔다.

"인사하고 그러면 30분 필요할 것 같아서. 그 뒤에 들어오도록 시간 맞춰 시켰어. 음식 먹으면서 말하면 대화에 집중이 안 되잖아."

"네가 시킨 거야?"

"내가 초대했으니까?"

놀라 쳐다보는 은결에게 서경이 당연하다는 듯 말했다. 은결이 테이블을 가득 채운 음식들을 훑어보다 서경을 돌아봤다. 서경이 그를 빤히 응시했다. 돈도 없으면서 무슨 이런 비싼 음식을 시켰느냐고, 참 많이도 시켰다고 핀잔을 주지 않을까 걱정스런 눈빛이었다.

오늘은 그러지 말지? 내 체면도 있는데. 잘 보이고 싶단 말이야.

"야아. 우리 애인 통 큰 거 봐라. 그렇지, 쏠 때는 이렇게 화끈하게 쏴야지."

은결이 박수를 치며 환하게 웃었다. 끔뻑끔뻑. 서경이 얼떨떨한 표정으로 눈을 깜빡거렸다. 그런 서경의 등을 은결이 부드럽게 두드렸다.

"나 배고픈 줄 어떻게 알고 이렇게 맛난 걸. 역시 나 생각해 주는 건 우리 서경이밖에 없다."

그가 서경의 머리 위로 손을 옮겨 부스스 헝클었다. 사랑스러워 죽겠다는 듯이.

"드세요. 제 애인이 쏘는 거니까 부담 갖지 마시고 많이 드세요."

은결의 부추김에 오히려 서경의 부담이 가중되었다. 차라리 그냥 가만히 있는 게 나았다.

"저 팔불출 DNA는 대체 어디서 유전이 된 거지? 당신은 전혀 저렇지 않은데 참 신기하네요."

"돌연변이야. 우리 집안에 저런 유전자는 없어."

"그래도 보기는 좋네요. 당신도 저랬으면 하는 바람이 살짝 생길 정도로."

난생처음 보는 아들의 모습이었다. 뭐 저런 팔불출이 다 있나 타박을 해야 마땅하지만, 두 부부는 그래서 더 보기 좋다고 생각했다. 부부가 오래토록 행복하게 살려면 저런 오버스러움도 있어야 했다. 그런 의미에서 은결의 팔불출스러움은 바람직했다.

은결이 너무 오버를 하는 바람에 서경은 민망함을 느꼈다. 서경이 아랫입술을 살포시 깨물며 고개를 숙였다. 차마 부끄러워 고개를 들 수가 없었다. 자신들의 아들이 어쩌다 저런 꼴이 되었나 속으로 욕을 할지도 몰랐다. 여자에게 빠져서 제정신이 아니라고. 한숨을 푹 내쉬며 걱정에 빠져 있는 서경의 귀로 감격스러워하는 사람들의 목소리가 들려왔다.

"내가 예비 며느리가 사주는 밥을 다 먹어보네. 이게 꿈이야, 생시야."

"그러게요. 이런 날이 오다니 정말 믿기지가 않네요."

"어서 먹자. 음식 두고 그냥 있는 건 예의가 아니야. 아가, 잘 먹으마."

"네."

이렇게 은결의 부모님 앞에 서기까지 서경에게는 많은 용기가 필요했다. 결정적인 요인은 은결 때문이었다. 인천까지 내려와 온갖 수모를 다 겪으면서도 기어이 그녀의 부모님에게 인정을 받기 위해 노력했다. 그런 은결을 보고 있자니 자신이 너무 그에게나 그의 가족에게 무심했다는 생각이 들었다. 만난다는 말을 한 지가 언젠데 아직까지 찾아뵙지 못하고 있는 게 죄스럽기도 했다.

　은결은 그녀를 배려하는 차원에서 천천히 만나도 된다고 했지만 서경은 알고 있었다. 그의 부모님이 오래전부터 은결의 여친을 보고 싶어 했다는 걸. 그래서 용기를 냈다. 어렵게 건 전화를 은결의 부모님이 다정하게 받아주셨고 그녀의 초대에도 흔쾌히 응해주셨다.

　자신을 향해 다정한 미소를 보내는 두 부부의 모습에 서경의 가슴이 뭉클해졌다. 이렇게 좋은 분들인 줄 알았으면 조금 더 빨리 용기를 내어볼 걸 그랬다. 너무 오래 기다리게 만든 게 죄송스럽고, 차분히 그녀가 다가오기를 기다려 준 것이 감사했다.

　혹시나 은결과 은주가 있어 잘 대해주는 것은 아닌지 처음엔 의심도 했었다. 하지만 처음 그녀가 들어섰던 순간부터 지금까지 두 분의 표정은 변함이 없었다. 예쁘게 자신을 바라보는 눈빛도 한결같았다. 눈은 마음을 반영하는 거울이었다. 서경은 두 분의 눈빛에서 따스함을 느꼈다. 가족을 바라보는 온화함이 가득했다.

　"와아. 정말 간만에 포식하겠다."

　"우리 애인이 사는 거야."

　"아유. 이 생색쟁이. 그럼 다음엔 오빠가 사. 애인은 오늘 거나하게 샀으니까."

　"무슨 소리야. 다음엔 얻어먹을 거야. 서경이가 샀으니까 다음엔 네가 사야지."

"어머. 무슨 계산법이 그래?"

식사를 시작했음에도 남매의 대화는 계속 이어졌다. 익숙한 티격태격에 서경의 입가에 미소가 번졌다. 둘과 함께 있으니 부담스러워야 할 자리가 훨씬 편안하게 느껴졌다. 밥을 떠올린 서경의 숟가락에 반찬이 올려졌다. 서경이 젓가락을 들고 있는 은결을 돌아봤다. 그는 여전히 은주와 설왕설래 중이었다. 어떻게 보지도 않고 서경이 밥을 뜬 걸 알았을까. 그건 그의 모든 신경이 그녀에게 쏠려 있다는 걸 의미했다. 설전을 벌이는 와중에도 말이다.

"서경이랑 나는 한 몸이거든? 애가 산 건 내가 산 거나 마찬가지란 거지. 그러니까 다음은 얻어먹는 게 맞아."

"아직 결혼한 것도 아니면서 무슨 같은 주머니를 차려고 해? 그렇게 계산하면 안 되지."

"이미 몸도 마음도 우리는 충분히 하나야."

"그래, 산다 사. 치사해서 정말."

말발은 은결이 훨씬 더 셌다. 한 치의 양보도 없던 설전은 은결의 승리로 매듭지어졌다. 그리곤 언제 싸웠나 싶게 둘이 맛나게 밥을 먹기 시작했다.

"훗."

봄바람처럼 기분 좋은 웃음을 흘리며 서경이 맛나게 밥을 먹었다. 식사 도중에 수많은 젓가락이 오갔다. 반찬과 반찬 사이는 물론 서로의 밥그릇에도 반찬을 집은 젓가락이 들이닥쳤다. 먹어보고 맛난 것은 서로에게 맛보라며 권하느라 그런 것이다.

사람 하나가 더해졌다고 이렇게 식사자리가 화기애애해진다. 철준과 의정이 바란 것이 딱 이런 분위기였다. 그래서 오늘 식사자리가 두 부부에겐 더할 나위 없이 기쁘고 행복한 순간이었다.

"집에도 자주 놀러 오고."

"네."

식사를 마치고 주차장으로 내려왔다. 철준이 서경을 부드럽게 바라보며 말했다. 식사를 하며 대화를 나누는 사이 가까워져 철준이 편하게 말을 놓았다. 서경도 그게 훨씬 좋은 듯 웃는 낯으로 고개를 끄덕였다.

"나 보고 싶을 때 가게 가도 돼?"

"물론이에요. 언제든 오세요."

"정말 간다? 예의상 하는 말이면 빨리 주워 담아. 부담스럽다고 하면 자제할게."

"아니에요. 정말 괜찮아요. 오빠도 좋아할 거예요."

"아참, 오빠도 있다고 했지."

"네, 같이 가게 운영하는 중이에요."

"오빠 보러 한 번 가야겠네. 안부 전해주고."

"네."

헤어지기 아쉬운 마음에 의정이 서경의 손을 잡고 계속 말을 걸었다. 대화가 길어지자 은결이 나섰다. 그가 서경의 손을 잡아당기며 부모님에게 말했다.

"서경이 일하러 가야 돼요. 바쁜 시간 쪼개서 나왔을 거예요. 이만 보내주세요."

"이런. 우리가 시간을 너무 많이 빼앗았구나."

"아니에요. 오빠한테 말하고 와서 괜찮아요. 저 하나도 안 바빠요."

서경이 은결의 손을 꽉 움켜잡았다. 제발 좀 나서지 말란 의미였다. 그래도 오빠 혼자 힘들겠다며 의정이 먼저 손을 흔들며 돌아섰다. 어른이 먼저 가야 애들도 편히 가지 싶어서였다. 부모님의 차가 주차장을 빠져나가는 것을 지켜본 둘이 은결의 차에 올랐다.

"은주 씨는 식사도 제대로 못 먹고 가서 어떡해?"

"그래도 밥은 한 공기 다 비우고 갔잖아."

일을 하다 중간에 나온 터라 은주는 먼저 자리에서 일어났다. 조금 더 오래 함께 있다가 갔으면 좋았을 걸 하는 아쉬움이 남았다.

"오늘만 날인가? 다음에 또 같이 먹을 거잖아. 안 그래?"

은결이 서경의 손을 지그시 잡아 깍지를 꼈다. 그 손을 입으로 가져가 그녀의 손등에 키스를 했다. 살짝 떠올린 눈동자 가득 서경의 얼굴이 담겼다. 똑같이 사랑하는 사람을 비추는 아름다운 눈동자가 거기에 있었다.

"역시 내가 보는 눈이 탁월하다니까. 월척은 항상 곁에 있거든. 가까이에서 죠스처럼 내 곁을 맴돌지. 호시탐탐 물 곳을 노리면서."

"내가 죠스라는 거야?"

"아니."

은결이 정면으로 고개를 돌려 차를 출발시켰다. 고개를 갸웃한 서경이 재차 물었다.

"그럼 뭔데?"

"미끼."

"뭐?"

예상 못한 엉뚱한 답변에 서경의 눈썹이 휘었다. 분명 이야기의 맥락으로 볼 때 자신은 죠스여야 했다. 호시탐탐 은결을 물기 위해 노리는. 그런데 미끼라니? 이건 또 무슨 말일까?

"다른 놈 잡아주려고 옆에서 열심히 돕고 있는 미끼였지, 넌."

"내가 지금 낚싯바늘에 달린 지렁이란 거야?"

"아니지."

"아니지?"

그럼 그렇지 하고 고개를 돌리던 서경이 뭔가 꺼림칙함에 그를 다시 쳐다봤다. 이거 뭔가 뉘앙스가 묘한 게 아닌 게 아닌 것 같았다. 그의 예상대로 그가 마저 입을 열었다. 그리곤 아주 천연덕스럽게 말했다.

"지금 말고 예전에 그랬단 거지. 이놈 꽤 괜찮은 놈인데 누가 좀 낚여줄 물고기 없나요? 하고 홍보도 해주고, 질 나쁜 물고기는 알아서 골라내 근처에 오지도 못하게 하고. 예사롭지 않은 미끼였지."

이 정도면 화를 낼 만도 했다. 다른 여자였다면 날 도대체 뭐로 알고 그러냐고 소리를 쳤을 거다. 하지만 서경은 달랐다. 그녀가 고개를 끄덕이며 시큰둥하게 말했다.

"보통 미끼는 아니지. 결국 그 미끼가 낚은 게 낚시꾼이니까."

"역시 예사롭지 않은 녀석이라니까."

은결의 입술이 매끄러운 곡선을 그리며 올라갔다. 이래서 네가 좋은 거다. 나를 너무 잘 아는 너라서. 굳이 말하지 않아도 내 말 속에 담긴 진심을 단번에 알아채는 유일한 사람. 세상에 단 하나뿐인 내 영혼의 단짝.

"우리 죽을 때까지 친구 하자."

신호를 받아 차가 섰다. 그가 서경을 지그시 바라보며 말했다. 마주한 서경의 눈동자가 말갛게 빛났다. 그녀가 고개를 가볍게 끄덕이며 수긍했다.

"그러든지."

그녀의 말이 끝나기 무섭게 은결이 서경의 뒷목을 감싸 당겼다. 그와 동시에 그의 입술이 그녀의 입술을 덮쳤다. 짧고 강렬한 키스 후에 그녀의 입술을 놓아주며 은결이 환하게 웃었다.

"평생 너의 친구로 남을게. 야하게 멋지고 섹시하게 뜨거운 남자친구로."

매력적으로 끌려 올라간 은결의 입매를 물끄러미 바라보다 서경이 손을 뻗었다. 그의 부드러운 입술이 손끝에 닿았다. 손끝에서 달콤한 솜사탕 맛이 느껴졌다. 손에 미각적 기능이 있는 것도 아닌데 느낌만으로도 그 맛을 알 수 있었다. 그가 사랑 가득한 눈빛으로 그녀를 바라보았다.

"가만 안 둘 거야."

서경이 선전포고를 했다.

"뭘?"

궁금해 묻는 은결의 입매가 야릇한 빛을 띠었다. 이미 그녀의 입에서 나올 말을 알고 있는 듯했다.

"차 간다. 출발해."

"오케이. 어디로 모실까요? 협박자님?"

차가 출발했다. 서경이 그의 허벅지 위에 손을 올려 나른한 손길로 쓸었다. 그의 미간이 꿈틀거렸다. 그가 힐끔 쳐다보자 서경이 거만한 눈빛으로 입술을 비스듬히 치켜 올렸다. 그녀의 손길이 좀 더 과감한 터치를 감행했다.

은결이 뒷목을 쓸며 헛기침을 했다. 견디기 힘든 고문인데 거부할 수가 없었다. 그가 난감한 얼굴로 깊은 한숨을 내쉬었다. 좋긴 한데 지금은 위험한 장난을 걸 때가 아니었다. 자칫 정말 사고로 이어질 수도 있었다.

"참기 힘들면 제일 가까운 곳으로 가든가."

"어?"

좌불안석인 은결과 달리 여유만만한 서경이 야릇한 미소를 띠며 말했다.

"핫 플레이스. 우리가 뜨겁게 사랑할 그곳."

그녀의 말에 은결이 엉큼하게 눈을 빛냈다. 그가 차를 돌렸다. 도로 옆으로 보이는 호텔로 목적지를 변경한 은결이 업된 톤으로 외쳤다.

"콜! 접수완료. 화끈하게 모시겠습니다."

"룸."

로비를 가로질러 프론트로 직진한 은결이 다짜고짜 말했다. 눈에 한껏 힘이 들어가 있는 것이 뭔가 굉장히 다급하거나, 화가 나 있는 것 같았다. 프론트 직원이 그의 눈치를 살피며 조심히 물었다.

"예약하셨습니까? 손님?"

"지금 하러 온 겁니다."

"아, 그럼 언제로 해드릴까요?"

"지금."

"네?"

"지금 당장이요."

저돌적으로 말하는 은결이 서경은 조금 부끄러웠다. 그녀가 은결을 옆으로 밀며 직원 앞에 섰다.

"룸 하나 주세요."

"아, 네. 잠시만요."

빈 객실 여부를 확인한 직원이 서경에게 설명했다. 은결보다는 서경이 대화를 나누기에 부담이 없을 것 같아서였다.

"5층과 7층에 객실이 있습니다. 어느 층으로 원하십니까, 손님?"

"5층으로 주세요."

"당일 사용 원하십니까?"

"네."

"네. 그럼 502호로 접수해 드리겠습니다."

말이 끝나기가 무섭게 은결이 카드를 꺼내 내밀었다. 직원이 영업용 미소를 띠며 카드를 받아 계산을 마쳤다.

"키 여기 있습니다."

내밀기가 무섭게 키를 낚아챈 은결이 서경의 팔을 잡고 엘리베이터를 향해 걸어갔다. 그 뒷모습을 힐끔거리던 직원의 입가가 씰룩거렸다. 어지간히 고팠던 모양이다. 사랑이.

엘리베이터에 오르자마자 은결이 서경의 팔을 당겨 제 품에 끌어안았다. 그리곤 그녀의 입술을 거침없이 머금었다. 엘리베이터 문이 열리자마자 그는 안에 아무도 없다는 것에 회심의 미소를 지었었다. 그리고 타자마자 닫힘 버튼을 빠르게 눌렀다. 그 누구도 타지 못하도록 문을 재빨리 닫아야 했다. 그래야 마음껏 서경의 입술을 취할 수 있을 테니까.

"으음."

서경이 그를 밀치며 손으로 CCTV를 가리켰다. 은결이 그것을 곁눈질로 확인하더니 몸을 돌렸다. 서경을 모서리로 몰아넣고 제가 그 앞을 가렸다. CCTV에는 자신의 등만 비치도록 한 것이다.

그가 양쪽 벽을 짚어 서경을 제 품에 가뒀다. 그리곤 야릇하게 입꼬리를 끌어 올리며 음침하게 말했다.

"저런 것 따위가 내 사랑을 방해할 수 있을 것 같아?"

"아니."

서경이 빙긋이 웃으며 그의 목에 팔을 휘감았다. 그가 고개를 살짝 비틀어 그녀의 입술 가까이 입술을 내렸다. 아찔하게 감질맛이 날 위치에 입술이 머물렀다. 후우. 그가 낮게 웃었다. 웃음과 함께 흘러나온 숨결이 서경의 입술 위로 스며들었다. 서경이 냉큼 그의 입술을 급습했다. 야무지게 그의 입술을 탐한 서경이 엘리베이터 도착음이 울리자 입술을 거뒀다.

"앙큼한 것. 심장 떨리게 막 덮치고 그러지."

은결이 그녀의 허리를 휘감으며 눈썹을 휘었다. 서경이 그에게 바짝 안겨들었다. 열린 문을 나서며 서경이 당돌한 선전포고를 날렸다.

"각오해. 난 당한 만큼 돌려줘야 직성이 풀리는 사람이니까."

"호오. 내가 한 만큼 되돌려주시겠다?"

"설마. 그것보다 두 배는 더 강하게 갚아야 복수인 거지."

자박자박 룸으로 향하는 두 사람의 발걸음이 한껏 들떠 있었다. 502호 앞에 선 은결이 그녀를 뜨겁게 응시하며 키를 키홀더에 댔다. 띠리릭 소리와 함께 문이 열렸다. 문손잡이를 잡아 돌리며 은결이 의미심장하게 속삭였다.

"그럼 오늘 밤 격정적으로 덤벼들어야겠네. 최선을 다해서 열정적으로."

열린 문으로 들어서며 서경이 그의 넥타이를 잡았다. 넥타이를 손에 말아 쥔 서경이 유혹의 눈빛으로 그를 끌어당겼다.

"뭐든 네가 상상하는 그 이상의 열락을 경험하게 될 거야."

"아우. 와일드한 게 완전 내 스타일이라니까."

그가 와락 서경에게 다가가 그녀를 들어 올렸다. 놀라 버둥거리는 서경의 얼굴에 키스를 퍼부으며 은결이 곧장 욕실이 있는 곳으로 향했다.

"기대해. 오늘은 아주 풀코스로 놀아줄 테니까. 엄청 섹시하고 화끈하게."

그가 입술을 내려 서경의 블라우스 단추를 물었다. 툭. 입술과 혀로 첫 번째 단추를 푼 은결이 그녀의 속살을 살짝 핥았다. 움찔한 서경이 얄밉게 그를 흘겼다.

"이런 옷도 괜찮은데? 벗기는 맛이 색다른 게 왜 여자들이 셔츠 입은 남자를 좋아하는지 알 것 같다."

"여자들?"

"씻으면서 오빠가 마사지도 해줄게. 온몸 구석구석."

"말 돌리는 솜씨가 아주 예술이셔?"

서경을 욕실 안으로 옮겨 욕조 옆에 얌전히 내려놓은 은결이 물을 틀어 온도를 맞추며 능청스레 말했다.

"허리 돌리는 것도 예술인데. 아참. 혀도 잘 돌린다. 그것도 풀 서비스로?"

눈썹을 들썩이며 매혹적인 미소를 짓는 그를 새침하게 바라보다 서경이 피식 싱겁게 웃었다. 그녀가 검지를 까닥여 그를 가까이 불렀다. 그녀 앞에 한쪽 무릎을 세워 앉은 은결의 목으로 그녀가 손을 뻗었다. 그의 장난스런 말투에 울컥해 목을 조를 수도 있었다. 그런데도 서경을 바라보는 은결의 눈빛은 따스하고 감미로웠다.

서경이 그의 넥타이를 잡았다. 단숨에 그것을 풀어내 허공에 던지곤 셔츠의 단추를 능숙하게 풀었다. 세 개의 단추가 순식간에 해체되었다. 그 사이로 드러난 가슴에 서경이 입술을 내렸다. 목과 쇄골 위에 키스 마크를 남긴 서경이 입술을 거두지 않은 채로 달싹였다.

"이런 건 내가 한 수 위거든?"

"그러네. 열심히 배워야겠다."

미소가 어린 입술을 내려 그가 서경의 머리 위에 지그시 눌렀다. 서경이 그의 셔츠 사이로 손을 넣어 근육으로 잘 다져진 맨몸을 어루만졌다.

"콜. 최상의 서비스 기대할게."

"그럼 우선 벗겨야지."

서경의 블라우스 아래로 손을 넣은 은결이 그것을 위로 쑥 밀어 올렸다. 동시에 속옷까지 목 부위까지 올라갔다. 서경이 고개를 들어 그를 멀뚱히 쳐다봤다. 그가 싱긋이 웃으며 마저 옷을 벗겨냈다.

"난 스피디한 것도 엄청 좋아해."

그가 손목에 걸쳐진 옷으로 그녀의 손을 결박하듯 말아 쥐었다. 은결의 가슴을 탐하던 발칙한 손이 현장에서 포박당했다. 그녀의 손을 머리 뒤로 넘기며 은결이 그녀의 입술을 머금었다. 부드러운 입술을 리듬 타듯 달콤하게 맛보고 그 안으로 스며들었다. 가지런한 치열을 더듬어 더 안으로 침범한 혀가 농락하듯 입안을 헤집었다.

"흐으음."

서경의 입에서 나른한 신음이 흘러나왔다. 은결의 입술이 매끄럽게 곡선을 그리며 올라갔다. 그가 그녀의 혀를 휘감아 빨고 핥았다. 유연하고 야릇한 혀의 놀림이 아찔한 감각을 불러일으켰다. 타액으로 번들거리는 서경의 입술을 빨며 은결이 그녀를 유혹했다.

"어때? 맛보기도 꽤 강렬하지?"

달뜬 눈빛으로 서경이 그를 응시했다. 그녀의 입술이 만족스럽게 말려 올라갔다.

"그래서 본편이 더 빨리 보고 싶어졌어."

그녀가 결박을 풀고 블라우스를 벗겨 바닥에 떨어트렸다. 그리곤 그의 셔츠를 잡아 뜯듯이 펼쳤다. 우두두둑. 단추가 떨어져 나가고 그의 몸이 뒤로 밀렸다. 욕조 안으로 떠밀린 은결의 몸 위로 샤워기의 물줄기가 떨어졌다. 서경의 손이 거침없이 그의 몸을 더듬어 올랐다. 척추를 따라 올라온 손이 그의 등을 어루만졌다. 그녀의 입술은 그의 가슴 위에 안착했다.

따스한 온기를 품은 입술이 은결의 가슴을 도발하기 시작했다. '오늘의 내기는 누가 누굴 먼저 넉다운시키나로 결정. 섹스 중에 제

발이라고 먼저 말하는 사람이 지는 거야.' 무언의 대화가 오갔다.

둘의 눈빛에 이채가 서렸다. 절대 내기에 질 순 없지. 나한테 홀릭하게 만들 거야. 각오해.

그들의 와일드하고 화끈한 섹스 게임은 지금부터 시작이다. 그들이 죽는 그날까지 게임은 계속될 것이다. 엎치락뒤치락하는 게임 승률 속에서.

가끔은 네 주변을 둘러봐. 친구인 척 곁에 머물며 너를 끊임없이 사랑하고 있을 누군가를 발견하게 될지도 모르니까. 알면서도 모른 척 친구로 단정 지었던 그 애가, 알고 보면 네가 기다려 온 진정한 사랑일 수도 있으니까.

우정이 사랑이 되는 건 당신이 스위치를 켜는 그 짧은 순간이다.

ON 아니면 OFF.

선택은 당신의 몫.

— THE END —